外交学院第二批特色课程建设资助项目
外交学院特色课程"西语文学作品选读"配套教材
中国高校外语慕课联盟项目
"'一带一路'区域研究视角下的新文科综合性慕课建设：
'西语国家外交官文学家作品选读'"（cmfs-2023-0074）阶段性成果

拉美外交官文学家作品选读

Lecturas Seleccionadas de Escritores Diplomáticos Hispanoamericanos

苑雨舒 / 编著

学苑出版社

图书在版编目（CIP）数据

拉美外交官文学家作品选读 / 苑雨舒编著 . -- 北京：学苑出版社，2024.11. -- ISBN 978-7-5077-7039-1

Ⅰ. I730.65

中国国家版本馆 CIP 数据核字第 20241CM848 号

出 版 人：洪文雄
责任编辑：杨　雷
出版发行：学苑出版社
社　　址：北京市丰台区南方庄 2 号院 1 号楼
邮政编码：100079
网　　址：www.book001.com
电子信箱：xueyuanpress@163.com
联系电话：010-67601101（营销部）、010-67603091（总编室）
印 刷 厂：廊坊市印艺阁数字科技有限公司
开本尺寸：787 mm × 1092 mm　1/16
印　　张：16.75
字　　数：304 千字
版　　次：2024 年 11 月第 1 版
印　　次：2024 年 11 月第 1 次印刷
定　　价：78.00 元

前　　言

从明嘉靖年间杨继盛的"铁肩担道义，辣手著文章"到李大钊的"铁肩担道义，妙手著文章"，相隔数百年的两位文人用精辟的语言高度概括了从古至今中国知识分子的理想和使命：以勇于担当救国救民的道义为己任，以潜心钻研著书立说的学问为本分。

而在太平洋彼岸的拉美大陆上，古巴革命家、诗人何塞·马蒂（José Martí）曾充满激情地表示："我们不应该仅仅吟咏个人的痛苦和欢乐，更应该写出对世界有益的诗歌。"可见，虽然远隔万里，拉丁美洲的知识分子也有着同样的人生追求：面对这片大陆的沉浮，许多拉美知识分子不愿躲在安逸的象牙塔中，而是冷静审视社会现状，深入思考社会问题，积极探索解决方案，以此唤醒民众意识，让自己生活的土地能免于痛苦，走向辉煌。

一如我们提到的何塞·马蒂，这些"饮冰十年，难凉热血"的拉美知识分子中当然不乏文学家的身影。而且，拉美这片神奇的大陆上还产生了一个独具特色的现象：如果我们将拉美文学史和外交史叠加起来就会发现，许多著名的文学人物都曾经担任过高级外交官，走上了"文而优则'使'"的道路。

为了更好地探索这个有趣的现象，在"新文科"以及大力推动语言文学与区域国别研究相结合的大背景下，立足外交学院"外交特色、外语优势"的特点，配合外交学院第二批特色课程"西语文学作品选读"的建设，笔者策划了《拉美外交官文学家作品选读》一书，作为"西语文学作品选读"课程的配套教材，并期待未来能够将此书应用到更多的课堂中去。

本书共选择了西语美洲的八位从事过外交工作的著名文学家，包括古巴的何塞·马蒂（José Martí）和阿莱霍·卡彭铁尔（Alejo Carpentier）、智利的加夫列拉·米斯特拉尔（Gabriela Mistral）和巴勃罗·聂鲁达（Pablo Neruda）、墨西哥的卡洛斯·富恩特斯（Carlos Fuentes）和奥克塔维奥·帕斯（Octavio Paz）、危地马拉的米格尔·安赫尔·阿斯图里亚斯（Miguel Ángel Asturias）以及尼加拉瓜的鲁文·达里奥（Rubén Darío）。根据这些文学家的出生时间先后进行排列，组成本书正文八章的主要内容。

从文学的角度，以上八位是蜚声西语美洲乃至整个世界的著名文学人物。一方面，多位作家引领了时代文学风潮：达里奥和马蒂是现代主义的先驱和重要代表，卡彭铁尔拉开魔幻现实主义序幕，阿斯图里亚斯开启了"文学爆炸"的时代，富恩特斯被誉为"文学爆炸四主将"；另一方面，多位作家斩获世界级重要文学奖项：米斯特拉尔、阿斯图里亚斯、聂鲁达和帕斯荣膺诺贝尔文学奖，卡彭铁尔、富恩特斯和帕斯荣获西语文学最高奖——塞万提斯文学奖。

从外交的角度，这八位文学大家凭借高超的才能、优秀的作品和广泛的社会影响力，成为本国乃至拉丁美洲的形象代表，在海外宣传祖国文化与拉美特色，推动国与国、洲与洲之间的交流。阿斯图里亚斯、聂鲁达、帕斯、富恩特斯担任过大使，达里奥担任过公使，马蒂、米斯特拉尔和卡彭铁尔担任过参赞或领事。他们有丰富的外交经历，出使范围覆盖美洲、欧洲和亚洲。

基于这些内容，本书将文学和外交相结合，全面展示这八位外交官文学家的生平事迹和经典作品。本书每章第一节为知识介绍，第一部分介绍相关信息，包括人物生平（文学历程和外交经历）、主要作品、主要获奖情况及相关文学思潮等内容，第二部分选择该作家最具代表性的作品进行简要介绍，第三部分介绍该作家的作品在中国的译介情况；第二节为文学赏析，选出该作家最为重要的作品，第一部分进行原文阅读（中文与西班牙文对照），并提出思考问题，引出第二部分的作品赏析。此外，在何塞·马蒂、鲁文·达里奥、巴勃罗·聂鲁达和奥克塔维奥·帕斯这四章中还设置了第三节，专门从中外文化交流的角度出发，介绍这四位外交官文学家与我国的不解之缘。

本书设计了两个附录：附录一列举了选读作品的具体信息，以便学生课后详细阅读；附录二列举八位作家作品在我国的译介情况。另附有本书写作时参考的中外学术文献。

习近平主席指出："当代中国青年是与新时代同向同行、共同前进的一代，生逢盛世，肩负重任。"外交学院的校训也要求我们，要为国家培养"站稳立场，掌握政策，熟悉业务，严守纪律"的优秀人才。《拉美外交官文学家作品选读》这部教材力求完成高校"立德树人"的重要任务。"西语国家文学作品选读"这门课程从教材到授课都始终以德育和美育为最高追求，一方面带领学生挖掘外交官文学家的人生经历中隐藏的感人事迹，体会他们爱国爱民、勇于拼搏等精神；另一方面带领学生欣赏经典、赏析美文，用最优秀的作品去感染学生，帮助学生树立起高雅的审美情操，获得发现美、品鉴美、传播美和创造美的能力。

习近平主席也指出："文明因交流而多彩，文明因互鉴而丰富。文明交流互鉴，是推动人类文明进步和世界和平发展的重要动力。"为了更好地探索中西文明互鉴，本书精选了对中国文化感兴趣、在实践中推动文明交流的优秀人物，如将中国塑造成完美世界，对中国文化大加赞扬的鲁文·达里奥；关心华人华工生存环境的何塞·马蒂；翻译了多部经典唐诗宋词的奥克塔维奥·帕斯；以及两度到访中国，亲自参与推动中智建交，与中国诗人艾青结下不解之缘的巴勃罗·聂鲁达。以此，本书引导学生了解中外文明互鉴的过程，潜移默化地提高学生树立民族文化自信心和自豪感，培养学生在未来工作中更好开展外宣实践的能力，吸引学生利用自己的专业优势投身传播中华文明、讲好中国故事、推动文化外交的伟大事业之中。

为深入学习贯彻习近平新时代中国特色社会主义思想，全面推进新文科建设，构建世界水平、中国特色的文科人才培养体系，落实外交学院大力推进区域国别学科发展的任务要求，更好地培养能够肩负党和国家殷切嘱托的综合性优秀人才，本书力求实现学科综合。"西语文学作品选读"课程及《拉美外交官文学家作品选读》这部配套教材力求突破过往文学课"只讲文学"的局限性，以外交为切入点，打通文、史、政、哲等学科的界限，进一步夯实学生的人文知识基础，全面提升学生的人文素养。

总而言之，《拉美外交官文学家作品选读》这部教材的编写目的是在文学教育的基础上完成人文综合教育，同时达成德育和美育的目的。这部教材不仅针对西班牙语专业或复语专业（含西班牙语方向）的学生，更力求能帮助来自其他专业、热爱文学和中外文化交流的学生们扩展知识面，提高其综合素质和实践能力。因此，本书采用中文编写，重要的人名、书名以及选读作品配有西班牙语原文，以此照顾不同学生群体，兼顾各种类型课程的授课需要。

本部教材得到了外交学院第二批特色课程建设的经费资助，是外交学院特色课程"西语文学作品选读"的建设成果和配套教材，也是中国高校外语慕课联盟项目"'一带一路'区域研究视角下的新文科综合性慕课建设：'西语国家外交官文学家作品选读'"（cmfs-2023-0074）的阶段性成果。在此，笔者想再次感谢在策划、编写和出版过程中对本人和本书提出宝贵意见的所有领导、前辈、同人和师友，没有各位的无私帮助，所有工作也不会进行得如此顺利。

自然，囿于有限的时间和笔者尚欠的功力，这部教材肯定会有不尽如人意之处，希望各位同人不吝赐教，多多批评指正。但是，正如《大学》中所说，"苟日新，日日新，又日新"，这部教材不是一个结束，而是一个开始，一个不断创新教学手段、不断加强学术研究的新开始。

苑雨舒

2024 年 6 月于北京

目　　录

第一章　何塞·马蒂 …………………………………………………………001
　　第一节　知识介绍 …………………………………………………………003
　　　　一、作者简介 ……………………………………………………………003
　　　　　（一）文学历程 ………………………………………………………004
　　　　　（二）外交经历 ………………………………………………………006
　　　　二、主要作品简介 ………………………………………………………007
　　　　　（一）《伊斯马埃利约》 ……………………………………………007
　　　　　（二）《自由的诗》 …………………………………………………008
　　　　　（三）《纯朴的诗》 …………………………………………………008
　　　　　（四）《不祥的友情》 ………………………………………………009
　　　　　（五）《我们的美洲》 ………………………………………………009
　　　　三、马蒂作品在中国的译介 ……………………………………………010
　　第二节　文学赏析 …………………………………………………………011
　　　　一、《小王子》 …………………………………………………………011
　　　　　（一）原文阅读 ………………………………………………………011
　　　　　（二）作品赏析 ………………………………………………………017
　　　　二、《我们的美洲》 ……………………………………………………019
　　　　　（一）原文阅读 ………………………………………………………019
　　　　　（二）作品赏析 ………………………………………………………023
　　第三节　马蒂与中国 ………………………………………………………025

第二章　鲁文·达里奥 ………………………………………………………027
　　第一节　知识介绍 …………………………………………………………029
　　　　一、作者简介 ……………………………………………………………029

　　　　　（一）文学历程 ··· 030
　　　　　（二）外交经历 ··· 035
　　　二、主要作品简介 ··· 035
　　　　　（一）《蓝······》 ·· 036
　　　　　（二）《世俗的圣歌》 ··· 037
　　　　　（三）《生命与希望之歌》 ·· 038
　　　三、达里奥作品在中国的译介 ·· 039
　　第二节　文学赏析 ··· 040
　　　一、《春》 ··· 040
　　　　　（一）原文阅读 ··· 040
　　　　　（二）作品赏析 ··· 044
　　　二、《天鹅》 ··· 046
　　　　　（一）原文阅读 ··· 046
　　　　　（二）作品赏析 ··· 051
　　第三节　达里奥与中国 ·· 052
　　　一、达里奥的中国意象 ··· 052
　　　二、达里奥的"中国故事" ·· 053

第三章　加夫列拉·米斯特拉尔 ··· 055
　　第一节　知识介绍 ··· 057
　　　一、作者简介 ·· 057
　　　　　（一）文学历程 ··· 058
　　　　　（二）外交经历 ··· 060
　　　　　（三）教育生涯 ··· 061
　　　二、主要作品简介 ··· 062
　　　　　（一）《死亡的十四行诗》 ·· 062
　　　　　（二）《绝望》 ··· 063
　　　　　（三）《给女性的语言教育读物》 ······································ 064
　　　　　（四）《柔情》 ··· 064
　　　　　（五）《塔拉》 ··· 065
　　　　　（六）《葡萄压榨机》 ··· 066
　　　三、米斯特拉尔作品在中国的译介 ·· 067
　　第二节　文学赏析 ··· 068

一、原文阅读 ·· 068
　　二、作品赏析 ·· 075
　　　（一）作为母亲 ·· 075
　　　（二）作为女儿 ·· 076

第四章　米格尔·安赫尔·阿斯图里亚斯 ······················ 079
第一节　知识介绍 ·· 081
　　一、作者简介 ·· 081
　　　（一）文学历程 ·· 082
　　　（二）外交经历 ·· 084
　　二、主要作品简介 ·· 084
　　　（一）《危地马拉传说》 ································ 084
　　　（二）《总统先生》 ···································· 087
　　三、阿斯图里亚斯作品在中国的译介 ························ 090
第二节　文学赏析 ·· 091
　　一、内容简介 ·· 091
　　二、原文阅读 ·· 093
　　三、作品赏析 ·· 097
　　　（一）内容分析：伏脉千里的草蛇灰线 ···················· 097
　　　（二）背景分析："二元论"的现实与神话 ·················· 099
　　　（三）主题分析：种族、信仰和文明的对抗 ················ 102

第五章　巴勃罗·聂鲁达 ···································· 107
第一节　知识介绍 ·· 109
　　一、作者简介 ·· 109
　　　（一）文学历程 ·· 110
　　　（二）外交经历 ·· 113
　　二、主要作品简介 ·· 113
　　　（一）《二十首情诗和一首绝望的歌》 ···················· 114
　　　（二）《西班牙在心中》 ································ 114
　　　（三）《大地的居所》 ·································· 115
　　　（四）《漫歌》 ·· 116
　　三、聂鲁达作品在中国的译介 ······························ 117

第二节　文学赏析 ··· 119
一、"今夜我可以写出最哀伤的诗篇" ··························· 119
（一）原文阅读 ·· 119
（二）作品赏析 ·· 123
二、《马丘比丘之巅》 ·· 125
（一）原文阅读 ·· 125
（二）作品赏析 ·· 131

第三节　聂鲁达与中国 ······································· 133
一、聂鲁达与中智建交 ······································· 133
二、聂鲁达的中国书写 ······································· 135
（一）敢教日月换新天：书写新中国 ························· 135
（二）劝君更尽一杯酒：书写友谊 ··························· 137
（三）中外对比：聂鲁达与艾青笔下的土地 ··················· 138

第六章　阿莱霍·卡彭铁尔 ···································· 141
第一节　知识介绍 ··· 143
一、作者简介 ··· 143
（一）文学历程 ·· 143
（二）外交经历 ·· 148
二、主要作品简介 ··· 149
（一）《光明世纪》 ·· 149
（二）《方法的根源》 ······································ 150
（三）《埃古—扬巴—奥》 ·································· 151
（四）《溯源之旅》（一译为《回归本源》） ·················· 152
三、卡彭铁尔作品在中国的译介 ······························· 152

第二节　文学赏析 ··· 153
一、内容简介 ··· 153
二、原文阅读 ··· 156
三、作品赏析 ··· 160
（一）"现实" ··· 160
（二）"神奇" ··· 161

第七章　奥克塔维奥·帕斯 ····· 167

第一节　知识介绍 ····· 169
一、作者简介 ····· 169
（一）文学历程 ····· 170
（二）外交经历 ····· 173
二、主要作品简介 ····· 174
（一）《孤独的迷宫》 ····· 175
（二）《弓与琴》 ····· 176
三、帕斯作品的创作主题 ····· 177
四、帕斯作品在中国的译介 ····· 178

第二节　文学赏析 ····· 179
一、原文阅读 ····· 179
二、作品赏析 ····· 186
（一）概念与意象：太阳石与太阳 ····· 186
（二）艺术赏析 ····· 187

第三节　帕斯与东方 ····· 190
一、帕斯与中国 ····· 190
二、帕斯与其他东方国家 ····· 197
（一）印度 ····· 197
（二）日本 ····· 198

第八章　卡洛斯·富恩特斯 ····· 201

第一节　知识介绍 ····· 203
一、作者简介 ····· 203
（一）文学历程 ····· 204
（二）外交经历 ····· 209
二、主要作品简介 ····· 209
（一）《戴面具的日子》 ····· 210
（二）《最明净的地区》 ····· 214
（三）《阿尔特米奥·克罗斯之死》 ····· 215
三、富恩特斯作品在中国的译介 ····· 217

第二节　文学赏析 ····· 218
一、内容简介 ····· 218

二、原文阅读 ··· 219
　　三、作品赏析 ··· 224
　　　　（一）交错的时空 ·· 224
　　　　（二）纠缠的身份 ·· 225
　　　　（三）复杂的渊源 ·· 227

附录 ··· 231
　　一、选读书目 ··· 233
　　二、所选作家作品的中国译介情况 ································· 235

参考文献 ·· 245
　　一、主要作品信息 ··· 247
　　二、参考文献 ··· 248

第一章
何塞·马蒂

> 诗歌当如剑。
> El verso ha de ser como una espada.
> ——何塞·马蒂《自由的诗·序言》

第一节　知识介绍

一、作者简介

何塞·马蒂[1]全名何塞·胡里安·马蒂·佩雷兹（José Julián Martí Pérez，以下简称何塞·马蒂），1853年1月28日出生于哈瓦那，1895年5月19日在争取古巴自由独立的双河口战役中英勇牺牲。

何塞·马蒂不仅仅是古巴的象征，更是整个西语美洲的重要代表人物。马蒂出生在一个极为普通的家庭，他的父亲曾在西班牙军队服役，母亲是加纳利群岛一位退伍军人的女儿，马蒂是他们的长子。但马蒂从小就展现了过人的学习天赋，在学校深受师长喜爱。马蒂不仅成绩优异，也始终心怀祖国。1868—1878年，为摆脱西班牙殖民统治，古巴爆发了第一次独立战争。开战后第二年，年仅十六岁的马蒂就写信给自己在西班牙军队服役的好友，劝他脱离宗主国军队，为自己的祖国古巴而战。但此事不幸东窗事发，年少的马蒂被捕入狱，在采石场饱受六年牢狱之苦。而且被多次流放，辗转西班牙、墨西哥、危地马拉和美国。

无论经历怎样的艰难困苦，马蒂从未停止为拉丁美洲发声。为了革命事业，他牺牲了自由和家庭，甚至献出了自己的生命：1895年5月19日，马蒂领导的起义打响近一个月后，在双河口的一场战役中，坚持身先士卒的马蒂不幸中弹身亡，牺牲时年仅四十二岁。

马蒂是著名的文学家，是风靡拉美，甚至影响整个世界文坛的现代主义先驱和领军人物。他的诗歌极富现代主义特点，典雅而感性，但却一反现代主义困惑消极的低迷之风，有着革命者的雄浑气魄。评论界普遍认为，马蒂是现代主义的先驱，

---

[1] 本书所选八位外交官文学家的中文译名若有约定俗成的习惯译法，则与之保持一致；如无，则与新华社《西班牙语姓名译名手册》保持一致。作品分析中涉及人物的中文译名与所选译本保持一致。如无特别说明，下同。

也是这一流派中最重要的诗人之一。

马蒂是知名的记者，客居纽约时他笔耕不辍，为欧美和拉美的多家重要报纸杂志供稿，用激扬的文字批判社会现实，呼吁拉美独立，成为极富影响力的社会人物。

马蒂是优秀的革命家。从少年时他就开始反对殖民统治，为祖国谋求独立自主，并用一生去筹划、组织和实现这一梦想。马蒂被古巴人民尊为"独立先驱""导师"和"国家英雄"，他的思想至今依然影响着无数古巴人、拉美人乃至世界各国的仁人志士。

马蒂是出色的外交官。凭借自己的国际影响力，马蒂打破了国籍的限制，被阿根廷、乌拉圭和巴拉圭三国同时任命为驻纽约领事。

（一）文学历程

无论在怎样的境遇之下，马蒂都没有停止为祖国的独立而奔走。流亡海外期间，马蒂一直努力结交有识之士，联络可用资源，建立政党，策划革命，准备回到祖国发动起义，彻底实现古巴的自由独立。回到祖国，马蒂建立队伍，打响起义，为古巴的自由而战。为了深爱的祖国，马蒂经历了牢狱之灾，被迫背井离乡，牺牲了家庭的幸福，甚至付出了生命的代价，却始终没有放弃自己心中的信仰。

"革命"是马蒂的人生使命，跌宕起伏的一生赋予马蒂丰富的素材和别样的视角，让他成长为一名优秀的文学家。故而他的文学创作也呈现出"柔情"和"豪情"并行的复调色彩。马蒂精通多国语言，熟悉文学、哲学和历史学。在欧洲文学依然占据主导地位的 19 世纪，凭借天马行空的想象、精妙美丽的比喻和清新质朴的语言，让西语文学成为世界瞩目的一颗璀璨明珠。马蒂的诗歌风格典雅、感情真挚，开现代主义文风之先河。

纵观马蒂一生，虽然他没有像本书其他文学家一样获得大奖，但他对现代主义文学、古巴社会发展和拉美大陆进步的贡献不容忽视。这一部分，我们主要介绍马蒂的代表性作品，一睹这位革命诗人的文学成就。

主要作品

马蒂的一生如流星般短暂，但却灿烂无比。四十二年的人生中马蒂共创作了六部诗集、一部小说，以及多篇散文、政论和戏剧，此外还有多篇日记、书信、文艺评论和译著流传于世。其中，最具代表性的作品有：

- 1873 年发表政论文章《面对古巴革命的西班牙共和国》(*La República Española ante la Revolución Cubana*),此时马蒂虽然年仅二十岁,但是已经对祖国古巴的未来有了清晰的认识,追求民主、独立的思想已经基本成型。
- 1882 年发表诗集《伊斯玛埃利约》(*Ismaelillo*),这部极具现代主义风格的诗集中,诗人谈论美与爱,将自然和人伦用唯美的方式展现出来。马蒂时而以一个父亲的口吻,想象了与孩子一起生活、玩耍的场景,表达了对孩子的爱与对天伦之乐的向往;时而以一个观察者的身份去观察美丽的事物,展开了对生活的种种思索。《伊斯玛埃利约》的问世标志着现代主义的出现,因此,马蒂是现代主义不折不扣的先驱,也是这一流派的重要代表诗人。
- 1913 年,在马蒂去世之后,人们收集了他在 1878 到 1882 年创作的诗歌,形成了诗集《自由的诗》(*Versos libres*)。这些诗歌延续了现代主义风格,充分展现了这一时期马蒂的思想与困惑,既有极高的文学价值,又有深厚的哲学意义。
- 1885 年发表的长篇小说《不祥的友情》(*Amistad funesta*)是马蒂唯一一部小说作品。《不祥的友情》书写了几位少女纯真而热烈的友情,不幸的是,当她们都爱上同一个男人时,美丽的友谊间不免产生了一丝丝裂隙,引发了令人感慨万千的悲剧。马蒂仔细观察生活,从真实事件取材创作了这部小说,还原了当时古巴的风土人情和拉美社会的实际状况。
- 1889 年发表散文《美洲,我们的母亲》(*Madre América*),表达了对拉美大陆拳拳热爱之情,号召人们团结起来,为建立独立、民主、自由的共和国而努力奋斗。
- 1891 年发表诗集《纯朴的诗》(*Versos sencillos*),在现代主义清新质朴、感性动人文风的基础上,马蒂关注古巴和整个拉美的社会现实,用诗歌作为武器表达他对独立、自由的追求,呼吁人们为祖国贡献力量。
- 1891 年发表散文《我们的美洲》(*Nuestra América*),马蒂作为革命先驱,明确表达要建立一个各种族平等、民主自由、由拉美人自己管理的拉美的愿望。文章中,马蒂明确警告拉美各国,现在不是高枕无忧的时候,更不能照搬欧洲经验治理拉美。他呼吁拉美各国团结起来,充分认识并研究社会问题,团结一切可能团结的种族和力量,实现民族独立,完成美洲繁荣,共同构建一个更加美好的家园。以《美洲,我们的母亲》和《我们的美洲》为代表,马蒂一生中写下了多篇这一类型的评论文章,清晰地展现了一个知识分子对于社会问题的深刻思索。展现了一个有责任感、有担当的知识分子的高大形象。

- 1895 年的《蒙特克里斯蒂宣言》(Manifiesto de Montecristi) 其实并非文学作品，而是马蒂建立并领导的古巴革命党的官方文件。《蒙特克里斯蒂宣言》由马蒂与革命军统帅戈麦兹于多米尼加共和国共同签署，基于马蒂的思想，该文件表明古巴革命党的革命纲领，提出要在古巴发动武装革命，实现国家的自由与民主。正是在 1895 年，马蒂率领队伍真正展开了实现国家独立的起义。尽管革命如昙花一现，马蒂也英年早逝，在前线牺牲。但马蒂真正将自己的政治理想付诸实践，在历史上留下了如流星般灿烂的一笔。

诗集《伊斯马埃利约》《自由的诗》和《纯朴的诗》鲜明地体现了马蒂诗歌浓厚的现代主义风格，也展现了这位革命诗人与其他现代派文学家不同的气魄。在本节的第二部分，除了这三部诗集，我们还介绍了马蒂唯一一部小说《不祥的友情》。为了突出马蒂为争取古巴独立、实现拉美繁荣而作出的贡献，我们也从他的评论文章中选择了最为脍炙人口的《我们的美洲》。在第二节文学赏析中，我们也会从《伊斯马埃利约》中的名诗《小王子》和《我们的美洲》这两部截然不同的作品中，一睹这位革命诗人丰富多变的文风。

（二）外交经历

旅居纽约期间，马蒂作为记者产出颇丰，在新闻界极负盛名。为了让自己的祖国古巴能够完全独立自主，他积极斡旋，多方联络工商、金融等各界人士，这也使得马蒂成为影响力极大的社会公众人物。因此，马蒂自然而然地走上了"文而优则'使'"的道路。

但是，与本书选择的大部分拉美外交官相比，马蒂的外交经历更加特别，因为任命他的不是自己的祖国古巴，而是拉美的其他国家，并且不仅限于一国。这不仅是对于马蒂能力与名望的肯定，也是对于这位杰出人士的认可和尊敬。马蒂的外交经历具体包括：

- 1887—1892 年任乌拉圭驻纽约领事。
- 1890 年 7 月 24 日，马蒂接受阿根廷总统的任命，担任阿根廷驻纽约领事。6 天后，7 月 30 日，马蒂又接受了巴拉圭驻纽约领事的职务。
- 1890 年 10 月 10 日，马蒂在古巴第一次独立战争纪念日大会上发表讲话。西班牙驻纽约领事强烈抗议乌拉圭、阿根廷和巴拉圭三国任命马蒂担任驻美领事。次日，马蒂决定辞去三国领事职位。至此，马蒂的外交生涯结束，全身心投入祖国革命事业当中。

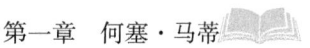

相比本书所选的其他人物，马蒂的外交生涯虽然短暂，但极为灿烂。作为乌拉圭、阿根廷和巴拉圭三国外交官，马蒂不再受某一国国籍的局限，而是以"拉丁美洲人"的身份活跃于世界舞台。正是因此，他在自己的创作中用更加博爱的视角将所有拉美国家看作兄弟，歌颂美洲这一所有拉美人共同的母亲，不断呼吁美洲的全面独立和繁荣。

二、主要作品简介

何塞·马蒂不仅仅是一位伟大的革命者，更是一位优秀的文学家，他为古巴和拉美文学留下了许多经典作品。在这一章中，我们选择了马蒂最重要的五部作品：三部代表性诗集《埃斯马埃利约》《自由的诗》和《纯朴的诗》，一部小说《不祥的友情》以及一篇经典评论散文《我们的美洲》，对其内容进行简要介绍，一起探究这位在现代主义中独树一帜的诗人柔情与豪情并存的诗风。

（一）《伊斯马埃利约》

> 我望着摇篮：我的儿子在成长，我没有休息的权力。
>
> ——马蒂

诗集《伊斯马埃利约》包含《小王子》(*Príncipe enano*)、《芳香的臂膀》(*Brazos fragantes*)、《我的小骑士》(*Mi caballero*)、《清醒时的梦》(*Sueño despierto*)、《调皮的缪斯》(*Musa traviesa*)、《我的小国王》(*Mi reyecillo*)、《心爱的儿子》(*Hijo del alma*)、《坐在我肩上》(*Sobre mi hombro*)、《残忍的牛虻》(*Tabanos fieros*)、《艳丽的羽饰》(*Penachos vívidos*)、《洁白的雌斑鸠》(*Tórtola blanca*)、《我的布施者》(*Mi despensero*)、《新生的玫瑰》(*Rosilla nueva*)、《生气蓬勃的山村》(*Valle lozano*)和《漫游的爱》(*Amor errante*)[1]这十五首诗歌。

《伊斯马埃利约》中绝大部分的诗歌都是献给自己的独子何塞·弗朗西斯科的。尽管两岁时，儿子就和母亲一起离开了马蒂，但作为父亲，诗人永远为爱子保留了自己最温柔的情感。这部诗集以父爱为主题，表达了诗人对独子的眷眷之情，想象了许多与儿子一起玩耍和成长的场景。诗歌语言清新质朴，感情无比真挚，形式典

---

[1] 前十四首诗歌的中文译名引自毛金里、徐世澄等编译：《何塞·马蒂诗文选》，北京：作家出版社，2015年。最后一首诗的中文译名为本书作者自译。

雅优美，颇有西班牙古典歌谣的意趣。这部诗集是马蒂最具现代主义风格的作品，也是拉美现代主义文学的经典之作。

（二）《自由的诗》

> 生活在世界上，就有使它更美好的义务。
>
> ——马蒂

1878 到 1882 年正是马蒂饱经牢狱与流放之苦的时期，在这样一个极度艰难困苦又颠沛流离的人生阶段，马蒂创作了二十五到三十首诗歌，真实反映了自己的内心感受，表达了青年时代他对于痛苦、自由与爱的思考。1913 年，在马蒂已经为国牺牲后，人们将这些诗歌收录成册，出版了诗集《自由的诗》，原版包括《致好心的佩德罗》（*Al buen Pedro*）、《钢铁》（*Hierro*）、《大城市的爱情》（*Amor de ciudad grande*）及《我已经活过，我已经死去》（*He vivido: me he muerto*）等二十余首诗歌。在之后的出版过程中不断增加新的作品，出现了包含超过四十首乃至超过六十首诗歌的大型版本。马蒂不仅描写自然与爱情，更追寻自由和真理。作为诗人，马蒂在这些诗歌中强调艺术性与原创性，更将诗歌化为利剑，表达了青年时代的志向与理想。

（三）《纯朴的诗》

> 作为好人而死，我要面向太阳。
>
> ——马蒂

诗集《纯朴的诗》发表于 1891 年，是马蒂最著名、最广为人知的作品，共四十六首诗歌，多为四音节或八音节诗。《纯朴的诗》中佳作频出，包括被改编成民歌而在古巴家喻户晓的《我是老实人》（*Yo soy un hombre sincero*），以及《纵然匕首刺进我的心脏》（*¿Qué importa que tu puñal se me clave en el riñón?*）、《我虽死犹生》（*Yo que vivo, aunque me he muerto*）、《关于暴君》（*¿Del tirano? Del tirano*）等。

创作《纯朴的诗》时马蒂经历着政治生活、革命运动、社会活动及精神世界的重要变化，这些变化促使他深度思考，也让他找到了许多问题的答案。如果说《自由的诗》展示的是青年马蒂不断思考的过程，《纯朴的诗》则闪耀着哲思的智慧，展示了思索的结果。在这样的背景下，《纯朴的诗》也展现出复杂的面貌：朴实的内容与精致的美学追求并存，不变的精神与多样的形式共生，在无数比喻和想象下隐藏着马蒂人生的本真。《纯朴的诗》象征马蒂诗歌创作臻于成熟。

(四)《不祥的友情》

> 最困难的职业就是怎样为人。
>
> ——马蒂

发表于1885年的《不祥的友情》是马蒂唯一一部小说作品,也被认为是拉丁美洲首部现代主义小说。最初,马蒂使用了一个女性笔名,将该小说以连载的形式分九期刊发于纽约的《拉美人》报。第一版借女主人公名字将小说命名为《露西娅·赫雷兹》(Lucía Jerez),第二版后改为《不祥的友情》,围绕着露西娅、安娜、阿德拉和索尔·德尔·巴列四位女性展开:露西娅深爱着自己的表兄胡安,但她的好友安娜和阿德拉也爱上了同一个男人,最终导致了一场悲剧。马蒂借鉴了身边熟悉的人物,赋予了小说角色活灵活现的面貌和传神的性格。同时,这部小说也真实反映出19世纪末的古巴乃至整个拉美地区的政治、经济和文化大环境。

(五)《我们的美洲》

> 虚荣的人注视着自己的名字,光荣的人注视着祖国的事业。
>
> ——马蒂

发表于1891年的《我们的美洲》是一篇家喻户晓的散文,其中,马蒂跳出了国籍的限制,将美洲看作一个整体。马蒂指出,拉丁美洲所有国家面临着相似的问题,整个大陆有着共同的未来和命运,与殖民统治、帝国主义和独裁霸权不断抗争才能真正获得自由与发展。因此,马蒂呼吁拉美各国放宽眼量,抛弃高枕无忧的错觉,实现民族平等,将所有能团结的力量团结起来,形成一个强有力的集体,用拉美人的方式解决这片大陆上遇到的问题,从而实现真正意义上的独立和富强。《我们的美洲》全面展现了革命家马蒂对于时局的清醒判断和对于问题的敏锐捕捉。从这篇文章中,我们不仅能够读出马蒂对于独立、自由、民主、富强的渴望,更能看到一位知识分子为了实现梦想而进行的深刻思考。

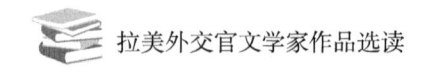

三、马蒂作品在中国的译介

马蒂作品在中国的译介数量并不占上风，但内容较为丰富，涵盖了几乎所有重要的作品[1]。除了中文版的诗文外，中国学者朱景冬撰写了《何塞·马蒂评传》，全面介绍了这位革命家诗人的生平。

---

[1] 具体作品信息可参见本书附录二，如无特殊说明，下同。

第二节　文学赏析

作为现代主义的先驱和重要代表人物之一，何塞·马蒂的作品充分展现了现代主义诗人丰富的内心世界。而作为革命家和战士，他的诗歌又展现出和其他现代主义作品不同的磅礴气势。在这一部分，我们选择了马蒂最著名的两部作品：诗集《伊斯玛埃利约》中的诗歌《小王子》和著名文章《我们的美洲》。借此，让我们全面了解这位现代主义革命文学家细腻动人又掷地有声的文风。

一、《小王子》

（一）原文阅读

《小王子》

毛金里（译）[1]

为了一位小王子
举行此庆典。
他的头发
金黄而柔软，
长长的，
垂于白嫩肩。
他的眼睛
像乌黑的星星，
翻转、闪烁、颤动，
光芒四射！
对我而言，

---

[1] [古]何塞·马蒂著，毛金里、徐世澄编：《长笛与利剑　何塞·马蒂诗文选》，昆明：云南人民出版社，1995年，第259—260页。

他是王冠，
是骑士的马刺、
御赐的坐垫。
我的手，能驯服
烈马和鬣狗，
却温顺、驯服地
任他牵东牵西。
他皱起眉头，
我惶恐不安；
他喊叫呻吟，
我像女人一般，
脸色变得刷白：
他的血液，
激励着我瘦小的血管；
他的情绪，
使我的血液奔腾或干涸！
为了小王子，
举行此庆典。
我的小骑士
小径这边行！
我的小暴君
岩洞这头进！
他的身影
映入我的眼帘，
犹如平淡的星星
在黑暗的洞穴中闪现，
给一切披上
蛋白石的霓衣。
他经过时，
黑暗变成光明，
如同阳光

刺破乌云。
我必须披挂上阵!
小王子要我
重新投入战斗。
对我而言,
他是王冠,
是骑士的马刺,
御赐的坐垫。
如同阳光,
冲破乌云,
把黑暗变成彩带,
用密实的光波,
给我织绣
紫色和红色的
战斗绶带。
这么说我的主人
要我重新生活?
我的小骑士
小径这边行!
我的小暴君
岩洞这头进!
让我把生命
向他奉献!
为了小王子
举行此庆典。

Príncipe enano
José Martí[1]

Para un príncipe enano

---

[1] Martí, José, *Ismaelillo*, California: CreateSpaceIndependent Publishing Platform, 2013, pp.1-2.

Se hace esta fiesta.
Tiene guedejas rubias,
Blandas guedejas;
Por sobre el hombro blanco
Luengas le cuelgan.
Sus dos ojos parecen
Estrellas negras:
¡Vuelan, brillan, palpitan,
Relampaguean!
Él para mí es corona,
Almohada, espuela,
Mi mano, que así embrida
Potros y hienas,
Va, mansa y obediente,
Donde él la lleva.
Si el ceño frunce, temo;
Si se me queja,
Cual de mujer, mi rostro
Nieve se trueca;
Su sangre, pues, anima
Mis flacas venas:
¡Con su gozo mi sangre
Se hincha, o se seca!
Para un príncipe enano
Se hace esta fiesta.

¡Venga mi caballero
Por esta senda!
¡Éntrese mi tirano
Por esta cueva!
Tal es, cuando a mis ojos

Su imagen llega,
Cual si en lóbrego antro
Pálida estrella,
Con fulgores de ópalo,
Todo vistiera.
A su paso la sombra
Matices muestra,
Como al sol que las hiere
Las nubes negras.
¡Heme ya, puesto en armas,
En la pelea!

Quiere el príncipe enano
Que a luchar vuelva:
¡Él para mí es corona,
Almohada, espuela!
Y como el sol, quebrando
Las, nubes negras,
En banda de colores
La sombra trueca, -
Él, al tocarla, borda
En la onda espesa,
Mi banda de batalla
Roja y violeta.
¿Conque mi dueño quiere
Que a vivir vuelva?
¡Venga mi caballero
Por esta senda!
¡Éntrese mi tirano
Por esta cueva!
¡Déjeme que la vida

A él, a él le ofrezca!
Para un príncipe enano
Se hace esta fiesta

思考题：
  1. 这篇诗歌中的"小王子"是一个什么样的形象？
  2. 这篇诗歌中的诗人是一个什么样的形象？
  3. 你感觉这篇诗歌的艺术风格是怎样的？

（二）作品赏析

在现代主义诗歌领域，毫无疑问，尼加拉瓜诗人鲁文·达里奥（Rubén Darío）的地位举足轻重。也许马蒂的名声没有达里奥那样响亮，但他也被尊为现代主义的先驱之一。评论界更是认为，马蒂的诗集《伊斯马埃利约》是拉开现代主义序幕的重要作品之一。

《伊斯马埃利约》中的大部分诗歌是献给马蒂的独子何塞·弗朗西斯科的，我们所选择的这首《小王子》就表达了诗人对儿子深深的爱意。1877年，二十四岁的马蒂与妻子卡门·萨亚斯·巴桑成婚，第二年，何塞·弗朗西斯科就出生了。然而，由于工作原因，马蒂一直辗转各个国家，一家人经常分隔两地。由于生活理念上的分歧，1880年，卡门最终与马蒂分道扬镳，带着年仅两岁的幼子离开了。再也见不到自己心爱的儿子，这给马蒂带来了极大的精神打击，让他常常"克制着痛苦和疯狂的泪水叫喊着、咒骂着"[1]。马蒂一直无法忘记自己唯一的孩子，在很多诗歌中都表达了对何塞·弗朗西斯科的思念之情，尤其是《伊斯马埃利约》这部作品更是将慈父对于孩子的爱表达得淋漓尽致。

《小王子》这首诗中，正如题目所表达的那样，在父亲马蒂眼中，儿子何塞·弗朗西斯科是英俊又纯真的小王子，他头发金黄，皮肤白嫩，眼睛像乌黑的星星一般光芒四射。儿子又堪称一个小"暴君"，因为他轻易地就能夺走父亲所有的关注，他的一颦一笑、一举一动都牵动着父亲的心弦，让能够驯服烈马和鬣狗的父亲俯首称臣，乖乖任由儿子牵着手，陪在儿子身边。儿子也是勇敢的小骑士，他的降生好像阳光刺破黑暗一样，让父亲的生活更有意义，也让父亲有了投入新战斗的巨大动力。儿子成为马蒂心中最美好的化身，成为他生活的理由，也是鼓励他不断斗争的心灵支柱。

作为一首将父爱和人间天伦之情渲染得无比感人的抒情诗歌，《小王子》极具现代主义的特色。首先，从意象的选择和塑造上，《小王子》明显地体现出马蒂作为现代主义诗人的艺术倾向——对于美的不懈追求。为了塑造爱子的形象，马蒂选择了骑士、王子、国王这样最高贵的身份来比喻，选择了王冠、阳光这样最美好的事物来象征。马蒂运用最优美的语言去描绘他的独子，将何塞·弗朗西斯科塑造成为一个天真无邪、俊俏可爱又活泼灵动的小男孩形象。在《小王子》中，马蒂将儿

---

[1] 朱景冬：《何塞·马蒂评传》，北京：社会科学文献出版社，2010年，第23页。

子作为世间最美好的存在，用最美好的意象去塑造儿子完美无瑕的形象，充分体现了现代主义诗歌对于"优美"的执着。

其次，从语言上，《小王子》一诗不仅意象优美，诗人的语言风格也清新典雅，意味隽永。诗中，"他是王冠/是骑士的马刺/御赐的坐垫"以及"我的小骑士/小径这边行/我的小暴君/岩洞这头进"两节在诗中有两次出现，诗人反复吟咏，让这首献给孩子的诗如同古典歌谣一般具有明快而动人的节奏。马蒂的这首诗充分体现了现代主义诗歌格式典雅的特点。作为现代主义的代表人物，马蒂努力创新格律，不仅仅受到法国艺术的启迪，更充分借鉴西班牙古老艺术的精华，将自己的诗歌打造成富有拉丁美洲特点的、独一无二的艺术形式。

最后，从内涵和情感上，《小王子》从一位慈父的视角出发描写自己心爱的孩子，揭示了父亲的精神世界。作为革命者，马蒂将内心最柔软最纯净的一块地方留给了儿子，诗句将所有的关注点放在对儿子的爱上。也就是说，作为诗人，在《小王子》中马蒂将着重点放在"自我"和"内心"上，这也体现了现代主义诗歌的一大特点，即追求纯粹的艺术，彻底以"我"为中心，展现诗人纯粹而略显忧郁的情感世界。

无论从意象、语言、内涵还是情感，以《小王子》为代表的马蒂诗作与达里奥等现代主义诗人的风格如出一辙，都是拉丁美洲乃至整个世界诗坛现代主义诗风的先驱。但是，马蒂的作品不仅仅只有《小王子》和《伊斯马埃利约》，也有其他更加立意高远的诗歌与文章。马蒂没有沉迷于自己的世界中不能自拔，作为一名革命者，他没有"躲进小楼成一统"，而是关注世界、关心祖国，并努力以手中的笔为武器针砭时弊，振臂一呼，呈现出与其他现代主义作家不同的面貌。

二、《我们的美洲》

（一）原文阅读

《我们的美洲》（节选）

李显荣（译）[1]

　　美洲将摆脱他面临的各种危险。一些共和国尚未摆脱潜在的威胁。另一些共和国在平衡法则的促使下，正以义无反顾的勇气，刻不容缓地争取追回已失去的几个世纪的光阴。但另一些共和国却忘记了胡亚雷斯当年出门总是乘坐骡车，如今追求配有专职车夫的豪华马车，讲尽排场。这种毒害人的奢侈现象是自由的敌人，它会使轻浮者蜕化变质，并向外国人敞开方便之门。还有一些共和国的独立尚未摆脱威胁，但他们却以可歌可泣的独立精神磨炼出了男子汉的成熟气质。而另一些共和国在以强凌弱、攻城略地的战争中豢养出了一批以当兵为生的军人，他们可能会吞噬这些共和国。但我们的美洲也许会遇到另一种危险，这一危险并非来自其本身，而产生于本大陆两个部分之间的起源、方法和利益上的差异。一个富有进取心和顽强气概，但对我们的美洲并不了解心怀蔑视的人民接近我们的美洲，要求建立紧密的关系的时刻即将到来。由于那些靠猎枪和法律使自己成熟的人民只热爱也已成熟的人民；在疯狂和野心占上风的时刻（也许北美洲在其血液中最纯正的部分的支配下会摆脱这一时刻）。北美洲那些报复成性、居心叵测的人们会使北美洲接受征服的传统和颐指气使的首领愿望，由于在胆小怕事的人看来这一时刻并不那样急迫，尚没有机会证实他们足以正视和避免这一时刻的持久而有节制的高傲气质。由于在全世界人民的关注下，共和国的自尊对北美洲产生了一种约束力，我们的美洲不能以不近情理的挑衅或明显的傲慢无礼或亲人间的反目为仇去使其失去这一约束力，我们的美洲的紧迫责任是如实地展示自己，让人感到在心灵与意图上都以一个整体出现，让人了解我们的美洲如何迅速地战胜了令人难以忍受的过去，沾在她身上的血迹是在废墟中重建家园时双手洒出的沃血和从被昔日主义刺破的血管流出的鲜血。一个不了解我们的强大邻国的蔑视态度是我们美洲最大的危险；由于邻人的来访为期不远，就更急需使他们尽快了解我们的美洲，以免对他产生藐视。出于无知，也

---

[1] [古]何塞·马蒂著，毛金里、徐世澄、索飒、赵振江、吴健恒、李显荣、陶玉平、王仲年译：《何塞·马蒂诗文选》，北京：作家出版社，2015年，第30—38页。

许会导致对我们美洲的觊觎。经过相互了解，将会出于尊重而不再插手我们的美洲。对人之善，应该信赖，对人之恶，不可不防，应提供机会，使其抑恶扬善。不然，其劣性则会占上风。各国人民都应竖起耻辱柱，去惩罚那些挑唆仇者的人，同时也为那些不及时讲真话的人竖起一座耻辱柱。

不存在种族仇恨，因为并不存在种族。病态心理和只会秉烛遐想的思想家们列举出并活灵活现地介绍书中杜撰的种族，以致那些认真的旅行者和热心的观察家们在公正的大自然里徒劳无获地苦苦寻觅。在大自然，无所不克的仁爱和骚动不息的欲望均属人的共性。各种人体的形态和肤色不尽相同，但其心灵却永远相同。谁若是煽动并宣扬种族之间的敌对和仇恨，就是对人类的犯罪。但是一些人民在其糅合的过程中，尤其在与临近的不同人民糅合的过程中，凝聚了各种独特而又活跃的品格。其扩张、攫取、虚荣心和贪欲的思想与习性会在内部骚乱和本国积累的特性急剧变化的时期内，从国内忧患的潜在状态转变成对那些势孤力单，被强国视为贫穷与劣等邻国的严重威胁。思考就是贡献。不应出于乡下人的敌意，仅仅因为他们不讲我们的语言，看问题的方式与我们不一样和其政治伤痂与我们的不同，而把大陆的金发人民看得生来就居心险恶；也不应过于计较他们的暴躁脾气和麦色的皮肤；也不应以我们并不牢固的优越感，用怜悯的目光去看待那些受历史恩惠不多而英勇地跃上共和国道路的人们；也不应隐讳显而易见的问题，为了后世的和平，这些问题能够通过及时的研讨和本大陆的人民不言而喻和刻不容缓的联合加以解决。因为已经响起了统一的颂歌：我们这代人正负起建设美洲的重任，让我们沿着卓越的先辈们开创的道路前进！从布拉沃河到麦哲伦海峡，伟大的播种者跨着神鹰，飞越本大陆充满浪漫主义的国家和散落在大洋中的令人同情的岛屿，撒播下了新美洲的种子！

Nuestra América（fragmentos）
José Martí[1]

De todos sus peligros se va salvando América. Sobre algunas repúblicas está durmiendo el pulpo. Otras, por la ley del equilibrio, se echan a pie a la mar, a recobrar, con prisa loca y sublime, los siglos perdidos. Otras, olvidando que Juárez paseaba en un coche de mulas, ponen coche de viento y de cochero a una pompa de jabón; el lujo venenoso, enemigo de la libertad, pudre al hombre liviano y abre la puerta al extranjero.

---

[1] Martí, José, *Obras completas Volumen 6 Nuestra América*, La Habana: Centro de Estudios Martianos, 2011, pp. 15-23.

Otras acendran, con el espíritu épico de la independencia amenazada, el carácter viril. Otras crían, en la guerra rapaz contra el vecino, la soldadesca que puede devorarlas. Pero otro peligro corre, acaso, nuestra América, que no le viene de sí, sino de la diferencia de orígenes, métodos e intereses entre los dos factores continentales, y es la hora próxima en que se le acerque, demandando relaciones íntimas, un pueblo emprendedor y pujante que la desconoce y la desdeña. Y como los pueblos viriles, que se han hecho de sí propios, con la escopeta y la ley, aman, y solo aman, a los pueblos viriles; como la hora del desenfreno y la ambición, de que acaso se libre, por el predominio de lo más puro de su sangre, la América del Norte, o en que pudieran lanzarla sus masas vengativas y sórdidas, la tradición de conquista y el interés de un caudillo hábil, no está tan cercana aún a los ojos del más espantadizo, que no dé tiempo a la prueba de altivez, continua y discreta, con que se la pudiera encarar y desviarla; como su decoro de república pone a la América del Norte, ante los pueblos atentos del Universo, un freno que no le ha de quitar la provocación pueril o la arrogancia ostentosa o la discordia parricida de nuestra América, el deber urgente de nuestra América es enseñarse cómo es, una en alma e intento, vencedora veloz de un pasado sofocante, manchada solo con sangre de abono que arranca a las manos la pelea con las ruinas, y la de las venas que nos dejaron picadas nuestros dueños. El desdén del vecino formidable, que no la conoce, es el peligro mayor de nuestra América; y urge, porque el día de la visita está próximo, que el vecino la conozca, la conozca pronto, para que no la desdeñe. Por el respeto, luego que la conociese, sacaría de ella las manos. Se ha de tener fe en lo mejor del hombre y desconfiar de lo peor de él. Hay que dar ocasión a lo mejor para que se revele y prevalezca sobre lo peor. Si no, lo peor prevalece. Los pueblos han de tener una picota para quien les azuza a odios inútiles; y otra para quien no les dice a tiempo la verdad.

No hay odio de razas, porque no hay razas. Los pensadores canijos, los pensadores de lámparas, enhebran y recalientan las razas de librería, que el viajero justo y el observador cordial buscan en vano en la justicia de la Naturaleza, donde resalta en el amor victorioso y el apetito turbulento, la identidad universal del hombre. El alma emana, igual y eterna, de los cuerpos diversos en forma y en color. Peca contra la Humanidad el que fomente y propague la oposición y el odio de las razas. Pero en el amasijo de los pueblos se condensan, en la cercanía de otros pueblos diversos, caracteres peculiares y activos, de ideas y de hábitos, de ensanche y adquisición, de vanidad y de avaricia, que del estado latente de preocupaciones nacionales pudieran, en un período de desorden interno o de precipitación del carácter acumulado del país, trocarse en amenaza grave para las tierras vecinas, aisladas y débiles, que el país fuerte declara perecederas e inferiores. Pensar es servir. Ni ha de suponerse, por antipatía de aldea, una maldad ingénita y fatal al pueblo rubio del continente, porque no habla nuestro idioma, ni ve la casa como nosotros la vemos, ni se nos parece en sus lacras políticas, que son diferentes de las nuestras; ni tiene en mucho a los hombres biliosos y trigueños, ni mira caritativo, desde su eminencia aún mal segura, a los que, con menos favor de la Historia, suben a tramos heroicos la vía de las repúblicas; ni se han de esconder los datos patentes del problema que puede resolverse, para la paz de los siglos, con el estudio oportuno y la unión tácita y urgente del alma continental. ¡Porque ya suena el himno unánime; la generación actual lleva a cuestas, por el camino abonado por los padres sublimes, la América trabajadora; del Bravo a Magallanes, sentado en el lomo del cóndor, regó el Gran Semí, por las naciones románticas del continente y por las islas dolorosas del mar, la semilla de la América nueva!

思考题：
1. 你认为马蒂站在什么样的角度思考撰写了《我们的美洲》？
2. 在《我们的美洲》中，马蒂表达了什么样的思想？

（二）作品赏析

可以说，凭借现代主义诗歌，拉美文学不再是欧洲文学的衍生物，终于成为独立的文学种类，在世界文学的舞台上获得独一无二、举足轻重的地位。现代主义前期的作品体现出浓厚的颓废自闭倾向：诗人们在现实生活中屡屡碰壁，无法施展自己的远大抱负，只能埋头在虚无缥缈的精神世界中，用奇花异草、珍禽异兽和遥不可及的异国他乡宽慰自己。而马蒂却在一众现代主义诗人中脱颖而出，展现出不同于其他人的风格：他不仅仅沉醉于自我，更关注现实世界，为祖国的命运奔走呼号。

作为伟大的革命者，马蒂的一生都在为祖国而奔走，他一生最大的愿望就是能看到古巴成为一个独立、自由、民主的国度。在其名作《我们的美洲》中，马蒂不仅展现了这种爱国的情怀，更将视野扩大到整个美洲。

《我们的美洲》中，马蒂倡导独立与革命。他敏锐地察觉到，拉美许多国家都面临着巨大的威胁，即便是已经取得独立的国家都还存在着危机，发展遇到障碍，现在根本不是可以高枕无忧的时候，而是应该枕戈待旦，随时为战斗做好准备。但无论是什么问题都是拉美国家的问题，应该由拉美人自己解决，而不是照搬欧洲、美国的教条。拉美只属于拉美人，通过革命取得独立，拥有实事求是的思想和独立解决问题的能力，是拉美人应该具备的最好的武器。

在《我们的美洲》中，马蒂明确表达了反帝反独裁的思想。马蒂时刻提醒拉美人要放弃"乡村"的狭窄眼界，不能像浅薄的村夫一样，只要能保障自己的温饱、保证未婚妻不被抢走就满足了，而是要清楚地意识到，外面有一步能跨七西班牙里的巨人在虎视眈眈。以巨人为代表的"怪物"意象经常在马蒂的文章中出现，以此，马蒂剑指帝国主义国家和独裁者，不断提醒世人，有人一直虎视眈眈想吞并古巴，这是马蒂绝不允许的。

在《我们的美洲》中，马蒂呼吁团结和平等。他不受国籍的限制，提出当前的问题不是古巴一个国家的问题，而是拉美各国共同面临的挑战。因此，他倡导拉美各国能联合起来组成联盟，共同抵抗帝国主义和独裁统治，维护来之不易的独立果实。为此，必须团结一切能够团结的力量，因此马蒂特别在文章中提到了拉美土著的印第安人和本来地位低下的黑人，认为他们也是拉美不可分割的一分子，无论肤色、地位和工作，应该平等对待所有的拉美居民，团结一切能团结的力量，通过所有人的努力建设一个属于所有人的拉美。

《伊斯马埃利约》中，马蒂也像其他现代主义诗人一样专注于自我和自己的内心，通过唯美的意象、凄美的感情、忧郁的氛围，表达了自己的"纯粹艺术"的追求。但是，与其他大部分现代主义诗人不同，"风物长宜放眼量"，马蒂是一位立足属于自己的土地，不断思考整个拉美社会问题、寻找解决办法的知识分子。一方面，马蒂将推动祖国自由和社会进步为己任，并通过文学作品将这样的思想传播给普罗大众。除了《我们的美洲》，他还写下了《美洲，我们的母亲》(*Madre América*)、《我的种族》(*Mi raza*)等一系列文章，传播独立自由的思想；另一方面，马蒂热心文化事业，致力于向全世界介绍拉美的独特文明，撰有《美洲古代人类及其原始艺术》(*El hombre antiguo y su cultura primitiva*)、《印第安人的遗址》(*Las ruinas indias*)等文章，宣传自己的故乡和灿烂的文化。

总的来说，马蒂一肩挑起了文学创新和社会改革的重担，将知识分子和革命先驱这两个重要角色完美融合。知识分子的身份让马蒂在社会活动和革命运动中有更加敏锐的视角，革命者的胸襟也赐予马蒂与众不同的眼界，打造了现代主义流派中独一无二的风格。

第三节　马蒂与中国

古巴是拉丁美洲最早引进华工的国家之一，古巴华人华裔数量曾一度居拉丁美洲之首。[1]尽管如今古巴华人华侨社会日益缩小，但他们对古巴做出的贡献是不可否认也无法磨灭的。无论是在古巴还是在美国，马蒂非但没有忽视身边的中国面孔，反而对他们给予了特别的关注，为他们的苦难和不平等遭遇发声。

早在1871年，年仅十八岁的马蒂在被流放西班牙期间写下了《古巴的政治犯苦役》(*El presidio político en Cuba*)一文，揭露西班牙殖民者的血腥统治，批判古巴卡瓦纳采石场惨无人道虐待犯人的事实。其中，马蒂翔实记录了各种苦役刑犯的痛苦遭遇，里面特别提到了一个因为霍乱而不幸去世的中国人。

马蒂不仅是优秀的作家，也是著名的记者，为多个拉美国家的多家报刊贡献了大量优质稿件。1880到1895年间，在给阿根廷《民族报》和委内瑞拉《国民舆论报》的供稿书信中，马蒂不忘将目光投向侨居美国的中国移民。一方面，马蒂关心中国人在美国的生活。1882年，他谈论到美国终止移民法令，成为美国排华热潮的有力证据。1885年，他又揭露了美国枪杀中国矿工的恶行。马蒂充分肯定了华工勤劳、谨慎、温和、聪明的优秀品质，但即便这样，中国矿工依旧被白人所欺辱，失去了赖以生存的工作，还付出了生命的代价。[2]

另一方面，马蒂也探索中国的传统文化。他对于中国移民的生活习惯感到好奇，1888年参加过中式婚礼和葬礼，并在书信中详细记录了中国富商伊乃兴迎娶年轻貌美的中国妻子时两人富丽堂皇的婚服和精美丰盛的婚宴，也记录了著名华人将领李印笃隆重的葬礼。马蒂翔实而生动地揭开了旅美华人的神秘面纱，从字里行间体现出对于华人的友好。1889年，马蒂观赏了京剧。他没有说明剧名，只是描写了一个片段中演员的穿戴、动作以及配乐的乐队和乐器。从马蒂的描述中可以看出，

---

[1] 袁艳：《融入与疏离，华人华侨在古巴（1874—1970）》，南开大学历史学院博士学位论文，2012年，第2页。
[2] 朱景冬：《何塞·马蒂评传》，北京：社会科学文献出版社，2010年，第223—225页。

他其实并不懂京剧，也不很理解剧情内容，但却努力地观察和解读动作、流程和艺术范式，并细致地进行记录。这展现出马蒂敏锐的艺术观察力，也体现出他对于中国文化的尊重。[1]

---

[1] 朱景冬：《何塞·马蒂评传》，北京：社会科学文献出版社，2010年，第215—222页。

第二章
鲁文·达里奥

> 真正的完美永远不会屈服。
> La adusta perfección jamás se entrega.
> ——鲁文·达里奥《生命与希望之歌》

第一节　知识介绍

一、作者简介

鲁文·达里奥原名菲利克斯·鲁文·加西亚·萨尔门托（Félix Rubén García Sarmiento，以下统一称为鲁文·达里奥），1867年1月18日出生于尼加拉瓜的梅塔帕，1916年2月6日于尼加拉瓜的莱昂去世。由于人们都称他的父亲这一脉为"达里奥家族"，因此诗人最后选择以"鲁文·达里奥"这个名字公开发表作品以及参加社会活动。

对于达里奥的早年时光，史书记载并不多，但从只言片语中能够看出，他的童年和少年时代并不顺遂：仓促结婚的父母在他出生后不久就结束了这段婚姻，达里奥一直寄人篱下，在家庭经济窘迫时差点被家人送去当学徒；成年之后貌似传奇的爱情经历却隐含着巨大的悲剧；由于不规律的生活习惯和对美酒的沉迷，还不到知天命之年，达里奥就因为病痛早早离开人世。这些曲折的经历却没有掩盖达里奥的才华，反而让达里奥创作出无数名篇，成为拉美文学的重要代表，被后世敬仰。

达里奥是世界闻名的文学家，以创作诗歌见长。他是天才诗人，年少成名，一生传奇而坎坷。他是"天鹅诗人"，在诗歌中创造了一个美丽而多情的世界。他是"西语文学王子"，是西语文学中现代主义这一流派的中流砥柱，通过自己的诗歌让拉美文学不再是欧洲的衍生物，而是真正自成一派。对于拉美文学来讲，达里奥不仅仅是尼加拉瓜的瑰宝，更是整个拉美大陆的象征，是拉美文学贡献给世界的宝藏。

达里奥是影响颇深的记者。他在新闻行业颇有建树，长期担任各个国家不同报刊的主编、通讯员和记者，不仅向拉美介绍世界，也向世界介绍拉美。

达里奥是经历丰富的外交官。他从小就无比向往外交行业，因诗歌成名后，他不仅代表尼加拉瓜，也受聘于其他拉美国家担任外交职务，一生中先后派驻欧洲和美洲的7个国家，成为宣传拉美文化和西语文学的重要使者。

（一）文学历程

达里奥年幼时就开始读书，三岁学诗，十一岁开始独立写诗，一度得到了"儿童诗人"的美名。少年时他已经崭露头角，一生致力于创新诗风、改革文法、追求"纯粹的世界"和"纯粹的艺术"，在诗歌中创造了一个雅致、朦胧而略显忧郁的美好境界，开创了现代主义这一世界重要文学流派。

现代主义随着达里奥代表作的问世而繁荣，又随着他的离世而逐渐退出世界文学舞台；可以说，达里奥是现代主义这一流派不折不扣的领军人物。更重要的是，从达里奥和现代主义开始，拉美文学真正摆脱了"欧洲变体"的禁锢，成为独树一帜的独立文学流派，从 20 世纪以来为世界文学殿堂源源不断地贡献了无数宝藏。

"现代主义"是达里奥人生的重要名片，因此，"美"与"爱"成为他文学创作的主要基调。尽管他的一生无比短暂，逝世时又深陷贫困和病痛，但他的诗歌把对美和爱的追求展现得淋漓尽致。

这一部分我们主要从代表作品和重要影响入手，介绍达里奥的文学成就。同时，我们也将探讨"现代主义"这一概念及其发展历程，以此全面了解达里奥在拉丁美洲文学中举足轻重的地位。

1. 主要作品

达里奥擅长诗歌和散文，短暂的一生中共发表了十余部诗（集）和十余部散文（集），其中最具代表性的有：

• 1880 年十三岁的达里奥在报纸上公开发表了自己的诗歌处女作——挽歌作品《一滴泪》（*Una lágrima*），随后，他的作品开始出现在各类文学杂志上，获得了"儿童诗人"的美誉。

• 1887 年出版《诗韵》（*Rimas*），致敬西班牙著名诗人贝克尔，为达里奥正式进军文学界吹响了先锋号角。

• 1888 年出版诗文集《蓝……》（*Azul...*），年轻的诗人锐意创新，没有照搬现成的文学传统，而是融会贯通，用唯美的意象、大胆的比喻、全新的语言、韵律和技法让整个世界文坛为之惊艳。这部作品集既包括诗歌也包括散文，诗人也刻意打破了诗与文之间的限制，让故事如诗一般，踏着优雅的节奏缓缓流淌。《蓝……》出版后，1889 年起，达里奥获得了走出拉美的机会，在许多欧洲国家与支持创新的诗人们有了更多接触，他的作品被更多人所知，也影响到了更多的人，当然，也有更多人开始支持他，支持现代主义。《蓝……》不仅为达里奥本人赢得了显著的声誉，

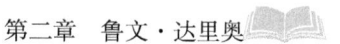

也标志着现代主义这一流派正式形成。

• 1896 年出版诗文集《世俗的圣歌》（*Prosas profanas*），此时达里奥的诗歌创作步入巅峰时期，他也成为现代主义运动的领袖。《世俗的圣歌》没有简单复制以法国为代表的欧洲文学传统，而是立足拉美本土特色并采撷世界文学殿堂中的瑰宝，用高洁的天鹅、东方的名贵器物、奇花异草和美人美景，塑造了一个飘逸迷离的世界。

• 1905 年出版诗集《生命与希望之歌》（*Cantos de vida y esperanza*）是达里奥最杰出的作品，标志着他的文学创作到达顶峰。更为重要的是，这部诗集中，以诗歌《致罗斯福》（*A Roosevelt*）以及《天鹅》（*Cisne*）为代表，诗人开始走出自己的精神世界，转而关注现实社会中让人无法忽视的问题。以此，达里奥不仅完成了个人风格的转向，也引领现实主义摆脱了"逃避主义"的诟病。以达里奥为代表的，现代主义后期诗人开始歌颂美洲、胸怀天下，完成了现代主义向"新世界主义"的转型。

想要充分了解拉美文学，达里奥是绝对不能忽略的重要人物。最能够展现他创作风格的无疑是《蓝……》《世俗的圣歌》以及《生命与希望之歌》三部诗文集。因此，在本节的第二部分，我们将对这三部作品进行更加详细的介绍。在第二节文学赏析中，我们会从《蓝……》和《生命与希望之歌》中选择《春》和《天鹅》两首诗歌，一起感受达里奥的才情，更全方位展示现代主义的独特魅力。

2. 重要影响

作为拉丁美洲文学崛起的先驱，达里奥是西班牙语文学的代表人物，他的意义已经超越了一个国家，而成为整个拉美大陆乃至整个西班牙语区的象征。为了纪念这位"西语文学王子"，达里奥的祖国尼加拉瓜和其他拉丁美洲国家纷纷以他的名字命名了各种荣誉和奖项，彰显达里奥的巨大成就，并以此勉励一代代拉美作家投身文学创作，充分发挥自己的才情。

国内荣誉

• 鲁文·达里奥文化独立勋章：尼加拉瓜最高文化荣誉，由总统颁发给在海内外文化界作出杰出贡献的尼加拉瓜籍人士及机构。

国际奖项

• 鲁文·达里奥国际诗歌奖：2009 年起，尼加拉瓜每年颁发此奖，表彰世界范围内的杰出诗人及诗歌作品。

• 鲁文·达里奥学术优秀奖：多米尼加共和国政府和中美洲学生委员会每年联

合颁发此奖,从中美洲和多米尼加共和国共二十一所高等院校中挑选最优秀的学术成果加以表彰。

- 鲁文·达里奥诗文赛及诗文奖:由中美洲议会颁发。
- 鲁文·达里奥西班牙语诗歌奖:由西班牙帕尔玛市市政府颁发,表彰最佳西语诗歌,奖金为一点二万欧元。
- 鲁文·达里奥国际文学奖:由西班牙西亚尔·皮格马利翁出版社颁发,表彰国际范围内的优秀文学作品。

3. 达里奥与拉丁美洲的现代主义

当我们讨论现当代西方文学时,"现代主义"这个术语时常出现,在当今的文学理论和文学批评工作中颇具分量。但也许我们很难将这个流派与拉丁美洲联系起来,也更难想象"现代主义"对于拉美文学的重要意义。而事实上,现代主义不仅与拉美文学关系密切,而且,这一流派的出现也标志着独立的、真正意义上的"拉美文学"正式诞生。

(1)现代主义出现的历史背景

时间上溯至19世纪上半叶的1826年,随着西班牙军队的全面投降,拉丁美洲终于摆脱了殖民地的身份,迎来了民族独立。一个自由、民主、富强的明天仿佛近在咫尺,然而却迟迟难以实现:一个个年轻的拉美共和国面对的是内部薄弱的经济基础和脆弱的意识形态;在外国资本的支持下,以大庄园主、军人等为主体的考迪罗寡头集团夺取了胜利果实,民主难以真正实现;拉美各国之间及国家内部战乱频仍。

理想与现实形成巨大反差,在大国与资本面前,拉丁美洲显得如此脆弱而无力,一股失望的情绪在知识分子之间蔓延开来,在情绪最为敏感的文学作品、尤其是诗歌中最先展露出来:诗人们对现实失望,也没有机会施展自己的抱负,于是选择躲进象牙塔,在虚幻的诗歌世界中寻求心灵的慰藉。他们不再关心真实的世界,而是沉迷于典雅的用词、精巧的结构以及美轮美奂的意象。一股华美但低沉的靡靡之音蔓延当时的拉美诗坛。

(2)现代主义在拉美的发展

现代主义是一个文学流派,也是一个文学运动。1859到1895年,墨西哥诗人马努埃尔·古铁雷斯·纳赫拉(Manuel Gutiérrez Nájera)在他的诗集序言中首次定义了"现代主义"这个术语。现代主义1882年正式诞生,1917年宣告结束,其发展时间横跨19和20两个世纪,前后延续近四十年,分为前期、达里奥时期和后期三个阶段。

现代主义的正式诞生可以追溯到 1882 年，标志性人物是第一章介绍的古巴诗人何塞·马蒂：1882 年，马蒂出版诗集《伊斯马埃利约》，标志着现代主义运动的开端。1882—1888 年被认为是现代主义的前期，除了马蒂和古铁雷兹·纳赫拉，墨西哥诗人萨尔瓦多·迪亚斯·米龙（Salvador Díaz Mirón）也是现代主义前期的重要代表。

六年后，1888 年鲁文·达里奥发表文集《蓝……》，标志着现代主义这一流派正式形成，也拉开了现代主义"达里奥时期"的序幕。这一时期，达里奥、马蒂继续贡献佳作，此外，古巴的胡利安·德尔·卡萨尔（Julián del Casal）、哥伦比亚的何塞·亚松森·席尔瓦（José Asunción Silva）以及秘鲁的马努埃尔·冈萨雷斯·普拉达（Manuel González Prada）也是重要的代表诗人。

现代主义的后期出现了文风转向，诗人们开始走出自我的世界，关注世界局势，歌颂美洲大陆，形成了"新世界主义"。除了达里奥外，阿根廷的莱奥波尔多·卢贡内斯（Leopoldo Lugones）、玻利维亚的里卡多·海梅斯·弗雷雷（Ricardo Jaimes Freyre）以及何塞·桑托斯·乔卡诺（José Santos Chocano）都对"新世界主义"的形成与发展做出了较大的贡献。

现代主义不仅仅出现在拉美大陆，其文风也一反从前"从欧洲到美洲"的路线，反过来影响到宗主国西班牙，安东尼奥·马查多（Antonio Machado）等西班牙著名诗人就深受现代主义美学熏陶。而且，现代主义也蔓延到了欧洲其他国家。

随着领军人物达里奥的逝世，现代主义在 1917 年后逐渐退出文学舞台，其他新的文学流派开始风靡拉美。但现代主义却没有完全销声匿迹，到了 20 世纪，巴勃罗·聂鲁达等现、当代诗人依然受到这一文学流派的影响，在诗歌创作中呈现出明显的现代主义风格。

纵观现代主义的发展史可以看出，这一文学流派以鲁文·达里奥的代表作《蓝……》的出版为形成标志，以达里奥的去世为结束标志。因此，所有的诗人中，达里奥是当之无愧的现代主义领袖。

（3）现代主义的主要特征

第一，现代主义追求创新。无论是形式、内容还是技法上，现代主义诗人都追求突破。现代主义诗人力求让自己的作品摆脱"宗主国复制品"的影子，于是融会贯通法国及其他语言的优秀文学传统，但对于宗主国西班牙文学也并不全然摒弃，而是充分借鉴其古典诗歌的优美韵律。现代主义兼收并蓄欧洲浪漫主义、象征主义和高蹈派的精华，最终形成了独一无二的"拉美风格"，冲破既有框架，给人耳目一新之感。

第二，现代主义力求高雅。从遣词造句上看，现代主义诗人字斟句酌，对于词句反复推敲，力求优美风雅；从诗歌意象上看，现代主义诗人选取的大多是极为美丽而高雅的人物和事物，如秀美的仙女、灿烂的宝石、优雅的天鹅或芬芳的玫瑰，诗人们想要表现纯粹的美丽。

第三，现代主义专注内心。大部分诗人在作品中逃避现实世界，转而关注自己的内心情感。诗人们不仅追逐动人的爱情，也将自己的内心波动袒露笔尖，所以诗歌往往呈现忧郁乃至低迷的风格，现代主义也因此背上了"逃避主义"之名。但到了现代主义后期，即20世纪初时，诗人们开始走出象牙塔，关注现实生活，反思社会情况，提出心中疑问，谋求解决办法，出现了"新世界主义"转向，一定程度上扭转了现代主义"躲进小楼成一统"的风气。

第四，现代主义关注异域。现代主义中的"异域"包括遥远的异国，诗人们热衷想象神秘的东方，富庶的中国和陌生的日本都是他们笔下常常塑造的桃花源；"异域"也包括远离人间的天堂，神仙精灵拥有无边的法力，让诗人能够忘却人间的痛苦，让在现实生活中求而不得的理想得偿所愿。

总的来讲，现代主义热衷于纯粹的艺术，美是诗人们的最高追求。在现代主义的诗歌中，诗人通过精美的意象、丰富的想象和忧郁的氛围，清晰地展现了敏感内心的波动。而更重要的是，通过诗人不断地锐意创新，拉丁美洲现代主义诗歌从内容、形式、语言、技法等各个方面都呈现出全新的样貌，从此，拉丁美洲文学不再简单模仿宗主国文学，而是以全新的姿态成了一个独立的文学流派。

至此，真正的"拉丁美洲文学"诞生。更重要的是，从现代主义开始，拉丁美洲文学实现了对于宗主国西班牙和欧洲大陆的"反向影响"：西班牙著名的"九八一代"[1]诗人深受现代主义影响，法国许多文学家也极为关注这一流派，在创作中吸收现代主义美学，形成了新的文风。可以说，现代主义对于拉丁美洲文学而言是第一个重要的文学运动。

---

[1] 西班牙评论家普遍认为，所谓的"一代"中，成员们需要生活在同一时期、接受相似的教育、有领袖人物、成员之间有密切的关联，总的来说，这群人要有突出的一致性，而且前一代已经不再活跃后，新的一代才能够称得上正式出现。所谓的"九八一代"就满足这些条件，"九八"来自美西战争西班牙战败的1898年。这一流派中的文学家面对社会危机开始反思西班牙的问题，寻找未来出路。因此推陈出新，开始引入欧洲其他国家更加先进的思想和观点，以对抗西班牙的陈腐落后之风，其创作也显现出沉思、创新、批判等特点。

（二）外交经历

从年少时，"成为外交官"就一直是达里奥心中的梦想。他十六岁时就已经在家乡的报纸上公开发表文章讨论外交，展现了自己的勃勃雄心。成年之后，达里奥对于外交的思考更加深入。在达里奥身处的那个年代，外交官的选拔和派遣制度非常混乱，人选和外派地点往往都是凭当权者的喜好而决定的。达里奥提出，外派时应充分考虑对方国家和我方外交官的特点与历史渊源，这样才能真正达到效果。

无论是文学还是外交，都是达里奥人生的重要组成部分。达里奥凭诗歌年少成名，现实主义是拉美文学摆脱欧洲附庸身份、作为独立文学崛起的开端。作为现实主义文学运动毋庸置疑的领军人物，达里奥不仅在拉美地区一举成名，甚至斩获国际声誉。达里奥成为拉美文化的代表，文学的成就给予他参加社会活动乃至迈入政坛的机会。"诗人"和"外交官"的身份相辅相成，伴随他一生。

1892 年，尼加拉瓜总统任命当时只有二十五岁的达里奥担任代表团团长，赴西班牙参加美洲大发现四百年纪念大会。次年，二十六岁的达里奥正式开启了自己的外交官生涯。这位一生浪迹天涯的诗人也冲破了国家的限制，不仅代表尼加拉瓜政府，也代表拉美其他国家派驻欧洲：

- 1893 年 4 月到 1895 年 10 月 31 日被任命为哥伦比亚驻阿根廷布宜诺斯艾利斯领事。
- 1903 年被任命为尼加拉瓜政府驻法国巴黎领事。
- 1907 年被任命为尼加拉瓜驻西班牙马德里常驻公使，1908 年向西班牙国王阿丰索八世递交国书。
- 1910 年被任命为尼加拉瓜特命全权公使，代表尼加拉瓜参加墨西哥独立一百周年纪念活动。
- 1912 年被任命为驻巴拉圭领事，这是达里奥一生中最后一个外交官职位。

二、主要作品简介

达里奥四十九年的人生匆匆，却留下了无数佳作。作为现代主义文学运动的领袖，他不仅为西语文学贡献了典雅美丽的诗文，更将拉美文学推向了世界舞台。在这一部分，我们选择了达里奥最具代表性的三部作品：成名作《蓝……》、代表作《世俗的圣歌》和巅峰之作《生命与希望之歌》，对内容进行简单介绍。

（一）《蓝……》

> 如同在重温情书，带着伤感的爱。
>
> ——达里奥

1888 年 7 月，包含诗歌与短篇小说的诗文集《蓝……》（*Azul…*）问世。首版由爱德华多·德·拉·巴拉（Eduardo de la Barra）作序，全书包含五个部分：第一部分名为"散文故事"（Cuentos en prosas）。其中包括九部短小精悍的小故事：

- 《资产阶级国王》（*El rey burgués*）中，国王派诗人去摇八音盒，然后就将八音盒全然抛之脑后，徒留可怜的诗人在凛冽寒冬中无家可归。

- 《货包》（*El fardo*）中，晚年丧子的老人讲述了爱子之死。弥留之际，老人的儿子受尽苦楚，仿佛他并不是人，而是一个可以被随意丢弃践踏的破包袱。

- 《仙女》（*La ninfa*）中，艺术家与女演员谈天说地，也谈到了林中仙女。

- 《玛布仙后的面纱》（*El velo de la reina Mab*）中，四位诗人哀叹自己命途多舛，贫困潦倒，仙女女王玛博赐予他们希望，让诗人重燃对未来的信心。

- 《黄金之歌》（*La canción del oro*）中，流浪汉目睹富人着绫罗绸缎、乘宝马香车、住华美宫室，只能自嘲地对着金子歌唱。

- 《红宝石》（*El rubí*）中，当众人崇拜现代科技打造的人造红宝石时，一位老者挺身而出，细数真实宝石的珍贵。人们听后恍然大悟，不再狂热追捧"假宝石"，而是更加珍惜自然的馈赠。

- 《太阳宫》（*El palacio del sol*）中，病重的小姑娘被仙女带到了太阳王的宫殿，在那里，小女孩开心地唱歌跳舞，重获活力。当她再次回到母亲身边时已经是一个健康快乐的小朋友了。

- 《蓝鸟》（*El pájaro azul*）中，一群诗人经常在咖啡馆聚会交流，其中就有绰号为"蓝鸟"的加尔辛。加尔辛总说他的脑中有只蓝色小鸟，让他写出一首首诗歌，尤其是那些献给美丽可爱的邻家姑娘妮妮的。后来妮妮去世了，加尔辛也永远告别了自己脑中的蓝色小鸟。

- 《白鸽和苍鹭》（*Palomas blancas y garzas morenas*）中，主人公诗人讲述了自己与两位姑娘的爱情故事：一位是美丽的表妹伊内丝，让他尝尽失恋的苦楚；另一位是埃莱娜，让他体会到爱情的甘甜。

《蓝……》的第二部分名为"在智利"（En Chile），又下分"港湾册"（Álbum porteño）和"圣地亚哥册"（Álbum santiagués）两部分，其中包含了十二则小故事，但是由于其故事主线并不十分清晰，因此与其说是故事，倒不如说更像是散文。《港湾册》中达里奥讲述了旅行见闻。《圣地亚哥册》围绕着爱与美这两大主题展开深入的思考；第三部分"抒情年"（Año lírico）是诗集，包括《春》（Primaveral）、《夏》（Estival）、《秋》（Otoñal）以及《冬》（Invernal）；第四和第五部分为《秋之思考》（Pensamiento de otoño，作者为赛尔维斯特里）和《命运》（Anánke）两首独立诗歌作品。

《蓝……》再版后，达里奥新增了《耳聋的萨提洛》（El sátiro sordo）、《中国皇后之死》（La muerte de la emperatriz de la China）、《致一颗星》（A una estrella）三则短篇故事，《金色挽歌》（Sonetos áureos）、《大奖章》（Medallones）、《回声》（Èchos）、《致一位诗人》（A un poeta）四首诗[1]，以及与胡安·巴雷拉[2]（Juan Valera）的信件原文。

包括奥克塔维奥·帕斯以及安格尔·拉玛在内的文学大师和评论大家都一致认为，《蓝……》开启了西语世界现代主义文学的风潮。达里奥本人也持这种观点，他曾经表示："《蓝……》拉开了春之序幕。"

目前，国内尚未出版《蓝……》的完整独立译本，2013年漓江出版社出版、戴永沪翻译的《鲁文·达里奥短篇小说选》和2009年百花文艺出版社出版、刘玉树翻译的《达里奥散文选》中收录了部分属于《蓝……》的散文小说。

（二）《世俗的圣歌》

> 做梦，这就是我的缺点。
>
> ——达里奥

诗文集《世俗的圣歌》于1896年出版，标志着达里奥的诗歌创作日臻成熟，其中共收录了三十六首诗歌和散文，被分为五个部分：

第一部分为一篇卷首语；第二部分"世俗的圣歌"（Prosas profanas）包含《宛似轻柔的风》（Era un aire suave）、《神游》（Divagación）、《小奏鸣曲》（Sonatina）、《天鹅的颂歌》（Balsón）、《乡情》（Del campo）、《赞胡里娅的黑眼睛》（Alaba los ojos negros de Julia）、《致一位古巴姑娘》（Para una cubana）、《致同一位古巴姑娘》（Para la misma）等十九首诗歌，另外还包括散文诗形式的《太阳的国度》（El país de sol）：

---

[1] 因《蓝……》目前还没有完整独立的中文译本，本部分诗文的中文译名部分参考2013年漓江出版社出版、戴永沪翻译的《鲁文·达里奥短篇小说选》和2009年百花文艺出版社出版、刘玉树翻译的《达里奥散文选》，其他由本书作者翻译。
[2] 巴雷拉是一名西班牙文学家，一直非常赏识达里奥。

第三部分"变化"（Varía）中包括《诗人问起斯黛拉》（El poeta pregunta por Stella）、《檐廊》（Pórtico）、《天鹅》（El cisne）、《新年》（Año nuevo）、《灰大调交响曲》（Sinfonía en gris mayor）、《女神》（La Dea）、《野蛮的婚礼赞歌》（Epitalamio bárbaro）、《空白之页》（La página blanca）、《短诗赞》（Elogio de la seguidilla）九首诗歌；第四部分"魏尔兰"（Verlaine）中包括《悼魏尔兰》（Responso）和《血之歌》（Canto de la sangre）两首诗歌；第五部分"建筑在创作"（Rrecreaciones arqueológicas）中包括《饰带》（Friso）、《被擦掉的字迹》（Palimpsesto）、《内心的王国》（El reino interior）、《熙德》（Cosas del Cid）等六首诗歌[1]。

《世俗的颂歌》延续了《蓝……》中对于自我的关注和精神世界的塑造，天鹅等经典意象被继续沿用下来。这部作品中，达里奥的文学创作更加成熟，也进行了更加大胆的创新，象征主义倾向更加明显，描写事物更加主观。

（三）《生命与希望之歌》

> 人类历史之鹰，你向何处筑巢，向荣光的顶峰吗？
> ——达里奥

诗集《生命与希望之歌》于1905年在西班牙出版，标志着达里奥的诗歌创作进入巅峰，也是现代主义文学最重要的代表作品之一。这部诗集共包括五十九首诗歌，分三部分：

第一部分"生命与希望之歌"（Cantos de vida y esperanza）包含《我是这样的诗人：刚刚写过……》（Yo soy aquel que ayer no más decía）、《乐观者的敬礼》（Salutación del optimista）、《致奥斯卡王》（Al rey Óscar）、《东方三王》（Los tres Reyes Magos）、《西拉诺在西班牙》（Cyrano en España）、《向莱昂纳多致敬》（Salutación a Leonardo）、《珀伽索斯》（Pegaso）、《致罗斯福》（A Roosevelt）、《上帝的塔楼啊！诗人们！》（¡Torres de Dios! ¡Poetas!）、《希望之歌》（Cantos de esperanza）、《黑色的心啊，当你们举行……》（Mientras tenéis, oh negros corazones）、《太阳神》（Helios）、《"希望"》（Spes）和《胜利进行曲》（Marcha triunfal）这十四首诗。

第二部分"天鹅"（Los cisnes）包括《你用弯弯的脖子在作什么符号，啊，天鹅……》（Qué signo haces, oh cisne, con tu encorvado cuello...）、《致拉斐尔·努涅

---

[1] 《世俗的圣歌》中所包含的诗歌并未全部译为中文，因此本部分出现的诗歌中文译名部分参考2013年上海译文出版社出版、赵振江翻译的《世俗的圣歌》，其余由本书作者翻译。

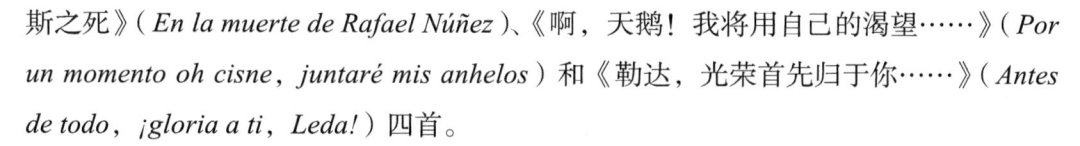

斯之死》（*En la muerte de Rafael Núñez*）、《啊，天鹅！我将用自己的渴望……》（*Por un momento oh cisne, juntaré mis anhelos*）和《勒达，光荣首先归于你……》（*Antes de todo, ¡gloria a ti, Leda!*）四首。

第三部"其他诗歌"（Otros poemas）囊括了《肖像》（*Retratos*）、《春潮》（*Por el influjo de la primavera*）、《奉告祈祷的柔情》（*La dulzura del ángelus*）、《热带的傍晚》（*Tarde del trópico*）和《夜曲》（*Nocturno*）等其余的四十一首诗。

《生命与希望之歌》承袭达里奥现代主义的诗风，沿用诗人一贯喜爱的蓝色、天鹅等意象。诗人也继续描绘着心中理想的国度，围绕"自我"抒发种种情绪。而《生命与希望之歌》也是一部标志着达里奥创作风格重要转向的创新之作。以《致罗斯福》为代表，达里奥一改往日躲进虚无、逃避现实的习惯，代表拉美人向北方强大的邻居提问，完成知识分子关心时事、推动变革的社会使命。以此，达里奥和他领导的现代主义风潮都迈向了"新世界主义"的新阶段。

三、达里奥作品在中国的译介

截至 2024 年，共有九部达里奥作品的中文译本，基本涵盖了达里奥的经典代表作《蓝……》《世俗的圣歌》和《生命与希望之歌》的全部内容。

相比其他作家，达里奥在中国的译介有一个显著的特点：出版者和译者会打破作品集的限制，抽取出部分内容形成合集，如《达里奥散文集》和《达里奥短篇小说集》；也会以某些诗文集为基础，在其中添加其他的作品。如 2013 年，上海译文出版社出版了中文版的《生命与希望之歌》，由赵振江翻译，其中不仅收录了《生命与希望之歌》中所有五十九篇诗文，也包括达里奥 1907 年发表的《流浪之歌》和 1910 年发表的《阿根廷颂》。2013 年，上海译文出版社出版了中文版的《世俗的颂歌》，由赵振江翻译。其中收录了《世俗的颂歌》中的部分诗文，也囊括了《最初的旋律（1880—1886）》《致读者》《献给你》《破晓》《图书颂》《一双眼睛的歌》和 1887 年的"蒺藜"系列。

此外，尤其是 21 世纪以来，很多学者、译者乃至学习西班牙语抑或爱好文学的学生会选取达里奥的某篇诗歌进行单篇翻译，通过新媒体方式进行传播，也成为拉美作家作品在中国译介过程中一个非常独特而有趣的现象。

第二节　文学赏析

作为现代主义的领军人物，鲁文·达里奥的作品将这一流派充分挖掘内心世界、细腻表达情感变化、巧妙运用美丽意象的风格发挥得淋漓尽致。然而，达里奥也并未完全沉溺于虚幻的桃花源，也选择睁开双眼正视真实的世界，引领现代主义发生重要转向。因此，在这一节，我们选择了《蓝……》中的诗歌《春日之歌》和《生命于希望之歌》中的名诗《天鹅》，一同感受现代主义的不同风格。

一、《春》

（一）原文阅读

《春》
本书作者自译

玫瑰之月，我的诗章

踏着韵脚，奔向林莽

在微微绽放的花朵之间

采撷蜜糖与芳香

我之所爱，快来到林中

在我们的殿堂

弥漫着爱的神圣之香

鸟儿飞翔

从一棵树到另一棵树向你致意

致你玫瑰般的额头

如同致敬晨光

高大结实的圣栎树傲然挺立

当你走过它们身旁

绿色的果实颤动，如同目光

弓起树枝

致敬女王

啊，我之所爱！如今正是春日

甜美时光。

看，我的眼睛与你的双眸辉映

长发风中飞扬

沐浴着金色暖阳

那原始而灿烂的光芒

让我握紧你的双手

如丝绸柔嫩，如玫瑰芬芳

你双唇带着微微笑意

湿润鲜嫩的柔光

我吟诵诗章

你倾听歌唱

若有夜莺

栖落我们身旁

讲述某段过往

描绘仙子、玫瑰和星辰汪洋

你听到的不是音符

而是我的爱意悠扬

听我歌声嘹亮

看我双唇震荡

啊！我之所爱！如今正是春日

甜美时光

Primaveral

Ruben Darío[1]

Mes de rosas. Van mis rimas

---

[1] Darío, Rubén, Azul…, Santiago de Chile: Pequeño Díos Ediciones, 2013, pp. 103-104.

en ronda, a la vasta selva,
a recoger miel y aromas
en las flores entreabiertas.
Amada, ven. El gran bosque
en nuestro templo: allí ondea
y flota un santo perfume
de amor. El pájaro vuela
de un árbol a otro y saluda
tu frente rosada y bella
como a un alba; y las encinas
robustas, altas, soberbias,
cuando tú pasas agitan
sus ojos verdes y trémulas,
y enarcan sus ramas como
para que pase una rema.
¡Oh amada mía! Es el dulce
tiempo de la primavera.

Mira: en tus ojos, los míos:
da al viento la cabellera,
y que bañe el sol ese oro
de luz salvaje y espléndida.
Dame que aprieten mis manos
las tuyas de rosa y seda,
y ríe, y muestren tus labios
su púrpura húmeda y fresca.
Yo voy a decirte rimas,
tú vas a escuchar risueña;
si acaso algún ruiseñor
viniese a posarse cerca,
y a contar alguna historia

de ninfas, rosas o estrellas,

tú no oirás notas ni trinos,

sino enamorada y regia,

escucharás mis canciones

fija en mis labios que tiemblan.

¡Oh amada mía! Es el dulce

tiempo de la primavera.

思考题：
    1.《春》描绘的主要内容是什么？
    2.《春》反复出现的意象都有什么？

（二）作品赏析

《春》出自鲁文·达里奥的成名作《蓝……》。作为现代主义的典型代表，《蓝……》受到法国文学的影响，但又极具新意。达里奥将法国诗风与卡斯蒂利亚诗律相结合，创造出了令人耳目一新的新诗，成为达里奥本人及其引领的现代主义风潮的重要特征。

《蓝……》这部作品中，诗歌是主要的元素，也是达里奥一生文学创作的最重要内容，达里奥利用极富代表性的意象、独一无二的主题及极具个人特点的语言，展现了现代主义的风格：

从意象上讲，达里奥喜欢用各种美丽的动物和植物表达他对于"纯粹的美"的追求。比如《春》这首诗中，诗人呈现在我们眼前的有翱翔天空的鸟儿、歌声嘹亮的夜莺，也有茁壮成长的树木和娇艳无比的玫瑰。伴随着晨光，这些意象热烈、美丽而高贵，既展现了春日的风景，更衬托了心上人的美好。除了这些常见的动植物，从《蓝……》中的其他作品我们可以看出，珍禽异兽和奇花异草也是达里奥笔下常见的事物。而且，达里奥迷恋贵重的珍宝，闪耀的金银和各种宝石也常常被他塑造为高贵、稀有、美好的代表。达里奥也喜欢营造异国氛围，尤其热爱东方古国的文明，常常描写中国的丝绸、屏风以及日本的团扇、盆栽等代表性意象，用富丽堂皇的异国宫殿、公主和美人营造一种如梦境般迷离的景象。达里奥也热爱各种神仙精怪，他经常描写林间飞舞的精灵和美丽善良的仙女，诗人凭借她们的赐福获取源源不断的灵感，人们也获得了健康和幸福。总的来说，达里奥是一位"美"的诗人；从另一方面看，受到象征主义的影响，比起具体的形象，达里奥等现代主义诗人更追求瞬间的"感觉"。因此，达里奥倾向于刻意模糊事物的固定轮廓，目的就是为了营造一种虚无缥缈的场景，而这些场景又为倾诉内心情感服务，或是表达爱意缠绵，或是展现丝丝忧伤的情怀。因此，达里奥也是一位情感诗人。

从主题上讲，"爱"无疑是《春》这首诗的主题，在《蓝……》和达里奥的整个创作生涯中都是诗人最常讨论的概念。《春》这首诗更多展现的是恋人之间的缱绻之意，在其他作品中，达里奥从父母对子女的拳拳之心写到人类对于自然的敬畏之情，也写到神明对于诗人的博爱怜悯。诗人细腻地捕捉到了人间的情感，不仅将这些感情用诗的语言娓娓道来，更去探讨这些动人的情感与诗歌创作的关系。情感是达里奥最常涉足的主题，也是由他领衔的现代主义最重要的追求。达里奥认为，他的诗歌反映的是他的内心，因此他带领的现代主义受高蹈派影响，拒绝客观和理性，而是探索在事物的背后隐藏着的内心世界。这种主观性来源于现代主义诗人普遍的生活经历：此时，拉丁美洲国家刚刚获得独立，或挣扎在独立战争之中，内有社会问题，外有强敌环伺。内忧外患之中，知识分子的内心抱负难以实现，在现实生活中举步维艰，只好躲进自己的象牙塔，在虚幻的世界中用纯粹的美好抚慰内心的伤痛。也正因如此，较之主题，达里奥等现代主义文人更加注重语言。

从语言上讲，达里奥的诗歌有着独一无二的魅力。《春》这首诗就是绝佳的范例：为了表现"美"，达里奥用词典雅，使用了许多古典词汇；诗人大量借助造型艺术的技巧。比如，诗人借鉴美术的色彩光影、雕塑的形态乃至舞蹈的律动形体，捕捉到了晨光、摇曳的树叶等，营造了动静结合的氛围，将文字的叙述转换成视觉的冲击，让读者真实感受到"美"的具象化表现。另一方面，达里奥还大胆创新了格律，增加每行诗句的音节，将每句诗文从文艺复兴时期加尔希拉索·德·拉·维加式的十一音节格律延长至十四个音节，在第一、第四和第七音节重读，在每行中间停顿。[1]借此，拉美现代主义文人力求摆脱宗主国西班牙文学及其他欧洲文学传统的"统治"，通过创新开创富有拉美特点的文学。

在文集《我的作品史》(*Historia de mis libros*)[2]中达里奥回顾了自己生活、旅行和写作的往事，通过散文随笔的形式，记录了自己创作名作《蓝……》时所受的启发、写作的心路历程，也介绍了每一篇的设计理念。我们能够看出，除了诗歌，《蓝……》中的短篇小说也展现了达里奥独一无二的创作风格：与其说是短篇小说，倒不如说更像是散文，因为这些故事重含义而不重情节，但形散而神不散。其中，达里奥虽然创造了美，歌颂了爱，但他却常用讽刺的手法批判当时社会上人们错误的想法和不合理的现象。如《红宝石》中对于"科学"和"人造"的狂热与对自然的缺乏敬畏，以及《资本主义国王》中目空一切、不懂得欣赏艺术的国王等。

如果说1882年马蒂的《伊斯马埃利约》拉开了现代主义的序幕，达里奥的《蓝……》就标志着现代主义的正式形成，现代主义是拉丁美洲第一个具有民族独立性质的文学运动，也是拉丁美洲对世界文学的第一个有独创性的贡献。现代主义如火如荼，从中美一直延伸到加勒比地区和南美大陆，甚至反过来影响了宗主国西班牙及法国等欧洲其他文学传统更为深厚的国家。马蒂牺牲之后，达里奥就成了现代主义不折不扣的领袖。

---

[1] 朱亚琦：《论鲁文·达里奥现代主义诗歌的语言特色》，《齐齐哈尔大学学报（哲学社会科学版）》2018年11月，第120页。
[2] Darío, Rubén, Vida, Rubén Darío escrita por él mismo, Barcelona: Biblok-Desvan de Hanta, 2017.

二、《天鹅》

（一）原文阅读

《天鹅》

赵振江（译）[1]

致胡·拉·希梅内斯

你用弯弯的脖子在作什么符号，啊，天鹅，
当你像痛苦的梦想家四处游荡？
你洁白而又美丽，为什么不声不响，
对湖水肆意践踏，对鲜花冷若冰霜？

我向你致敬，像奥维德·纳索[2]
用他的拉丁文诗句那样。
同样的夜莺发着同样的颤音，
在不同的地方却是相同的歌唱。
你们对我的语言不应感到陌生，
有时你们或许见过加尔西拉索[3]……
我是美洲的儿子，西班牙的孙子……
克维多会在阿兰胡埃斯[4]用诗句对你们诉说。

天鹅，你们清新翅膀的羽扇
将最纯洁的爱抚献给苍白的前额，
你们洁白如画的形象
使阴暗的思想从我们痛苦的头脑里解脱。

---

[1]［尼］鲁文·达里奥著，赵振江译，《生命与希望之歌》，上海：上海译文出版社，2013年，第51—54页。
[2] 诗中的奥维德·纳索指：Publius Ovidius Naso（前43—17），古罗马最伟大诗人之一，对欧洲诗坛产生极大影响。译者原注。
[3] 诗中的加尔西拉索指：Garcilaso de la Vega（1501—1536），西班牙黄金世纪的重要诗人。译者原注。
[4] 诗中的阿兰胡埃斯指：Aranjuez，西班牙马德里附近城镇，有哈布斯堡王朝腓力二世始建的王宫。译者原注。

北方的迷雾使我们充满了痛苦，
我们的玫瑰已死，我们的棕榈衰败，
我们的头脑几乎已没有憧憬，
我们是自己可怜灵魂的乞丐。
人们用残暴的鹰向我们宣战，
从前的火炮现在变成了赤手空拳，
然而古代镰刀的荣耀已不在闪光，
罗德里科、哈伊梅[1]……都已不知去向。

我们诗人除了寻找你们的湖泊还能做什么
既然缺乏伟大事业赋予的勇气？
没有桂花，玫瑰就非常甜蜜，
没有胜利，我们只得寻找恭维的话语。

美洲如同整个西班牙一样
将它倒霉的命运固定在东方；
我询问等待前途的斯芬克司，
用你神圣的脖颈那疑问的形象。
难道我们向残暴的蛮族屈膝？
难道我们如此多的人都要讲英语？
难道已经没有崇高的贵族和勇敢的骑士？
难道我们保持沉默为了将来痛哭流涕？

天鹅，我已在你们中间发出了自己的呐喊，
因为你们在醒悟中表现忠诚，
同时我感到美洲幼马的逃遁
也听到衰老的狮子暮年的鼾声……

……一只黑天鹅说："黑夜预示着天明。"

---

[1] 西班牙历史上著名英雄人物的名字，也是西班牙常见人名。

一只白天鹅说:"黎明本是永恒,本是永恒!"
啊,太阳与和谐的土地啊,
希望还保存在潘多拉的宝盒中!

El cisne
Ruben Darío [1]

A Juan R. Jiménez

¿Qué signo haces, oh Cisne, con tu encorvado cuello
al paso de los tristes y errantes soñadores?
¿Por qué tan silencioso de ser blanco y ser bello,
tiránico a las aguas e impasible a las flores?
Yo te saludo ahora como en versos latinos
te saludara antaño Publio Ovidio Nasón.
Los mismos ruiseñores cantan los mismos trinos,
y en diferentes lenguas es la misma canción.

A vosotros mi lengua no debe ser extraña
A Garcilaso visteis, acaso, alguna vez...
Soy un hijo de América, soy un nieto de España
Quevedo pudo hablaros en verso en Aranjuez

Cisnes, los abanicos de vuestras alas frescas
den a las frentes pálidas sus caricias más puras,
y alejen vuestras blancas figuras pintorescas
de nuestras mentes tristes las ideas obscuras.

Brumas septentrionales nos llenan de tristezas,
mueren nuestras rosas, se agostan nuestras palmas,
asi no hay ilusiones para nuestras cabezas,

---

[1] Darío, Rubén, *Cantos de vida y esperanza*, California: CreateSpaceIndependent Publishing Platform, 2016, pp.37-38.

Y somos los mendigos de nuestras pobres almas.

Nos predican la guerra con águilas feroces,
gerifaltes de antaño revienen a los puños,
más no brillan las glorias de las antiguas hoces,
Ni hay Rodrigos ni Jaimes, ni hay Alfonsos ni Nuños.
Faltos de los alientos quedan las grandes cosas,
¿qué haremos los poetas sino buscar tus lagos?
A falta de laureles son muy dulces las rosas,
ya falta de victorias busquemos los halagos

La América española como la España entera
fija está en el Oriente de su fatal destino
yo interogo a la Esfinge que el porvenir espera
con la interrogación de tu cuello divino.

¿Seremos entregados a los bárbaros fieros?
¿Tanto millones de hombres hablaremos inglés?
¿Ya no hay nobles hidalgos ni bravos caballeros?
¿Callaremos ahora para llorar después?

He lanzado mi grito, Cisnes, entre vosotros,
que habéis sido los fieles en la desilusión,
mientras siento una fuga de americanos potros
y el estertor postrero de un caduco león...

Y un Cisne negro dijo: «La noche anuncia el día.»
y uno blanco: «¡La aurora es inmortal!» ¡Oh tierras de sol y de armonía,
aún guarda la Esperanza la caja de Pandora!

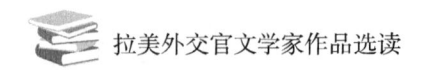

思考题：

1. 《天鹅》属于达里奥的哪部诗文集？
2. 同是达里奥的作品，《天鹅》与《蓝……》有什么一致性？有什么区别？

（二）作品赏析

《天鹅》一诗出自达里奥的巅峰之作《生命与希望之歌》中的第二部分"天鹅"，无论是这首诗还是它所在的诗集都延续了达里奥一贯的现代主义风格——将"自我"作为创作的中心，充分挖掘内心的感受。为此，他依然沿用自己惯用的意象，其中就包括最经典的天鹅。达里奥素有"天鹅诗人"的美名，在他的笔下，天鹅是高贵、美丽、典雅的象征，成为达里奥想象的完美世界中重要的组成部分。而在我们选择的这首诗中，天鹅尽管依然洁白无瑕，但作者的内心世界却痛苦不堪。

《天鹅》是一首具有典型代表意义的诗歌，标志着《生命与希望之歌》中达里奥完成了文学创作的重要转向，即摆脱了现代主义历来背负着的"逃避主义"之名。纵观现代主义发展时期，尤其是其发展前期，除何塞·马蒂之外，包括达里奥在内的几乎所有现代主义诗人都躲进了自己虚无缥缈的桃花源。而到了人生和文学创作的后期，作为外交官，达里奥游历美洲、欧洲各国，对于世界的变化和祖国的情况有了更加深刻的认识。此时，他也走出了自己的内心世界，开始睁开双眼正视祖国尼加拉瓜以及整个拉美的现状。

与《生命与希望之歌》中的另一篇名作《致罗斯福》一样，《天鹅》中达里奥敏锐地感受到，更加富有、强大的"邻居"北美正对拉美虎视眈眈，他的土地正挣扎在独立和自由的边缘，因此在诗中诗人直抒胸臆，表达了自己的痛苦来源于对拉美未来命运的担忧，也来源于对美国帝国主义殖民统治的不满。以此，达里奥完成了一个拉美知识分子"铁肩担道义、辣手著文章"的传统职责。而作为现代主义硕果仅存的领袖，凭借《生命与希望之歌》，达里奥也与已经牺牲的马蒂达成了跨越生死的一致，让现代主义走出了"逃避"的温室。在达里奥的带领下，阿根廷诗人卢贡内斯（Leopoldo Lugones）等诗人也纷纷迈出了走向现实的脚步，实现了现代主义向"新世界主义"的转型。

现代主义伴着达里奥代表作《蓝……》的问世而正式确立，也伴随着1916年达里奥逝世而落下帷幕。之后，诗人们逐渐有了新的美学追求，不再追求异国情调和语言的精雕细琢，现代主义逐渐被先锋主义而取代。由此，达里奥对于现代主义的意义可见一斑。

第三节　达里奥与中国

异国的景色、器具和人物，这是现代主义文学作品最具特色的经典主题。作为现代主义最具代表性的人物，"异域"成为达里奥诗文中重要的意象。对于达里奥来说，"异域"不仅仅意味着大洋彼岸的欧洲，更包括遥远的东方古国——中国。

一、达里奥的中国意象

从达里奥的作品中可以看出，他对中国的热爱溢于言表。在他的诗歌、散文和小说中，中国元素都十分常见。题为《神游》[1]的组诗中，诗人神游了多个国家，其中有一首向中国公主表达爱慕的诗书写了多种多样的中国事物：

> 难道是异国的情意缠绵……？
> 向东方的玫瑰是我梦绕魂牵：
> 丝绸、锦缎、黄金令人心花怒放，
> 戈蒂耶拜倒在中国公主面前。
> 啊，令人羡慕的美满姻缘：
> 琉璃宝塔，罕见的"金莲"，
> 茶盅、神龟、蟠龙，
> 恬静、柔和、翠绿的稻田！
> 请用中文表示对我的爱恋，
> 用李太白的响亮的语言。
> 我将向那些阐述命运的诗仙，
> 吟诗作赋在你的唇边。
> 你的容颜胜过月宫的婵娟，

---

[1] [尼加]鲁文·达里奥著，赵振江译：《世俗的圣歌》，上海：上海译文出版社，2013年，第132—133页。

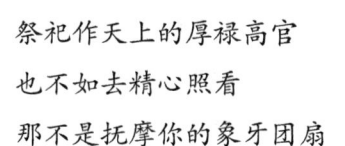

> 祭祀作天上的厚禄高官
> 也不如去精心照看
> 那不是抚摩你的象牙团扇

在这首诗歌中，中国意象无比丰富，既包括极富东方特色的器物，如丝绸、锦缎、黄金、琉璃宝塔、金莲、茶盅、象牙扇和稻田，也包括东方神话中特有的神仙和珍禽异兽，如月宫仙女、神龟和蟠龙，更包括重要的历史人物诗仙李白。这三类中国意象不仅出现在《神游》中，也在达里奥的所有作品中经常被选用。除了以上的事物，其他作品中达里奥还描写过陶瓷、绿茶乃至孔子、老子及其哲学思想。

除了诗歌，在达里奥的散文和小说中，中国元素也经常出现，满足达里奥对美好异域的幻象。短篇小说《中国皇后之死》借用一件中国器物描写了一对年轻夫妻的感情故事：雕塑家莱卡莱多迎娶了美丽的姑娘苏赛特，两人婚后如胶似漆、耳鬓厮磨，但苏赛特也时常抱怨，丈夫的工作室和收藏品夺走了他的注意力，让丈夫不能全心全意地爱自己。一天，钟爱各国艺术的莱卡莱多收到了好友罗伯特从香港寄来的信和礼物——一件中国皇后的半身瓷像。莱卡莱多十分喜爱这件艺术品，专门在工作室为"中国皇后"开辟了一个袖珍的小空间。而苏赛特却认为"中国皇后"夺走了丈夫的心，变得郁郁寡欢，最终她打碎了瓷像，夺回了丈夫的全部注意。《中国皇后》这部短篇小说弥漫着一种华丽而神秘的氛围——美丽的娇妻、精巧绝伦的艺术品和热烈的爱恋。此时，一座来自中国的美人白瓷像给这篇小说更添异域气息。

达里奥的中国情结浓重，对中国的认识不仅停留在器物和神话，更深入文学、历史和宗教思想，因此，他借用丰富而具体的中国意象，在他的诗文中构建了一个富饶美丽而完美无瑕的异域王国。但是能够看出，其实在达里奥大部分的诗文作品中，"中国"更像一个名贵而美丽的装饰品，为诗人表达自己内心世界、讲述其他故事营造一个神秘迷离的氛围。

二、达里奥的"中国故事"

相比诗文，在达里奥的随笔中，中国则拥有了更加重要的地位。尤其是在 19 世纪末到 20 世纪初，一系列事件迫使晚清政府打开国门，此时作为外交官正派驻欧洲的达里奥更加关注这个自己依旧钟情的东方古国。尽管达里奥没有真正踏上过中国的土地，但是基于自己的真实见闻，他专门针对中国写下了《中国人和日本人》

《伦敦白教堂中国展览》《驻法公使裕庚》和《中国的烹调艺术》四篇随笔。

《中国人和日本人》发表于1894年8月7日。六天前的8月1日，中日两国正式宣战，甲午战争爆发。在这篇文章中，达里奥坚定地表示自己支持中国，原因并非政治，而是纯粹出于一个知识分子对于中国艺术的喜爱。在文章中，达里奥认为西化的日本毁掉了自己的传统和艺术，已经"当不起东方的称号"。相反，对于中国，达里奥则认为那些孤僻不合群的中国人比日本人更像黄种人，真正担当得起"东方"这个名号。因为中国人勇于抵制侵略者，捍卫他们具有世俗气质的贵族精神。中国人不仅敬拜自己的神明，而且也把诗人看得很高。达里奥认为，在中国没有一个官员敢穿着野蛮人的衣服，也就是欧洲的服饰去觐见皇帝。在达里奥眼中，中国人坚守自己东方古国的传统，没有像日本人一样受西方影响丢失自我，才真正算得上是"东方"。

《伦敦白教堂中国展览》发表于1901年10月1日，正值八国联军侵华战争时期。到达伦敦的达里奥到白教堂区参观中国展览，详细了解中国的家具、器具、佛像、乐器，从中感悟了中国的宗教思想和艺术理念。金银玉器和丝绸的美丽让达里奥流连忘返，其他的器具尽管与他的西式生活习惯大相径庭，但他也努力理解。更重要的是，达里奥没有仅仅停留在器物的层面，而是在参观的过程中不停联想起中国文化和艺术，如"三月不知肉味"的孔夫子。最后，在战争的背景下，达里奥为中国而惋惜，强烈谴责侵略中国的将军和士兵。达里奥无法理解这些军人怎么能把东方古国的国民当成野蛮人，跑到人家里纵火劫财，更有甚者还虐杀儿童。在达里奥看来，中国高贵而富有诗情画意，本应该是一个梦幻一般的地方，只应该享受和平和快乐，不应该被隆隆的炮火声惊扰。

《驻法公使裕庚》发表于1902年9月8日。其中，作为外交官，达里奥记录了他对于晚清政府派驻巴黎的公使裕庚的印象。他不仅描写了裕庚本人，还提到了他的孩子，尤其是容龄和德龄这两位中外闻名的女性。连裕庚的侍童都因为通晓中、日、英、法四门语言而引起了达里奥的注意。

《中国烹调艺术》发表于1913年。文章中，达里奥在法国蒙巴纳斯大街一家小中餐馆品尝了正宗的中国菜肴、点心和绿茶。虽然尽情享受了美食，但餐馆没有什么异域风情，来用餐的中国食客也已经西化，让达里奥感觉颇为惋惜。

在这四篇专门针对中国的随笔中，中国不再是"镶边"的装饰意象，而成为达里奥观察、研究和思考的主要对象。从字里行间我们能够读出，浓厚的中国情结让达里奥无条件地站在中国这一边，他反对战争，谴责欧洲在中国的暴行，希望能够保护这个东方古国和平美好的面貌。

第三章
加夫列拉·米斯特拉尔

像孕育婴儿一样创造你的作品,要花费千日的心血。
Darás tu obra como se da un hijo: restando sangre de tu corazón.
——加夫列拉·米斯特拉尔《艺术家十诫》

第一节　知识介绍

一、作者简介

加夫列拉·米斯特拉尔（Gabriela Mistral），原名卢西拉·德·玛利亚·德尔·佩尔佩图奥·索库洛·歌德伊·阿尔卡亚加（Lucila de María del Perpetuo Socorro Godoy Alcayaga, perpetuo socorro 在西班牙语中意为"永恒的救赎"，以下统一称为加夫列拉·米斯特拉尔），1889 年 4 月 7 日出生于智利城市比库尼亚，1957 年 1 月 10 日于美国纽约逝世。

米斯特拉尔的人生经历并不算顺遂，尤其是在感情上饱经波折。然而，米斯特拉尔一生又无比丰富，不仅取得了巨大的成就，也以不同的方式收获了充盈的感情。

米斯特拉尔是有惊人才华的文学家。她以诗歌见长，不仅是拉丁美洲首位荣获诺贝尔文学奖的文学家，更是到目前为止拉美唯一一位女性诺奖得主，获奖理由是"感情强烈的抒情诗歌，使她的名字成为整个拉美世界理想的象征"。

米斯特拉尔是有极高地位的外交家。诗歌创作和教育改革为她赢得了极高的声誉，因此她被智利政府任命为"国家领事"，即可以自由选择出使国家。米斯特拉尔的脚步遍布美洲和欧洲，成为智利和拉美一张响当当的名片。

米斯特拉尔还是有丰富经验的教育家。她多年担任一线教师，也曾应邀远赴墨西哥推行教育改革。虽然从来没有拥有自己的儿女，但这位热爱孩子、充满母性的女诗人成为智利乃至整个拉美的许多孩子们的"母亲"，在孩子们的身上倾注了毕生的热情和温柔。

米斯特拉尔是本书选择的唯一一位女性外交官文学家，但却不是拉美唯一的女性代表。尽管这位传奇诗人终其一生也没有实现自己做母亲的梦想，但她将毕生精力贡献给了妇女儿童、贡献给了和平事业，展现了温柔而有力量、博爱而有智慧的女性面貌。

（一）文学历程

也许对于米斯特拉尔来说，文学是生活的一面镜子，清晰地反映出她的人生境遇以及她的应对态度。"不幸"是她生命的底色，而"幸运"则是她选择的解决方式。

米斯特拉尔的一生经历了诸多波折：作为女儿，她缺少父爱，幼时，生性浪漫有余而理性不足的父亲就抛下她离家出走；作为女人，她缺少爱情，青年时她经历了被抛弃和初恋去世等一系列打击，留下深深创伤。此后虽然也与人相爱但却终生未婚；渴望拥有一个家的米斯特拉尔既没能成为妻子，更没有成为母亲，只能收养自己的侄子英英，却难逃晚年丧子的命运。

但从另一方面来讲，米斯特拉尔的一生又无比幸福：作为外孙女、女儿和妹妹，她享受到外祖母、母亲和姐姐无微不至的关怀，给予了她无比的力量；作为女人，她投身教育事业，学生不乏蜚声智利乃至全世界的优秀人物，其中就包括后来智利的另一位诺贝尔文学奖得主——聂鲁达。尽管她没有自己的孩子，但她心系世界儿童，成为无数孩子的"母亲"；尽管她没能拥有自己的小家庭，但她桃李满天下，又探索了自然的奥秘，与自然建立了无比亲密的关系。而且，她在世界舞台上代表着智利、代表着拉美，成为整个拉美的"女儿"。

杜甫有云："文章憎命达"，痛苦的经历往往能点燃诗人的灵感。这位有着曲折而丰富人生经历的女性从十五岁就开始投身文学创作，二十五岁正式开始使用"加夫列拉·米斯特拉尔"署名自己的作品。这一笔名取自米斯特拉尔热爱的两位诗人："加夫列拉"取自意大利诗人加夫列尔·邓南遮[1]（Gabriele D'Annunzio），"米斯特拉尔"取自法国诗人费德里科·米斯特拉尔[2]（Frédéric Mistral）。

她的诗歌不求创新，但求真诚，以女性特有的细腻笔触诉说着甜与苦、爱与愁，书写着自然和家园，描绘着文化的画卷，记录着女性和儿童的美好。在其情感丰富、语言清新的诗句中，诗人扮演着女儿、妻子和母亲的角色，呈现了女性多样

---

[1] 意大利诗人加布里埃尔·邓南遮（Gabriele d'Annunzio）出生于1863年3月12日，逝世于1938年3月1日，是20世纪初意大利"唯美派"的代表人物。他著作众多，代表作为《玫瑰三部曲》，对欧洲乃至世界文学都留下了深刻影响。除了是著名诗人，邓南遮也是知名记者、小说家、戏剧家和冒险家。但是邓南遮的政治观点备受争议。

[2] 法国诗人费德里科·米斯特拉尔（Frédéric Mistral），出生于1830年9月8日，逝世于1914年3月25日。米斯特拉尔一直钟情于自己的故乡普罗旺斯地区，领导19世纪奥克语（普罗旺斯语）文学的复兴。1904年，米斯特拉尔获得诺贝尔文学奖，与他同时获奖的还有西班牙著名作家何塞·埃切加赖。

而美好的面貌，更展现了母亲与孩子、个人与祖国乃至人类与自然之间亲密而感人的关系。

这一部分中，我们将介绍米斯特拉尔的代表作品以及她曾经荣获的荣誉，全面展示这位优秀女性的文学生涯。

1. 主要作品

米斯特拉尔的文学生涯从十五岁开始，她并没有留下太多叙事作品，而是在诗歌领域取得了巨大的成就，生前身后共发表数十部诗集，也在报纸杂志上公开发表了无数散文与评论文章。其中，最具代表性的当属诗歌，最重要的作品包括：

• 1914 年，年仅二十五岁的诗人发表三首诗歌，组成组诗《死的十四行诗》（*Sonetos de la muerte*）。凭借这组诗歌，米斯特拉尔在 12 月 12 日圣地亚哥赛诗花会上获得鲜花、桂冠和金质奖章。顾名思义，诗歌中弥漫着死亡的阴影，年轻的诗人悼念逝去的恋人，表达了自己对于爱情和生命的感悟。

• 1922 年出版诗集《绝望》（*Desolación*），其中诗人用清新质朴的语言深入挖掘女性细腻感人的情绪。爱情是《绝望》集中的重要主题，年轻的诗人柔肠百转，细致描写了少女向往爱情、思考爱情的心理，也充分表达了失去爱情后的痛苦。

• 1924 年出版诗集《柔情：儿童之歌》（*Ternura: Canciones de niños*，以下简称《柔情》）。这部诗集一改《死的十四行诗》和《绝望》中的低迷情绪，米斯特拉尔将这部作品献给了她生命中最重要的两名女性——母亲佩特罗尼拉和同母异父的姐姐艾梅丽娜。《柔情》中，诗人不再沉溺于情爱的痛苦，而是将感情转移到孩子和自然的身上。《柔情》集中塑造了伟大的母亲和纯真的儿童形象，以《一切都是龙达》为代表的诗歌在智利广为传诵，成为几乎每个智利小朋友都会背诵的名诗。

• 1938 年出版诗集《塔拉》（*Tala*）。诗集中诗人依旧眷恋母亲，关心孩子，热爱祖国。但她的目光延伸到全球，开始关注西班牙内战中饥寒交迫的儿童，也更加深入地观察自然，探索物质与存在。

• 1954 年出版诗集《葡萄压榨机》（*Lagar*）是她一生中出版的最后一部作品，却是第一部首版选择在祖国智利出版的作品。这部诗集中，米斯特拉尔进入人生的晚年，一系列个人、家庭和朋友身上发生的变故让她的诗风开始向超现实主义发展，用玄妙的风格、深奥的比喻和象征手法体现博爱。

在不同的诗集中，米斯特拉尔不仅展现出了不断变化的创作风格，也塑造了不同的女性形象。在本节的第二部分，我们将详细介绍她的成名作《死亡的十四行诗》以及诗集《绝望》《柔情》《塔拉》和《葡萄压榨机》，不仅了解诗歌的内容和风格，更去探寻背后的人生故事，以更好地与这位心思细腻的女性诗人发生心灵共鸣。当然，米斯特拉尔不仅仅伤春悲秋，也胸怀大志，投身妇女儿童和教育事业。因此，我们也将介绍她编写的教材《给女性的语言教育读物》，展现这位传奇女性的教育改革成果。在第二节文学赏析中，我们从《柔情》中选择了米斯特拉尔最为脍炙人口的诗歌，一起感受女性诗人美好而丰富的内心世界。

2. 主要获奖经历

国内奖项
- 1914 年获智利圣地亚哥赛诗花会金奖
- 1951 年获智利国家文学奖。

国际奖项与荣誉
- 1945 年获诺贝尔文学奖，获奖理由是"感情强烈的抒情诗歌，使她的名字成为整个拉美世界理想的象征"。米斯特拉尔是拉美第一位诺贝尔文学奖得主，是世界上第五位获此殊荣的女性作家
- 1946 年获法国荣誉军团勋章，获古巴恩里克·何塞·瓦罗纳勋章
- 1950 年获美国方济各历史学会奖

（二）外交经历

1925—1928 年，米斯特拉尔还没有正式成为外交官，但凭借其国际声誉，她代表智利乃至拉美在包括国际联盟在内的多个重要国际组织中担任代表和领导职务。从 1932 年起，米斯特拉尔辗转欧洲和美洲的多个国家担任外交官，用她的文学影响力，让西方世界开始了解智利、欣赏神奇的拉美新大陆：

- 1932 年，米斯特拉尔接受了自己的第一个外交官职务：智利驻意大利那不勒斯领事，她也因此成为智利历史上第一位女性高级外交官。然而，由于米斯特拉尔既是女性，又具有强烈的反法西斯思想，所以遭到当时意大利政府的强烈排斥。
- 1933—1934 年先后担任驻西班牙马德里、巴塞罗那、马约卡和马拉加领事。
- 1934 年任驻葡萄牙里斯本领事。
- 1935 年，智利政府任命米斯特拉尔为"国家终身领事"，即她可以自行选择国家和城市进行派驻。
- 1936 年先后任驻葡萄牙波尔图和危地马拉两国领事。
- 1939 年，智利总统阿吉雷任命米斯特拉尔为智利驻中美洲政府联盟特命全权

大使，然而由于健康原因，米斯特拉尔并没有接受这份工作。
- 1939—1940 年任驻法国尼斯领事。
- 1940—1946 年派驻巴西，先后任驻尼特利及佩特罗波利斯领事。
- 1946—1948 年任驻美国洛杉矶领事。
- 1948—1950 年先后任驻墨西哥维拉克鲁兹和驻意大利那不勒斯领事。
- 1953 年再次回到美国，担任驻纽约领事。

（三）教育生涯

米斯特拉尔在成为诗人和外交官前投身教育工作，长期担任一线教师：
- 1904 年，年仅十五岁的米斯特拉尔开始在拉塞莱娜的一所学校担任助教。
- 1908 年起，米斯特拉尔先后在多所学校任教，但由于并非师范专业毕业，所以无法获取工资收入。米斯特拉尔一直想到师范学校进修，但因为种种原因一直被拒绝。直到 1910 年才凭借自己的知识和经验通过教师认证。
- 1910 年起，年轻的米斯特拉尔扎根农村，辗转多地担任乡村中学教师、督导和校长等职。她的足迹最北到达安托法加斯塔，最南达到智利最南端的普塔德阿雷那。所授课程包括劳动、美术、家政等多个科目。其间，她也十分关注土著居民的生活和教育状况。
- 1920 年，由于无法忍受南部的严寒气候，米斯特拉尔申请工作调动，来到特木科担任校长。在那里，她结识了智利未来的另一位诺贝尔文学奖得主——聂鲁达，并对他进行了文学启蒙和鼓励。

基于丰富的教学经验，米斯特拉尔也投入教学理论研究和教育改革中去：
- 1922 年，受墨西哥教育部长巴斯孔塞洛斯之邀，米斯特拉尔赴墨西哥开展教育改革。米斯特拉尔设计的教育体系与智利的"学院派"完全不同，与主流欧美理念也大相径庭，但却适合墨西哥实际情况，尤其符合乡村特点，改革最后大获成功。
- 教育生涯的后期，米斯特拉尔也撰写了大量关于教育的文章并发表在美洲和欧洲的刊物上。

米斯特拉尔在教育事业上的贡献得到了广泛认可，除了是知名的诗人、优秀的女性外交官，她也是世界闻名的教育家：
- 1925 年，智利政府以优厚待遇让米斯特拉尔从一线教师岗位退休，因此，她有更多的时间和自由去实现理想抱负。虽然不再从事一线教学，但米斯特拉尔对于教育、儿童和女性的关注并未减弱。在开始担任外交官前,米斯特拉尔代表智利和拉美国家参加多场国际重要会议,为儿童和女性争取权益。

二、主要作品简介

米斯特拉尔最擅长诗歌创作,其中凝结了这位优秀女诗人细腻的情感和深刻的思考。在这一部分,我们选择了她的六部代表作:诗歌《死亡的十四行诗》、教材读物《给女性的语言教育读物》和《绝望》《柔情》《塔拉》及《葡萄压榨机》这四部诗集,一起领略这位诺奖得主的风采。

(一)《死亡的十四行诗》

> 两个伤口像一双眼睛,表达着哀怨。
>
> ——米斯特拉尔

1914年米斯特拉尔发表了她的名作组诗《死亡的十四行诗》,并在当年12月智利圣地亚哥赛诗花会中获得一等奖,获得了鲜花、桂冠和金质奖章。《死亡的十四行诗》表达的是年轻的诗人对自己已逝爱人的怀念,即诗人三段恋情中流传最广的一段——与铁路工人罗梅利奥·乌雷塔的纠葛。1904年,机缘巧合下米斯特拉尔结识了乌雷塔并与之相恋,而好景不长,乌雷塔抛弃了米斯特拉尔,与另外一名女子订婚。造化弄人,乌雷塔被新结识的爱人抛弃,自觉丢面子又无比伤心,最终选择结束了自己短暂的生命。在乌雷塔的遗体上,人们发现了一张他本想寄给米斯特拉尔的明信片。

昔日爱人的离世给年轻的米斯特拉尔留下了深深的心理阴影。乌雷塔去世于1909年,当时米斯特拉尔不过二十岁。深受打击的诗人在那段时间郁郁寡欢,诗歌题材和风格都比较沉重。其中,最为成功的就是由爱人之死有感而发的《死亡的十四行诗》,这组诗共三首,第一首表达爱情悲剧后诗人哀伤的心情,第二首表达了听闻噩耗后诗人想与爱人同生共死的愿望,第三首则是诗人因爱人之死向社会宣泄愤怒。

1912—1915年间,在这三首诗的基础上,米斯特拉尔又进行了扩写,将这一题材扩展成涵盖内容更加丰富的大型组诗。逝去的恋人、失败的感情和青春回忆成为米斯特拉尔早期诗歌创作的常见主题,并延续到她的诗集《绝望》中。

（二）《绝望》

> 不是为描写情感而生的产物，而是神经自己产生的情绪。
>
> ——萨阿维德拉[1]

1922年，米斯特拉尔的第一部诗集《绝望》问世。这部诗集最早是在纽约出版的，受到了美国西班牙学院的资助。1923年又在智利再版。纽约出版的第一版包含五个部分：第一部分"生命"（Vida）包括《思想者罗丹》（*El pensador de Rodin*）、《正义者之歌》（*Canto del justo*）、《未来》（*Futuro*）等十八首诗；第二部分"学校"（Escuela）包括《乡村女教师》（*La maestra rural*）等三首；第三部分"孩子们"（Infantiles）包括《白云》（*Nubes blancas*）、《春夫人》（*Doña primavera*）等十六首；第四部分"痛苦"（Dolor）包括《相逢》（*El encuentro*）、《爱，爱》（*Amor amor*）、《徒劳的等待》（*La espera inútil*）等二十五首；第五部分"大自然"（Naturaleza）包括《帕塔哥尼亚风光》（*Paisajes de la Patagonia*）、《云之歌》（*A las nubes*）等九首。智利出版的版本在原有部分基础上又增加了"散文"（Prosa）及"校园散文和短篇小说"（Prosas escolares y cuentos）这两部分[2]。

这部诗集得名于同名诗作《绝望》，正如题目所揭示的，诗集中的确包含部分忧伤低迷的内容，年轻的诗人时而因为爱情的曲折患得患失，时而因为失去爱人而痛苦不已。但这部作品却并非一味消极感伤，也不乏美好甜蜜的作品：米斯特拉尔满怀热情与爱意，用温柔的笔触描写了学校中天真可爱的孩子、乡村宁静美好的生活、变化万千的大自然，敏感的女性诗人也向读者袒露了她心中的万千思绪与柔情。总的来讲，无论是喜是悲，《绝望》集的诗歌承载着米斯特拉尔青春时代的种种回忆。

《绝望》中，米斯特拉尔发挥女性的特长，捕捉到了细微的情感变化，深入挖掘了细腻而丰富的内心，用质朴但清新的语言勾勒出了一幅充盈而柔美的精神图景。其中的诗歌无一不情感丰富，但却丝毫没有矫揉造作之感，引起了评论界一致好评。

---

[1] 胡里奥·萨阿维德拉（Julio Saavedra）（1880—1949），智利学者、文学评论家，是米斯特拉尔研究专家。
[2] 由于《绝望》《塔拉》和《葡萄压榨机》并没有完整的中文译本，诗歌中文题目部分参考赵振江译《你是一百只眼睛的水面》，其余部分由本书作者翻译。

（三）《给女性的语言教育读物》

> 米斯特拉尔是妇女、公共教育、教师和儿童的榜样。
> ——施密特[1]

1923年，米斯特拉尔受墨西哥教育部长巴斯孔塞洛之邀远赴该国进行教育改革，二人的教育理念一致，米斯特拉尔掌握了改革的主导权，专门针对墨西哥农村地区、女性和儿童设计了全新的教育模式，推行了与欧洲和拉美学院派主流完全不同的教育理念，最后改革大获成功。

改革期间，米斯特拉尔在墨西哥出版了《给女性的语言教育读物》（*Lecturas para mujeres destinadas a la enseñanza del lenguaje*）。这本书不仅是一个文学家智慧的体现，更是一位伟大的教育家心血的结晶。全书共四百四十七页，内容包含诗歌与散文，目标读者是女性，年龄下至十五岁上到三十岁。由于墨西哥的这些女性在生活中往往无法像同龄的男性一样进入学校读书，甚至无法获得相同的学习材料。为此，米斯特拉尔专门针对女性特点和儿童爱好，选择的基本是西语美洲作家的作品，以"德""美""悦"为首要目的编写了这本读物，目的是让女性得到教育，让孩子能够在快乐学习中成长。

我们可以认为，《给女性的语言教育读物》这部书是米斯特拉尔教育理念的体现，也是她在墨西哥推行的教育改革的成果之一。更重要的是，此时，米斯特拉尔关爱女性和儿童的思想已经开始形成，并积极付诸实践。这部书得到了墨西哥首位高级女性外交官帕尔玛·纪廉作序，两年之后，米斯特拉尔也开始代表祖国智利出席重要国际会议，九年之后，这位名声响彻拉美的女性诗人也像她的前辈纪廉一样，成为外交官，而且是智利首位女性高级外交官。

（四）《柔情》

> 星星是男孩子们的龙达，麦苗是女孩子们的身姿。
> ——米斯特拉尔

1924年，米斯特拉尔在马德里出版了她的第二部诗集《柔情》，献给她生命中最重要的两名女性：母亲佩特罗尼拉和同母异父的姐姐艾梅丽娜。《柔情》原版包

---

[1] 路易斯·施密特（Luis Rodolfo Schmidt Montes）（1949—），2010—2014年及2018年至今任智利驻华大使。

含"龙达"（Ronda）、"大地之歌"（Canciones de la tierra）、"季节"（Estaciones）、"宗教"（Religiosas）和"摇篮曲"（Canciones de cuna）五个部分。1945年，诗人在布宜诺斯艾利斯再版了《柔情》，增加了新的内容，将全书扩展为"摇篮曲"（Canciones de la Cuna）、"龙达"（Rondas）、"梦呓"（La Desviadora）、"花招"（Jugarretas）、"思考—世界"（Cuenta-mundo）、"学龄前"（Casi escolares）和"故事"（Cuentos）七个部分，共包含一百零五首诗歌和三个小故事。

《柔情》中，随着年龄增长，米斯特拉尔不再沉溺于情爱的痛苦，而是将重点转移到孩子和自然的身上。这部诗集清新而温馨，朴实而动人。诗人在《柔情》中创新了儿童诗的写作手法，让儿童诗更加富有教育意义。这样的诗歌不仅让孩子们能够在读书中学到知识，更帮助父母在与儿女的互动中潜移默化地对孩子进行教育。这是米斯特拉尔创作《柔情》的初衷，也是这部诗集一直以来的主题。

（五）《塔拉》

> 她的诗歌关键就是爱——情爱、母爱和博爱。
>
> ——赵振江[1]

1938年，米斯特拉尔在布宜诺斯艾利斯出版了她的第三部诗集《塔拉》。题目"塔拉"的具体含义是学界和评论界一直讨论不休的话题：在西班牙语中，"tala"一词的本意与树木有关，有人认为是一种阿根廷的植物。也有人认为是一种游戏，有的评论家甚至从梵语中寻找解释。而这部诗集却并没有解释"tala"一词，也没有内容与之直接相关。与她的前两部诗集相比，"tala"这个题目含义更加丰富，这部诗集的内容也更加包罗万象。

《塔拉》分"母亲之死"（Muerte de mi madre）、"幻觉"（Alucinación）、"疯女人的故事"（Historias de loca）、"材料"（Materias）、"美洲"（América）、"思乡"（Saudade）、"死浪"（La ola muerte）、"生灵"（Criaturas）、"摇篮曲"（Canciones de cuna）、"思考—世界"（La cuenta-mundo）、"喜报"（Albricias）、"故事两则"（Dos cuentos）和"口信"（Recados）十三个部分，包含八十首诗歌、两则小故事和六则"口信"。诗集中诗人依然眷恋母亲，关心孩子。不过她的眼光从拉美扩展至欧洲，开始关注西班牙内战中饥寒交迫的可怜儿童；诗人也始终热爱属于自己的土地，为祖国智利和美洲

---

[1] 赵振江，翻译了包括米斯特拉尔在内的多名优秀西语作家的多部经典作品。

写下了十一首诗歌;死亡这个悲伤的话题依然挥之不去,而随着岁月的流逝,诗人的笔调也愈加神秘,她开始探索元素、物质和存在,用一种浪子的情怀观察并讲述世界。可以说,《塔拉》中,米斯特拉尔变成了一位胸怀天下的博爱者。

(六)《葡萄压榨机》

> 我敞开胸膛,让宇宙进来,像炽热的瀑布一样。
>
> ——米斯特拉尔

1954年,米斯特拉尔在智利出版了她的第四部诗集《葡萄压榨机》,这是她一生中出版的最后一部作品,但却是第一部首版选择在祖国智利而非其他国家出版的作品。全书分十二个部分:"序言"(Prólogo)、"战争"(Guerra)、"悲痛"(Luto)、"疯狂的女人们"(Locas mujeres)、"自然界 II"(Naturaleza II)、"夜曲"(Nocturnos)、"职业"(Oficios)、"游荡"(Vagabundaje)、"时间"(Tiempo)、"胡言乱语"(Desvarío)、"花招 II"(Jugarretas II)、"宗教"(Religiosas)、"龙达"(Rondas)、"大地的留言"(Recado terrestre)和"后记"(Epílogo)[1],共包含七十二首诗歌。

作为题目的 Lagar 一词在西班牙语中指的是压榨汁水的地方,不论是葡萄、橄榄还是其他水果,都在这里经过变化,以酒或油的新形态出现。因此,《葡萄压榨机》中,自然、生死、毁灭与再创造成为中心主题。这一时期,米斯特拉尔遭受生活巨变:"二战"打响,战火肆虐;诗人晚年丧子,好友纷纷离世,自己的健康状况每况愈下。在最后的这部作品中,诗人不再拘泥于个体,而是将叙事主体扩大到了整个人类和整个自然,她开始书写战争和集中营,关注战火下全人类的痛苦。米斯特拉尔的诗风开始向超现实主义发展,用玄妙的风格去阐释生死、存在和人类担忧的问题,用深奥的比喻和象征手法体现对整个人类的博爱。

《绝望》《柔情》《塔拉》《葡萄压榨机》这四部诗集清晰展现出米斯特拉尔诗歌创作历程不断演进的过程:《绝望》时年轻的诗人被情所困,抒发爱而不得的痛苦;《柔情》逐渐走出阴霾,开始关注亲情,不仅眷恋母亲,自己也渴望成为母亲;《塔拉》的眼界进一步开阔,放眼整个世界,关爱全球儿童;《葡萄压榨机》进入创作晚期和人生末程,诗风愈加玄妙,开始走向超现实主义。

---

[1] 由于米斯特拉尔的诗歌在国内并没有完全译介,所以中文译名部分参考赵振江译《你是一百只眼睛的水面》,北京燕山出版社,2016年,其余由本书作者翻译。

三、米斯特拉尔作品在中国的译介

到 2024 年 3 月，国内共有二十三部米斯特拉尔作品的中文译本，涵盖了大部分诗人的重要作品。

相比于其他拉美作家，尤其是男性作家，米斯特拉尔作品的中译本出现了一个有趣的特点——在儿童文学中广泛出现。近年来，出版社不光聚焦这位诺奖得主的经典作品，更努力挖掘这位"母亲诗人"的儿童诗歌，摘取其中专门写给孩子的作品组成"童话诗"。除了细腻动人的文字，出版社还配上了活泼可爱的插图、装帧精美的封面，甚至与音像等多媒体手段相结合，将诗歌音频化，成为亲子互动读本。

第二节 文学赏析

作为一名女诗人，米斯特拉尔的诗歌将女性的万种柔情尽数展现。尤其是在诗集《柔情》中，诗人抛开了爱情带来的痛苦，将目光投向了亲情、爱情和自然，呈现了女性的立体形象：米斯特拉尔不仅是孩子的母亲，更是母亲的女儿、自然的女儿和祖国的女儿。因此，这一部分选取《柔情》中四首经典诗歌进行鉴赏。

一、原文阅读

《柔情》TERNURA[1] 选诗

赵振江（译）[2]

露珠

这是一朵玫瑰
上面托着露珠：
这是我的胸脯
将我的孩子保护。

收拢小小的叶片
将露珠儿支撑
为了不将它吹落
又剪掉了风。

因为露珠儿
来自无垠的天际

---

[1] Mistral, Gabriela, *Ternura*, Santiago de Chile: Editorial Universitaria de Chile, 2014.
[2] ［智］米斯特拉尔著，赵振江译：《你是一百只眼睛的水面》，北京：北京燕山出版社，2017年。

而玫瑰花拥有
悬在空中的元气。

她多么幸运
幸运得沉默不语：
世上的玫瑰
谁有她美丽。

这是一朵玫瑰
上面托着露珠：
这是我的胸脯
将我的孩子保护。

Rocío

Esta era una rosa
que abajó el rocío:
este era mi pecho
con el hijo mío.

Junta sus hojitas
para sostenerlo:
esquiva los vientos
por no desprenderlo.

Porque él ha bajado
desde el cielo inmenso;
será que ella tiene
su aliento suspenso.

De dicha se queda
callada, callada:

no hay rosa entre rosas
más maravillada.

Esta era una rosa
que abajó el rocío;
este era mi pecho
con el hijo mío.

智利的土地

我们在智利的土地上舞蹈,
她比利亚和拉结[1]还漂亮。
这块土地上哺育的人
口内和心中都没有悲伤……

比果园更翠绿的土地,
比庄稼更金黄的土地,
比葡萄更火红的土地,
踩上去多么甜蜜!

她的灰尘装点了我们的面颊,
她的河流汇成了我们的欢笑,
她吻着孩子们的舞蹈
像母亲在轻轻地呼叫。
因为她美丽,
我们愿她的草地纯洁晶莹;
因为她自由,
我们愿她的脸上洋溢着歌声……

明天我们将开发她的荒山,
把荒山变成果园:

---

[1] 利亚和拉结都是《圣经》中的人物。二人先后是雅各的妻子。

明天我们将建起村落,
可今日只想狂欢!

Tierra chilena

Danzamos en tierra chilena,
más bella que Lía y Raquel;
la tierra que amasa a los hombres
de labios y pecho sin hiel...

La tierra más verde de huertos,
la tierra más rubia de mies,
la tierra más roja de viñas,
¡qué dulce que roza los pies!

Su polvo hizo nuestras mejillas,
su río hizo nuestro reír,
y besa los pies de la ronda
que la hace cual madre gemir.

Es bella, y por bella queremos
sus pastos de rondas albear;
es libre y por libre deseamos
su rostro de cantos bañar...
Mañana abriremos sus rocas,
la haremos viñedo y pomar;
mañana alzaremos sus pueblos;
¡hoy solo queremos danzar!

和平的"龙达"

母亲们坐在门槛上,
讲述着一次次战役。

孩子们到田野上
将松塔儿采集。

他们开始做回声游戏
在自己德国的山坡下。
看不见法国孩子的脸庞
他们在海风中回答。

听不懂俏皮话和语言，
可后来他们见了面，
他们只好在心里猜测
当注视对方的双眼。
现在当世界上有人叹息
大家会听到呼吸
而随着每一句谚语
两个圈子在缩短距离。

母亲们，沿着气味的方向
上到松林的地方，
当她们乘着轮子到达时
被风儿吹着飞翔……
男人们出去寻找她们
看到大地在旋转
听到山在歌唱
他们围着世界转圈

Ronda de la paz

Las madres, contando batallas,
sentadas están al umbral.
Los niños se fueron al campo
la piña de pino a cortar.

Se han puesto a jugar a los ecos
al pie de su cerro alemán.
Los niños de Francia responden
sin rostro en el viento del mar.

Refrán y palabra no entienden,
mas luego se van a encontrar,
y cuando a los ojos se miren
el verse será adivinar.

Ahora en el mundo el suspiro
y el soplo se alcanza a escuchar
y a cada refrán las dos rondas
ya van acercándose más.

Las madres, subiendo la ruta
de olores que lleva al pinar,
llegando a la rueda se vieron
cogidas del viento volar...

Los hombres salieron por ellas
y viendo la tierra girar
y oyendo cantar a los montes,
al ruedo del mundo se dan.

一切都是"龙达"

星星是男孩子们的龙达，
他们在捉迷藏……
麦苗是女孩子们的身姿，
她们在玩"飘荡……飘荡"。

河流是男孩子们的龙达，
他们在玩"奔向海洋"……
波浪是女孩子们的龙达，
她们在玩"拥抱大地的胸膛"。

Todo es Ronda

Los astros son ronda de niños,
jugando la tierra a espiar...
Los trigos son talles de niñas
jugando a ondular..., a ondular...

Los ríos son rondas de niños
jugando a encontrarse en el mar...
Las olas son rondas de niñas,
jugando la Tierra a abrazar...

思考题：
    1. 在这组诗中，米斯特拉尔表达了哪些美好的人类情感？
    2. 这组诗的主要描写对象是谁？
    3. 在这组诗中，诗人米斯特拉尔都是以什么样的形象出现的？

二、作品赏析

作为一名诗人，米斯特拉尔的创作题材包罗万象，从牙牙学语的孩童到慈祥善良的母亲，从似有灵魂的自然万物到溘然长逝的恋人。作为一名女性诗人，她用质朴的语言尽情抒发了自己最真挚、最细腻的情感。女性在一生中要扮演多种重要的角色——一个女人既是女儿，也是女友和妻子，更是母亲。因为内心的多愁善感，女性又与自然和爱有着更加紧密和玄妙的关系。作为诗人，米斯特拉尔塑造了女性完整的形象，更探索了女性和自然的关系。生而为女，她让世人了解了女性的内心世界。生而为人，她又代表着自然、博爱，代表着她深爱的拉美和这片土地上的文化。

（一）作为母亲

米斯特拉尔曾经感受到自己母亲给予的强烈母爱，再加上宗教的教诲和作为女性的本能，她一直都无比渴望成为母亲，孕育属于自己的孩子。然而，造化弄人，米斯特拉尔终生未婚，也没有自己亲生的子女。但是，她的诗歌中记录下了她对于成为母亲的渴望，以及对于孕育生命这一过程的观察和思考。

在《露珠》中，米斯特拉尔的语言朴素，但笔调却无比唯美，将母亲孕育、养育孩子塑造成了一个圣洁而完美的过程：孩子像是露珠，晶莹剔透，无比可爱。哺育孩子的母亲像是玫瑰，母性的光辉让她成为世界上最美丽动人的存在。露珠稍纵即逝，如露珠般的婴儿虽然完美无瑕，但也无比脆弱。正因如此，孩子的出生就像一个奇迹，母亲养育孩子也成为一个神圣而美好的过程。在《和平的龙达》中，诗人也反复将母亲的形象与新生相联系，将她对孩子的渴望表达得淋漓尽致。在《柔情》集的另一首诗歌《雏菊》（*La margarita*）中，诗人也将温柔的母亲、天真的孩子、娇艳的花朵和幸福的新生联系在一起，将迎接新生命的母亲塑造成一个完美的形象。

现实生活中，米斯特拉尔收养了自己同母异父的弟弟的孩子，也就是她的侄子。诗人亲昵地称呼侄子为"英英"（Yin Yin），视如己出，终于圆了自己做母亲的梦想。在母亲的眼里，自己的孩子是完美无瑕的，诗人写下无数动人的诗句去赞美英英。然而令人扼腕叹息的是，在米斯特拉尔五十四岁的时候，十八岁的英英选择结束自己的生命，让诗人惨遭老年丧子之痛。

尽管没有自己孕育子女，英英也在十八岁时永远离开了，但米斯特拉尔也用另一种角度体验了做母亲的快乐。作为教师，她教育了无数孩子。在《一切都是龙达》中，诗人深深爱着所有生机勃勃、健康成长的儿童，被他们的快乐活泼所深深打动。这首节奏欢快的诗歌描写孩子，也是为孩子而作，成为智利儿童中传诵度最高的诗歌之一。在《柔情》集的其他诗歌中，诗人不分贫富，对于所有孩子都心存喜爱。例如，在诗歌《渔妇的歌》中，米斯特拉尔亲切地描绘了一位普通渔民家的小女孩，说她甜美的睡脸"像贝壳一样"。在《迷人》中，诗人觉得"比小河调皮／比山坡柔软"的孩子"虽然生在世上／却胜过整个人间"。

作为公众人物，米斯特拉尔心系各个国家的孩子。《和平的龙达》就展现了诗人国际主义的博爱，无论是拉美还是欧洲，孩子们都应该快乐、团结，沐浴在母亲温柔的目光和无尽的爱中。当然，米斯特拉尔最关注的还是她的故乡拉美。作为资深教育家，米斯特拉尔曾受邀前往墨西哥参加教育改革，《柔情》集有一首诗歌题为《墨西哥的孩子》，其中，诗人表达了对于墨西哥古文明的敬仰，表达了对墨西哥孩子的喜爱。在改革过程中诗人专门针对墨西哥女童编写了读物，帮助她们学习文化、获取知识。西班牙内战打响之后，米斯特拉尔也奔走呼号，为内战中饥寒交迫、受到生命威胁的西班牙儿童谋求福祉。

（二）作为女儿

1. 自然的女儿

作为"国家领事"，米斯特拉尔的脚步遍及欧洲、美洲的无数国家。但在她的诗歌中，她并未过多描写和留恋发达的国家和繁华的都市，而是格外钟情于故乡的自然风光。自然、山村乃至荒野都成为米斯特拉尔吟咏的对象，展现了一幅返璞归真、宁静安详的美丽画卷。在诸多歌颂自然的诗歌中，玫瑰、山川和大地等自然景物和事物在米斯特拉尔的诗中反复出现，成为诗人笔下的经典意象。

（1）玫瑰

从我们选择的诗歌中可以看出，诗人经常描写鲜花，尤其钟爱玫瑰。《露珠》和《一切都是龙达》中都出现了玫瑰这个意象。《露珠》当中，诗人将母亲的胸膛比作玫瑰，而玫瑰上晶莹的露珠就是她心爱的孩子，因为这颗露珠，玫瑰拥有了生命力，成为世间最美丽的存在。《一切都是龙达》中，米斯特拉尔描写了孩子们的游戏，诗人将少年天真而热烈的快乐具象化地展现出来。《柔情》集的另一首诗歌《雏菊》以另一种花卉——雏菊命名，但其中也不乏玫瑰的身影。诗中，母亲们不仅看到了雏菊，也看到了一朵玫瑰开放，同时也有一只小羊出生。花朵、母亲和新生再一次被紧密联系到一起，表达了诗人对于孩子的渴望和对于母亲的崇敬。

我们选择的这些诗中，一方面，米斯特拉尔喜欢借玫瑰的娇艳美丽来比喻女性，尤其是绽放着母性光辉的母亲，也用玫瑰热烈的鲜红代表生机勃勃、快乐健康的孩子。在诗人的笔下，玫瑰是"美好"的代名词，无论是母亲还是孩子都是世界上最美好的存在；另一方面，有了孩子的母亲像一朵带着露水的玫瑰，玫瑰的盛开伴随着小羊的出生。米斯特拉尔也赋予了玫瑰"生命力"的深层含义，从而将孕育孩子的母亲和充满生命力的孩子融合成一个整体。玫瑰代表着新生，代表着茁壮成长，这代表着诗人对于孩子最美好的祝福，因此玫瑰也在米斯特拉尔的诗中成为"希望"的同义词。

（2）山海

米斯特拉尔的祖国智利面朝大洋，坐拥安第斯山脉，国内不乏高山大川。因此，山与海也成为诗人笔下经常出现的意象。在《一切都是龙达》中，河流、海洋和波浪都是孩子们的游戏，不同国家的孩子们在海风中互相应和，回答彼此的问题。在《雏菊》和《和平的龙达》中，无论是智利、德国还是法国的母亲都坐在高山上俯瞰世界，高山见证了她们细腻的心绪。

在米斯特拉尔的心中，海洋波澜壮阔，浪花象征着生生不息的热烈生命力。而高山沉静安详，能够包容一切，保守一切秘密。山也总能让米斯特拉尔联想到她的祖国和她的家乡，在米斯特拉尔的笔下，高山是家园的象征，更是她心灵的庇护所。

（3）大地

在《雏菊》中，大地这个意象与母亲相伴反复出现，这也是米斯特拉尔整个诗歌创作中经常使用的艺术手段。母亲孕育了孩子，大地产出庄稼、树木，供养人们的饮食需求，也给开采荒山的人们提供资源，给建设村落的人们提供空间，哺育了生活在大地之上的人们。同时，诗人笔下的大地也是智利的大地，是祖国的象征。因此在诗人笔下，大地也以母亲的形象出现，为所有的智利人提供家园和衣食住行，更为远离故土的游子和身处逆境的人们提供最温暖的保护。

除了玫瑰、山海和大地，小麦、大树和太阳等意象也常常在米斯特拉尔的诗歌中出现。作为女性，米斯特拉尔对于自然的描写不同于男性生态主义文学家，她将自己与自然紧密相连，将自己的情感直接投射到各种意象当中。也就是说，不同时期的诗人对于自然产生了不同的"需求"，就直接导致笔下的自然呈现出不同的面貌：《绝望》时期，年轻的少女为了排解爱情中的不安和痛苦，向自然寻求答案和庇护。《柔情》中,更加成熟的诗人走出爱情的桎梏,将自然和母亲及新生相连,体现了自己想要成为母亲、想要享受天伦之乐的心境。《塔拉》和《葡萄压榨机》中,随着诗人眼界的进一步开阔,自然也成为更加壮阔的空间,承载了米斯特拉尔更加博爱而深沉的情感。

2. 智利的女儿

在《柔情》集的诗歌《雏菊》中,米斯特拉尔曾把大地比作母亲。这块如此美丽、让她魂牵梦萦的土地属于她的祖国智利。她热情地感叹,智利的土地比"利亚和拉结还漂亮",这块土地上哺育的人们"口内和心中都没有悲伤"。无论是在《柔情》集、在其他作品还是在其他场合,米斯特拉尔总是以"智利山谷里的女农"自居,非但不避讳,反而为此感到骄傲。在她的诗歌中,她不仅以最饱满的热情和最深沉的爱去歌颂自己的祖国,还找到了最有代表性的事物:从大地、作物、高山和大海,到印第安文化和各种土著的器具,展现了智利极富特色的人文风物。

作为外交官,米斯特拉尔走出了拉丁美洲的范围,也曾出使美国和许多欧洲国家。凭借丰富的人生经验和博爱的广阔胸怀,这位智利的女儿在外交舞台上不仅仅代表自己的祖国,更代表着整个拉丁美洲。她的诗歌中也描绘墨西哥的孩子:他生长在阿纳瓦克的土地上,传承着玛雅文化。他佩带着精美的弓箭,发丝中都蕴含着古代文明的精华。在这位母亲般温柔博爱的女性诗人笔下,拉丁美洲各国之间有一种兄弟般的情谊,互相热爱,互相赞美。

米斯特拉尔植根于拉丁美洲的现实,突出这片大陆独有的特点,将神奇而绚丽的拉美文化带向世界舞台。作为第一个获得诺贝尔文学奖的拉美作家,米斯特拉尔不仅是智利的女儿,更是拉丁美洲的女儿。

第四章
米格尔·安赫尔·阿斯图里亚斯

诗人和作家要用活的语言反映生活及其变化。
El poeta y el escritor de verbo activo. La vida. Sus variaciones.
——阿斯图里亚斯《诺贝尔文学奖获奖致辞》

第一节　知识介绍

一、作者简介

米格尔·安赫尔·阿斯图里亚斯·罗萨勒斯（Miguel Ángel Asturias Rosales，以下简称米格尔·安赫尔·阿斯图里亚斯），1899年10月19日出生于危地马拉首都危地马拉城，1974年6月9日于西班牙首都马德里去世。

阿斯图里亚斯出生在一个生活富足的知识分子家庭，父亲是一名法官，母亲是一名小学教师。然而，这份安宁却没有持续多久：正直的父亲一直反对独裁统治，一次，他释放了游行示威的学生，引起了时任总统的独裁者曼努埃尔·埃斯特拉达·卡布雷拉（Manuel Estrada Cabrera）的不满。为此，父亲不但失去了法官的工作，更不得不带着妻儿离开首都，举家搬迁到小城萨拉玛，和阿斯图里亚斯的祖父母一起生活。萨拉玛土著人口众多，大多是玛雅文明的后人。阿斯图里亚斯的保姆就是一位土著姑娘，她熟知各种古老的历史、故事和传说。就这样，阿斯图里亚斯在玛雅文化的熏陶中度过了自己的童年。青少年时代，阿斯图里亚斯的求学经历十分丰富，他在祖国危地马拉进修医学和法学，也在法国索邦大学学习民族学，并系统研读了法国作家布雷顿的作品，因此受到超现实主义的深远影响。

阿斯图里亚斯是著名的文学家。他的人生经历直接影响了文学创作：一方面，阿斯图里亚斯向全世界展示了拉美最重要的原始文明之一——玛雅文明。另一方面，阿斯图里亚斯大胆揭露了20世纪拉美的集体症候——独裁统治。阿斯图里亚斯是文学爆炸现象的先驱，一生中创作出大量优秀的作品，也获得了重量级的文学奖项。1967年，阿斯图里亚斯获得诺贝尔文学奖，成为拉丁美洲第二位获此殊荣的作家，获奖理由是"因为他的作品落实于自己的民族色彩和印第安传统，而显得鲜明生动"。

阿斯图里亚斯是优秀的外交官，足迹遍布中美洲、南美洲和欧洲的多个国家，为宣传危地马拉和拉美文化做出了杰出贡献。

（一）文学历程

拉丁美洲究竟是什么样？也许每个人的心中都会有自己的答案。对于阿斯图里亚斯来说，"古代文明"和"独裁统治"，是他通过自己的作品反馈给读者的一份"拉美答卷"。

阿斯图里亚斯从小沉浸在危地马拉土著玛雅人的世界中，祖国最原汁原味的文明成为他文学创作的底色。一个古老的文明怎样能够被其他民族理解？阿斯图里亚斯将欧洲方法与故乡的实际情况有机结合，不是用更加"先进"的理论高高在上地评价，而是深深植根于拉美的沃土，阿斯图里亚斯借鉴欧洲超现实主义，加入拉美独特的元素，将深厚的人类学、神话学和语言学功力与文学创作有机结合，用土著人的方式描写土著生活、传说和矛盾，传神地刻画拉美魔幻而多彩的特点。

而拉丁美洲不是莺歌燕舞的完美天堂，这个古老而年轻的大陆也面临着种种问题，其中，独裁统治就是20世纪大部分拉美国家罹患的症候。作为正义而爱国的作家，反对独裁是阿斯图里亚斯作品中永恒的核心问题，更是他一生的使命。家族记忆深入骨血，让阿斯图里亚斯从青少年时代就开始具有强烈的反独裁、反帝国主义倾向。他在作品中辛辣讽刺拉美独裁者，也积极投身反独裁运动，从青年时代就开始积极建立学生组织，成年后利用自己的影响力呼吁和平和民主，即便惨遭流放也在所不惜。

在这一部分，我们将从主要作品和荣誉入手，了解这位为拉美而歌唱的诺奖得主文学创作的主要情况。

1. 主要作品

阿斯图里亚斯的一生产量颇丰，共创作了十余部叙事作品，包括小说、短篇小说和短篇小说集，也创作了多部诗歌、戏剧和杂文。他最具代表性的作品包括：

- 1930年发表的短篇小说集《危地马拉传说》（*Leyendas de Guatemala*）用九篇短篇小说描绘了危地马拉这样一个亦真亦幻的国度，书写了玛雅这样一个五光十色的古老文明，更描绘了这片土地上性格迥异的神祇与各具特色的珍禽异兽，被评论界誉为"第一部具有魔幻现实主义风格的短篇小说集"。
- 长篇小说《总统先生》（*El señor Presidente*）其实在1933年已经完成，但直到1946年才得以出版，尽管用了虚构的人物和事件，但内容明显是剑指危地马拉独裁者卡布雷拉。这部小说中现实和超现实相互交织，独裁统治之下社会罪恶滋长，正义、美德和爱情等本该无比美好的事物都被污染、扭曲。
- 1949年发表的长篇小说《玉米人》（*Hombres de maíz*）是阿斯图里亚斯最知名的

作品之一。这部奇诡绚烂的作品不仅展示了危地马拉土著玛雅人与众不同的神奇信仰，更将玛雅人、白人殖民者和投靠白人的拉迪诺人之间微妙的关系展现得淋漓尽致。

• "香蕉三部曲"由 1950 年的小说《疾风》(*Viento fuerte*)、1954 年的小说《绿色教皇》(*El papa verde*) 和 1960 年的小说《死不瞑目》(*Los ojos de los enterrados*)组成。《疾风》撰写了从 1904 年到 1965 年这六十余年间的人物命运，控诉了民族的伤痛；《绿色教皇》中，美国富商把控经济命脉，想要建立香蕉帝国，成为凌驾于政府之上的"绿色教皇"，却遭到了拥有神奇力量的土著民族的殊死反抗；《死不瞑目》基于玛雅人朴素的正义观——含冤而死之人会死不瞑目，而正义得不到伸张的正是生活在社会边缘的玛雅人。这三部小说都用虚构的故事反映中美洲臭名昭著的"香蕉工厂"的真实情况，揭露了其中的罪恶现实：外国资本把控工厂命脉，贫苦不堪的土著工人受到残酷剥削，留下了一部血泪史。1966 年，苏联授予阿斯图里亚斯列宁和平奖，作为对于这位为了贫苦大众仗义执言的伟大作家的最大褒奖。

• 1963 年发表的长篇小说《混血姑娘》(*Mulata de tal*) 中再一次使用了阿斯图里亚斯标志性的技法：将玛雅神话与欧洲天主教传统相结合，在文字叙述的基础上借鉴漫画"画面感"的技巧，塑造了一个异质、多元的文化世界。

在阿斯图里亚斯的所有作品中，《总统先生》和《玉米人》最为充分地展现了他创作的主要关注点。因此，在本节的第二部分，我们选择这两部小说进行详细介绍，并在第二节文学赏析中共同研读《玉米人》的精彩片段。

2. 主要获奖经历

获得奖项

• 1966 年凭借"香蕉三部曲"获列宁和平奖。

• 1967 年获诺贝尔文学奖，获奖理由是"因为他的作品落实于自己的民族色彩和印第安传统，而显得鲜明生动"。阿斯图里亚斯是继米斯特拉尔后第二位夺得诺贝尔文学奖的拉丁美洲文学家。

其他荣誉

• 阿斯图里亚斯也成为祖国危地马拉的文化代表。1988 年起，危地马拉文化与体育部以他的名字命名了"危地马拉米格尔·安赫尔·阿斯图里亚斯国家文学奖"，每年颁发一次，获奖者一位。

• 为了表彰阿斯图里亚斯的突出成就，危地马拉首都危地马拉城的国家剧院以阿斯图里亚斯的名字命名。另外，该国也设有米格尔·安赫尔·阿斯图里亚斯研究中心，充分研究这位对危地马拉和拉丁美洲都做出杰出贡献的伟大作家。

（二）外交经历

阿斯图里亚斯不仅是优秀的文学家，也投身政治，施展自己的一腔抱负。1942年他当选危地马拉议员，正式踏入政坛。四年后，阿斯图里亚斯开始了自己的外交官生涯，先后被派驻到美洲和欧洲的多个国家：

- 1946—1949 年任驻墨西哥文化参赞
- 1947 年任驻阿根廷文化参赞
- 1952—1953 年任驻法国参赞
- 1954 年被任命为驻萨尔瓦多大使，但流亡国外未能就任
- 1966—1970 年任驻法国大使

二、主要作品简介

阿斯图里亚斯是诺贝尔文学奖得主，更是拉开魔幻现实主义序幕的重要开路人。基于个人真实经历和学术研究，其作品中真实再现了危地马拉土著——玛雅人的信仰与生存危机，更展现了独裁这一困扰整个拉丁美洲的时代症候。在接下来的这一部分中，我们选取了两部阿斯图里亚斯最重要的作品：处女作短篇小说集《危地马拉传说》和长篇小说《总统先生》，对内容进行简单介绍，一起去领略这位诺奖得主笔下光怪陆离的中美洲世界。

（一）《危地马拉传说》

> 这些历史、梦境、诗歌，如此潇洒地混合了信仰、故事、一个秩序井然的民族的沧桑岁月以及一片始终跳动的土地上的鬼斧神工。
>
> ——保尔·瓦雷里[1]

成长过程中深受玛雅文明影响的阿斯图里亚斯前往法国深造时选择了民族学作为专业，学习过程中，他着手翻译玛雅文明的圣书《波波尔·乌》（*Popol Vuh*）[2]，

---

[1] 保尔·瓦雷里（Paul Valéry），法国象征派诗人，法兰西学院院士。
[2] 《波波尔·乌》是生活在危地马拉的玛雅人中的一支——基切人（quiché）创作的，包含创世神话，介绍了玛雅—基切信仰中的诸多神明，说明了部族的起源，讲述了历代帝王的生平事迹，洋洋洒洒一直写到西班牙殖民者到来。在基切语中，"波波尔"（popol）是象征权力的器物草垫，"乌"（vuh）指纸。殖民入侵时原书被毁，靠在土著人中口口相传流传下来，16 世纪被用拉丁文记录下来，18 世纪被翻译为西班牙语，直到 19 世纪才再度被发现。

这项工作延续了他的一生。在翻译过程中，他创作了一系列关于玛雅人生活的故事，基于此，阿斯图里亚斯在1930年结集出版了处女作《危地马拉传说》，被评论界认为是第一部带有魔幻现实主义色彩的短篇小说集。《危地马拉传说》分为"危地马拉传说""传说"和"库库尔坎·羽蛇"三部分，共包括九篇短篇小说：

1. 第一部分"危地马拉传说"

（1）《危地马拉》（*Guatemala*）

《危地马拉》描绘了一个亦真亦幻的国度，梦椰树给巨大的城市施展魔法，人们看到的是珠光宝气的男男女女与哀婉凄美的皇家爱情。故事中，动物和植物拥有灵魂和意识，现实和神话交相辉映，一切都好似一场镜花水月的迷离大梦。阿斯图里亚斯提到或暗指的那些城市都曾经是玛雅文明的一部分，在此，作者意在告诉我们：现在的危地马拉建立在玛雅文明的遗址之上，现代城市的发展意味着古老文明正在不断走远。

（2）《现在我想起来》（*Ahora que me acuerdo*）

《现在我想起来》中，堂·佩切、蒂娜女孩和"我"一起分享了危地马拉的传说，"我"用梦呓般的语言回忆起了在森林里与神明、与天地万物共舞的那个深夜。这里的"我"既是阿斯图里亚斯的文学化身，更代表着作者内心的希冀：曾经的土著文明也许只有在夜晚和梦境中才会重现，但人们始终没有放弃对它的追逐和寻找。

2. 第二部分"传说"

（1）《火山传说》（*Leyenda del volcán*）

《火山传说》开篇描写了栖居于树之地的六人，其中三人来到风里，三人来到水中，他们生活在一个循环往复、生机勃勃的世界。大山卡布拉坎[1]和乌拉坎[2]发动地震，众生灵纷纷逃窜。最后，一个名叫"鸟巢"的人留了下来，看到了一位圣人、一朵百合和一名孩子，邀请他建起一座庙宇，在庙宇周围重建村庄。"三"这个数字在故事中被赋予了别样的含义：圣人、花朵和孩子暗喻基督天主教的"三位一体"，展现了西班牙殖民者带来的宗教与本地信仰、外来文化与土著文明之间的冲突以及此后生活的重构。

（2）《幻影兽传说》（*Leyenda del Cadejo*）

《幻影兽传说》是一个如梦境般诡谲的故事，中心围绕传说中喜欢偷年轻姑娘

---

[1] 卡布拉坎（Cabracán）是基切神话中象征地震的神。
[2] 乌拉坎（Huracán）是基切神话中的风巨人，是天和闪电的灵魂。现在西班牙语里"飓风"一词就是从它而来。

辫子的怪物——幻影兽而展开。故事发生时，尚且年少的修女在世俗的诱惑面前败下阵来，剪掉了自己的头发。被剪下的发辫变成了象征欲望的蛇，被幻影兽偷走。这个故事篇幅十分精练，无论笔法还是场景无一不光怪陆离。剥开神秘的面纱，《幻影兽传说》中阿斯图里亚斯意在描绘人类面对的永恒难题——禁锢与反抗。

（3）《文身女传说》（*Leyenda de la Tatuana*）

《文身女传说》的主角是一位由杏树幻化而成的尊者。他将自己的灵魂分成四份，变成绿、红、黑、白四条不同颜色的路。一天，一名商人从通向冥界的黑路那里得到了尊者四块灵魂中的一块。尊者想要拿回自己的灵魂，给商人开出高价，其中不乏各种奇珍异宝。但商人都拒绝了，因为他要用这块灵魂去市场上换来最美丽的女奴。然而，商人却在赶路的过程中遭遇暴雨，坠崖而死。女奴活了下来，并与尊者相遇。由于被商人之死牵连，两人被捕入狱。狱中，尊者送给女奴一个带有魔力的文身。借助文身，女奴终于逃出监狱，从此自由自在地生活。借文身女和杏树尊者的故事，阿斯图里亚斯表现了土著人勇于反抗外来压迫、不断争取自由的精神，强调了"灵魂永不受束缚"的土著信仰。

（4）《大帽人传说》（*Leyenda del Sombrerón*）

《大帽人传说》与《幻影兽传说》一样，以殖民时代为背景，讲述了一只神奇的小球突然间闯进了一名修士的家中，修士一边对小球爱不释手，一边却怀疑它是魔鬼的化身。当修士听到一位母亲说她的孩子丢失了一个魔鬼变成的小球后果断扔掉了手中的球，而那只奇异的球变成了男孩头上的黑帽子，大帽人由此诞生。这篇用简洁明快的克里奥尔式语言写成的故事中，阿斯图里亚斯探讨了诱惑，也告诉读者，他相信人们具有摆脱诱惑、维护自身独立性的能力。

（5）《花地宝藏传说》（*Leyenda del tesoro del lugar florido*）

故事发生在西班牙殖民者到达危地马拉的时候，土著部落正在庆祝大战后的和平，当白人到来时，土著祭司向火山念起咒语，部落众人抛下宝藏落荒而逃，躲避即将到来的灾难。见到宝藏的白人目眩神迷，抢夺战利品中，火山爆发吞没了一切，又形成了一座新的火山。阿斯图里亚斯不仅描绘了一个富足的印第安王国，更用土著人的思路描绘了他们眼中的世界——自然现象都由魔法咒语控制。

（6）《春天风暴的巫师》（*Los brujos de la tormenta primaveral*）

《春天风暴的巫师》由六个章节组成，讲述了动物、植物和矿物三大王国之间的斗争。主人公胡安·波耶是河流的化身，象征着生命力。但当人类忘记如何去爱，心中只剩冰冷和残酷时，河流就会惩罚人类。阿斯图里亚斯用仿佛有魔力的语言再现了一个创世神话。

3. 第三部分"库库尔坎·羽蛇"（*Cuculcán*）

《库库尔坎·羽蛇》本来是一部戏剧，在《危地马拉传说》第二版中被收录进来。全剧六幕，其中"黄幕""红幕"和"黑幕"各三篇，黄红黑交替出现，模拟了一天中太阳"从晨至晌，自晌入夜"的变幻。

这部作品中，除了在整个中美洲地区都备受崇拜的羽蛇神库库尔坎，阿斯图里亚斯还塑造了战士钦奇比林（库库尔坎的助手）、黄花少女雅伊（献给库库尔坎的祭品）、白鼓手、守夜曲尊者乌瓦拉维斯、风神拉拉巴尔、缝补祖母以及鹦鹉、乌龟等形象，打造了一个人、神和动植物并存，而且万物皆有灵的神话世界。《库库尔坎·羽蛇》用一只金刚鹦鹉贯穿全篇，引出它与羽蛇神的一段恩怨：黄花少女雅伊被选为库库尔坎的祭品，即做羽蛇神黎明前的新娘。金刚鹦鹉与她做了一个交易，想要借此取代库库尔坎的地位，但库库尔坎最终死里逃生。全剧气势恢宏，想象丰富。故事中，阿斯图里亚斯用土著居民的眼睛观察世界，用土著居民的想法思考世界，创造出了一系列美丽动人的比喻：描写雅伊时，他说"女人白天是花，晚上为人"；描写钦奇比林时，他说"战士不会死亡，胸中将会长出月亮"；描写白鼓手和缝补祖母时他说"鼓和缝补祖母的包袱像云朵一样，抓不住机会就会飞上天空"。阿斯图里亚斯还展现了"黎明前的爱人""无所不知的祖母"等危地马拉古老传说中口口相传的信仰，展开了一个像金刚鹦鹉一般五光十色的魔幻世界。

（二）《总统先生》

> 漫画的夸张笔法和抒情诗般的描述。
>
> ——黄志良、刘静言[1]

1917年，危地马拉城发生了一场严重的地震，惨遭天灾的人们也难逃独裁统治、社会不公的人祸。这让年仅十八岁、当时还是高中生的阿斯图里亚斯愤慨不已，写下了一部名为《政治乞丐》的短篇小说。这部小说并未发表，但是成为阿斯图里亚斯成名作《总统先生》的雏形。《总统先生》于1933年完稿，然而，由于独裁政府的封锁与管控，这部拉美最早、也最为知名的反独裁小说之一直到1946年才得以在墨西哥正式出版。尽管阿斯图里亚斯是在法国创作的这部小说，文中也没有点明故事发生的时间、地点和人物，但种种迹象都表明主人公"总统先生"的原

---

[1] 黄志良、刘静言：中文版《总统先生》译者。

型就是把持危地马拉总统之位二十二年之久（1898—1920）的独裁者马努埃尔·埃斯特拉达·卡布雷拉。

《总统先生》的第一部分由一桩凶杀案展开：天主堂门廊下，乞丐佩莱莱（西班牙语中意为"木偶"）刚刚丧母，情绪几乎崩溃。就在此时，效忠总统的帕拉莱斯上校偏偏又拿母亲挖苦他，成为压死骆驼的最后一根稻草——佩莱莱发疯了，他不知从哪里来的力气，打死了上校。但是总统意欲将这桩罪名强加到已经退伍的卡纳莱斯将军和卡瓦哈尔律师头上，因此，他安排心腹爱将米盖尔·卡拉·德·安赫尔（西班牙语中意为"天使脸"）完成这个任务，让他假意向将军透露消息并助其逃走，实际上是不断向将军施加心理压力，造成其畏罪潜逃的假象，坐实将军杀人一事，好方便总统堂而皇之地定罪。

警官卢西奥·巴斯克斯和朋友赫那罗·罗达斯走出"杜斯特普"酒吧，正好遇到了疯疯癫癫、四处逃亡的佩莱莱，惧怕罗达斯的巴斯克斯开枪打死了佩莱莱，一切被街头木偶戏艺人堂·本哈明目睹。罗达斯回家后将所有的事情告诉了妻子费迪娜，费迪娜感念将军女儿卡米拉小姐的恩情，第二天一大早赶到将军府想把这一切告诉她。而费迪娜不知道的是，前一天晚上，卡米拉已经被卡拉·德·安赫尔秘密绑架，目的是制造混乱，掩护将军逃亡。

小说的第二部分来到了将军逃亡的第二天清早。费迪娜赶到时，将军府人去楼空，她被当作嫌疑人，和年幼的孩子一起锒铛入狱。费迪娜遭到严刑逼供，士兵们在她的胸脯上撒石灰，孩子因此拒绝吃母乳，费迪娜只能眼睁睁地看着幼子惨死怀中，自己也被卖到妓院。这个可怜的女人怀中一直抱着自己死去的孩子，最后在精神病院了却残生。

另一边，卡拉·德·安赫尔找到卡米拉的叔叔婶婶，希望他们能收留无家可归的姑娘。而曾经对她笑脸相迎的亲戚如今避之不及，生怕与总统的仇敌扯上关系。这个过程中，卡拉·德·安赫尔心情无比矛盾：他爱慕年轻美丽的卡米拉，但也贪恋总统赋予他的权势。所以他一边完成着总统的任务，一边又无微不至地照顾卡米拉。此时，将军逃到乡下，救了差点被债务逼死的三姐妹，在她们的帮助下成功越过国境。

到了第三部分，卡瓦哈尔律师、一名大学生和一名教堂司事在狱中探讨"恐惧"的问题，卡瓦哈尔夫人跑遍全城，寻找一切关系，试图解救丈夫。而律师对发生的事情一无所知，当他终于有机会读到自己的诉状时，发现有人为了陷害他精心制作了伪证。卡瓦哈尔有心无力，只能含冤而死。

卡拉·德·安赫尔与卡米拉最终成婚，卡米拉的身体也渐渐恢复。但是，远在他乡、正在策划起义的将军听到谣言，以为给女儿主婚的正是死敌总统先生，一时急火攻心，猝然离世。总统带着自己的班子准备再次参加选举，此时卡拉·德·安赫尔被委派了一项外交任务，与卡米拉告别之后，卡拉·德·安赫尔却在港口被捕了，逮捕他的命令正是总统发出的。监狱中卡拉·德·安赫尔受尽折磨，高墙外已经怀孕的卡米拉焦急地等待着丈夫的来信。当所有希望破灭之后，卡米拉带着和丈夫同名的儿子米盖尔搬到了乡下。被关押在17号牢房的卡拉·德·安赫尔不停地怀念着自己的妻子，妻子成为支持他活下去、盼到沉冤昭雪那一刻的唯一支柱。而他却不知道，此时，卡米拉早已沦为总统先生的情妇。

小说尾声，天主教门厅成为废墟，监狱中受苦的人们来了又走。堂·本哈明也在恐怖高压之中失去了理智。在一派绝望之中，只有数着念珠、祈求上帝保佑的声音留给人们最后一丝希望。

整个小说中总统先生其实并非一号主人公，甚至没有名字，但他作为灵魂人物无处不在，一切也因其而起。书中这位独裁总统以长期把持危地马拉政权的卡布雷拉为原型，也集中了整个拉美大陆独裁统治者的所有特点，揭露了19世纪到20世纪拉美的时代症候，即这片地区特有的独裁形式"考迪罗主义"[1]。1926年，西班牙作家巴因克兰（Ramón María del Valle-Inclán）的《班德拉斯暴君》（*Tirano Banderas*）拉开了拉美独裁小说的先河，"独裁"这一主题在现当代拉美小说中屡见不鲜，其中《班德拉斯暴君》《总统先生》与乌斯拉尔·彼特里（Arturo Uslar Pietri）的《独裁者的葬礼》（*Oficio de difuntos*）及诺奖得主加西亚·马尔克斯的《族长的没落》（*El otoño del patriarca*）最为著名，并称"拉美四大独裁者小说"。

《总统先生》将现实主义和超现实主义有机融合，阿斯图里亚斯借鉴漫画技巧，用极度夸张的手法，不仅塑造了栩栩如生的人物形象，更揭示了令人费解的现实：总统营造个人崇拜，所有人对他极尽阿谀奉承；所谓的名流长相猥琐，好像老鼠一样，但却把敛财、黑幕等肮脏手段美化得合情合理；相反，正义被随意践踏，感人的亲情无法挽救生命，纯粹的友情招来杀身之祸，美好的爱情在黑白颠倒的社会中沦为一场笑话。

---

[1] 考迪罗（Caudillo）集军阀、大地主和教会三位一体，从政治、经济、宗教三个方面牢牢把持社会命脉，对外投靠外国势力，对内则残酷镇压人民反抗。这种特殊的独裁形式从独立战争演化而来，在19世纪20年代各国纷纷独立之后到20世纪前期几乎一个世纪的时间里在拉美大部分国家盛行，对20世纪的政局也产生了深远的影响，拖慢了拉美进步和发展的脚步。

更重要的是，阿斯图里亚斯也运用了魔幻现实主义的创作技法：在《总统先生》中，活人和死人并存，如目睹佩莱莱被枪击后，罗达斯回到家中，在自己孩子的摇篮里看到了死神幻象，这既代表着尚存一丝良知的罗达斯对佩莱莱的愧疚，也预示着幼子在狱中夭折；在小说中，梦境与现实并存，如疯疯癫癫的佩莱莱在逃亡过程中分不清自己是醒着还是在做梦，当他看到相貌英俊的卡拉·德·安赫尔时以为自己见到了天使（西语中卡拉·德·安赫尔的意思正是"天使的脸庞"，作者也在文中多次强调卡拉·德·安赫尔有着"天使的面庞，魔鬼的灵魂"）。那段意识流的内心剖析让读者们也难以区分，自己究竟是身处现实还是梦中。诸如此类，阿斯图里亚斯展示的是一个具有魔力的真实世界。

然而，魔幻现实主义手法展示得最为淋漓尽致的当属与土著文明紧密相连的作品。因此，在作品选读部分，我们会选择阿斯图里亚斯的代表作《玉米人》，一起透过作家之目，去探寻印第安人眼中那个陌生而神奇的世界。

三、阿斯图里亚斯作品在中国的译介

阿斯图里亚斯的作品中译本共十一部，主要集中在《总统先生》和《玉米人》这两部最重要的小说作品上，前后出现了多个版本。除此之外，早在 1959 年也出现了《危地马拉周末》的中文译本，但并非从西班牙语直接翻译，而是从俄语转译而来，这种情况在新中国成立初期拉美作家作品早期的中国译介过程中也常有发生。

第二节　文学赏析

米格尔·安赫尔·阿斯图里亚斯的文学生涯佳作频出，而最具代表性、最让人难忘的莫过于他笔下那个光怪陆离、神秘瑰丽的玛雅古国。怎样去真正了解一个遥远的国度？怎样去读懂一个迥然不同的古老文明？也许读者需要用当地人的眼睛去发现、用当地人的思维去思考。那么，在这一节中，我们选择了阿斯图里亚斯的代表作之一、小说《玉米人》，去深刻理解玛雅人与玉米、动物以及天地万事万物之间奇妙的联系。

一、内容简介

长篇小说《玉米人》由六个章节和一个尾声组成，正文的六章或以人物为名，或以动物为题。第一章"加斯巴尔·伊龙"是整个故事的起源：伊龙大地上生活着一个名叫加斯巴尔·伊龙的"无敌勇士"，他在睡梦中听到伊龙大地的哭诉，说有人正在破坏大地，问他为什么不管。醒来后，他对妻子彼欧霍萨说，自己要和"种玉米的人"开战。所谓"种玉米的人"是介于西班牙人和土著人之间的"拉迪诺人"（latinos），这些人看到玉米能卖个好价钱，便到山上开荒种玉米。而在土著人眼中，出售玉米的行为罪无可赦。因为中美洲神话中，神以玉米为材料制作出现在的人类。所以，对土著人而言，玉米有着特别的意义，就像是自己的孩子，而父母是绝不可能卖掉自己孩子的。加斯巴尔有黄毛兔子做保护神，射杀了许多拉迪诺人，引起了西班牙殖民者查洛·戈多伊上校的不满。上校邀请加斯巴尔和所有土著人共进晚餐，但在这场鸿门宴上，所有土著人都被上校杀害了。

第二章"马丘洪"讲述的是托马斯·马丘洪一家的故事，他的独生子出门，到未婚妻家求亲，路上遇到了许多萤火虫，被照得全身发亮，永不停歇地奔跑，之后就失踪了。所有人都说曾经在某个地方看到小伙子全身染着烈火，纵马狂奔。玉米地收成不好，一天深夜，父亲托马斯·马丘洪不知为何扮成了儿子的模样，骑着马在田间纵火。火势熊熊,没人敢去救火,赶来的骑警非但没有控制住火势,反倒和平民械斗,伤亡无数,马丘洪家的所有人都死去了。

第三章"七戒梅花鹿"中,所谓的"七戒"指的是梅花鹿闯过了七次火劫。这一章的主人公是特贡家族,老母亲娅卡被人下了"蛐蛐咒",按照库兰德罗(巫医)的指示,兄弟五人商量推选大哥卡利斯特罗喝符水找凶手。喝完后,卡利斯特罗给出了答案——萨卡通家族。言罢,兄弟几人抄起刀冲到始作俑者家,将一家八口全部杀害,给母亲报了仇。自从喝下符水,大哥就变得疯疯癫癫的。大家看到他拖着一具死尸走来走去,以为是他杀害了库兰德罗。而远近闻名的神枪手高登修却说库兰德罗是他杀害的,乌佩托十分不解,因为他明明看到哥哥打死的是一只鹿。高登修告诉他,鹿就是库兰德罗。娅卡用七戒鹿的鹿眼石粘好了卡利斯特罗破碎的灵魂,治好了大儿子的疯病,高登修和乌佩托也发现,七戒鹿从埋葬它的地方消失了,仿佛起死回生一般。

第四章"查洛·戈多伊上校"讲述的是谋杀土著人的西班牙殖民者戈多伊上校的故事。那场血腥的屠杀七年后,上校率兵夜间赶路前往腾夫拉德罗。一路上天气变化莫测,各种植物和动物让山谷显得诡秘莫测。最终,上校和他的人马被猫头鹰、巫师头颅和丝兰花环包围。巫师口中念着第七次烧荒,接着,腾夫拉德罗谷化为一片火海,上校被烧死在谷中。

第五章"玛利亚·特贡"讲述的是一对夫妻的故事。眼盲的戈约·伊克捡回了年幼的玛利亚·特贡,长大后娶她为妻。但玛利亚·特贡却抛弃了他,带着两个孩子离家出走。戈约·伊克找到大夫治好了自己的眼睛,踏上了寻妻之路。路上,他遇到牧羊人多明戈·雷沃罗里奥,两人决定一起贩酒。酒坛子在路上碎了,喝醉的二人也被警察抓走,以走私的罪名被判了刑。

最后一章"邮差——野狼"的主人公是邮差尼丘·阿吉诺。在这一篇中,受到离家出走的玛利亚·特贡的影响,人们把受到蛊惑抛弃丈夫的女人叫作"特贡娜",将一块巨石称为"玛利亚·特贡峰"。尼丘因为失去了妻子而每天郁郁寡欢,时不时幻化成野狼。最终,他在法师指引下看到爱妻落井身亡的景象,明白妻子并非对他不忠,了却了一直萦绕于胸的心事。故事最后,戈约·伊克结束服刑,通过儿子终于找到了玛利亚·特贡,二人互相坦白心意,冰释前嫌。尾声中,尼丘继承了"国王饭店",玛利亚和戈约回到了家乡,子孙满堂,一家人在玉米田里忙碌着,生活着。

二、原文阅读

《玉米人》
刘习良、笋季英（译）[1]

第一章　加斯巴尔·伊龙（节选）

蛀虫十分可恶，种玉米的人更加可恶。蛀虫能在几年间毁掉一棵大树。种玉米的人放把火，几小时之内就能毁掉一片林子。多好的树木啊！那是珍贵的上好木材，是大量的药材。种玉米的人把树木烧得精光，就像在打仗中兵士杀人如麻。剩下的只是浓烟、炭火、灰烬。要是为了吃，也就罢了。可他们是拿玉米做买卖。要是自己卖，也就罢了。可老板只能分到一半的利润，有时连一半也分不到。玉米把土地耗贫了，也没让任何人富起来。老板没有发财，分成农也没有攒下钱。种地吃饭是人类的天职，人本来就是玉米做的[2]。可是，种地做买卖，只会让玉米做成的人遭受饥荒。"粮站"的红招牌是不会在玉米地上扎根的。那些男女老少即使种下密密麻麻的玉米，也不会在一处地方定居下来。土地耗得没劲了，他们就会背起玉米，远走他乡，直到他们自己也像枯黄的玉米一样倒卧在肥沃的田野里。肥田沃土本来很适宜种植别的作物，他们也能发大财。譬如，在炎热的低地可以种甘蔗。那儿的香蕉林里和风习习。可可树亭亭玉立，树顶上缀满香喷喷的果实，好似没有爆开的烟火。当然，还有把肥美的土地染成一片血红的咖啡林和熠熠闪光的麦田。可他们对这些毫无兴趣。宁肯走到哪里，就把那里的土地耗得贫瘠不堪，而自己仍然是个穷光蛋。

……………

村里的老人们说，加斯巴尔是"无敌勇士"。那些耳朵长得像玉米叶一样的黄毛兔子是他的保护神[3]。什么也瞒不过那些黄毛兔子，什么危险它们也不怕，多远的路程也不在话下。加斯巴尔的皮肤跟大山榄的硬壳一样结实，他的血液像黄金一样金贵。"他力大无穷"，"跳起舞来威武雄壮"。他笑起来，牙齿好似泡沫岩；咬

---

[1] ［危］米盖尔·安赫尔·阿斯图里亚斯著，刘习亮、笋季英译：《玉米人》，上海：上海译文出版社，2013年，第9—10、第393页。
[2] 中美洲印第安人以玉米为主食。由此产生"人是玉米做的"传说。据《波波尔·乌》（印第安民族的古典文学名著）中的叙述，造物神用泥土、木头造人都失败了，最后用玉米造出人。译者原注。
[3] 根据印第安人的传说，每个人一生下来都要找一个保护神。保护神是一种动物，被称为"纳华尔"。译者原注。

牙、啃东西的时候，牙齿好似燧石。他有几颗心。牙齿是嘴里的心，脚跟是脚上的心。他在水果上留下的牙痕，在路上留下的足迹，只有黄毛兔子才能辨认出来。这些都是村里的老人们讲的原话。听说，加斯巴尔一走动，黄毛兔子也跟着走动。还听说，加斯巴尔一说话，黄毛兔子也跟着说话。走动也好，说话也好，加斯巴尔全是为过去、现在、将来活着的人们。村里的老人们对种玉米的人就是这么说的。辽阔的草原上乌云密布，暴雨擂鼓似的敲击着蓝色的鸽房似的屋子。

第六章　邮差——野狼（节选）

尼丘先生和玛丽娅·特贡一起在海上航行。在这儿，人们看到的是他的本来面目——一个可怜的穷人。与此同时，他又陪着库兰德罗——七戒梅花鹿走到玛丽娅·特贡峰。在那儿，他的面目是一只野狼。梅花鹿和野狼挺着硬毛，冲破层层浓雾，在那块巨石周围松软的土地上转来转去。在死寂的燧石洞里，它们见到了"无敌勇士"们。然后，走出金碧辉煌的山洞，来到玛丽娅·特贡峰。一路上，不停地交谈着。只有不住地说话，库兰德罗——七戒梅花鹿才不会消散在山峰上的白雾当中，才不会被死神抓走。只有不住地说话，野狼——邮差才不会消失在炎热的湛蓝的大海中。此时此刻，他的人形正在海上航行。如果他们不说话，库兰德罗——梅花鹿就会化作一团白雾，而野狼——邮差就会失去兽形，完全恢复人形，和玛丽娅·特贡一起在大海上航行。

Hombres de maíz（fragmentos）
Miguel Ángel Asturias[1]

Gaspar Ilóm（fragmentos）

El matapalo es malo, pero el maicero es peor. El matapalo seca un árbol en años. El maicero con solo pegarle fuego a la roza acaba con el palerío en pocas horas. Y qué palerío. Maderas preciosas por lo preciosas. Palos medicinales en montón. Como la guerrilla con los hombres en guerra, así acaba el maicero con los palos. Humo, brasa, cenizal. Y si fuera por comer. Por negocio. Y si fuera por cuenta propia, pero a medias en la ganancia el patrón y a veces ni siquiera a medias. El maíz empobrece la tierra y no enriquece a ninguno. Ni al patrón ni al mediero. Sembrado para comer es sagrado sustento

---

[1] Asturias, Miguel Ángel, *Hombres de maíz*, Madrid: Alianza Editorial, 2014, pp. 16-21, 402-403.

del hombre que fue hecho de maíz. Sembrado por negocio es hambre del hombre que fue hecho de maíz. El bastón rojo del Lugar de los Mantenimientos, mujeres con niños y hombres con mujeres, no echará nunca raíz en los maizales, aunque levanten en vicio. Desmerecerá la tierra y el maicero se marchará con el maicito a otra parte, hasta acabar él mismo como un maicito descolorido en medio de tierras opulentas, propias para siembras que lo harían pistudazo y no ningunero que al ir ruineando la tierra por donde pasa siempre pobre, le pierde el gusto a lo que podría tener: caña en las bajeras calientes, donde el aire se achaparra sobre los platanares y sube el árbol de cacao, cohete en la altura, que, sin estallido, suelta bayas de almendras deliciosas, sin contar el café, tierras majas pringaditas de sangre, ni el alumbrado de los trigales.

……

El Gaspar es invencible, decían los ancianos del pueblo. Los conejos de las orejas de tuza lo protegen al Gaspar, y para los conejos amarillos de las orejas de tuza no hay secreto, ni peligro, ni distancia. Cáscara de mamey es el pellejo del Gaspar y oro su sangre — «grande es su fuerza», «grande es su danza» — y sus dientes, piedra pómez si se ríe y piedra de rayo si muerde o los rechina, son su corazón en la boca, como sus carcañales son su corazón en sus pies. La huella de sus dientes en las frutas y la huella de sus pies en los caminos solo la conocen los conejos amarillos. Palabra por palabra, esto decían los ancianos del pueblo. Se oye que andan cuando anda el Gaspar. Se oye que hablan cuando habla el Gaspar. El Gaspar anda por todos los que anduvieron, todos los que andan y todos los que andarán. El Gaspar habla por todos los que hablaron, todos los que hablan y todos los que hablarán. Esto decían los ancianos del pueblo a los maiceros. La tempestad aporreaba sus tambores en la mansión de las palomas azules y bajo las sábanas de las nubes en las sabanas.

Correo-Coyote (fragmentos)

El señor Nicho navegaba en el mar junto a María Tecún, tal y como él era, un pobre ser humano, y al mismo tiempo andaba en forma de coyote por la Cumbre de María Tecún, acompañando al Curandero-Venado de las Siete-rozas. Dos animales de pelo duro cortaban la neblina espesa por la tierra de poro abierto que rodea la gran piedra. Volvían de las grutas luminosas, de conocer a los invencibles en las cuevas de pedernales muertos, conservándose la conversación para no disolverse, el venado-curandero en la mansa oscuridad blanca de la cumbre, tan igual a la muerte, y el coyote-correo en la caliente y azul oscuridad del mar, donde estaba en cuerpo humano. Si no se conversan, el Curandero-Venado se habría disuelto en la neblina, y el Correo-coyote habría vuelto por entero a su auténtico ser, a su cuerpo de hombre que navegaba al lado de María Tecún.

思考题：

1.《玉米人》的六章看似独立，它们之间是否有什么关联？

2.《玉米人》中提到了几次人和动物之间的幻化？你读过的其他作品中是否也有类似的描写？

3.在你看来，土著人的世界是怎样的？有什么特点？

4.在《玉米人》中，你读出了哪些熟悉的手法？

三、作品赏析

1967年，阿斯图里亚斯获得了诺贝尔文学奖，瑞典皇家学会对他的评价是："因为他的作品落实于自己的民族色彩和印第安传统，而显得鲜明生动。"阿斯图里亚斯本人在诺贝尔文学奖的获奖演说上也指出："我们小说的冲击力堪比灾难性的魔力，它要毁掉各种不合理的结构，为新生活开辟道路。"[1]创作于1949年的《玉米人》中，浓重的玛雅特色令人耳目一新，有着令人惊艳的文化冲击力，成为阿斯图里亚斯摘下诺贝尔桂冠、引领魔幻现实主义风潮的有力武器。

《玉米人》塑造了一个令人惊艳又光怪陆离的世界，文化的隔阂、认知的差异外加手法的独特给读者设置了不小的障碍，让这本书显得有些难懂，原因就在于作者阿斯图里亚斯思考和创作时使用的是祖国土著民族的思路。比如，小说的主人公之一土著人戈约·伊克在眼盲时能够看到别人看不到的景象——无花果的花，而当他重见光明时，却再也看不到了。因此，想要真正读懂《玉米人》，我们也需要换一双不同的眼睛：我们不仅需要阿斯图里亚斯的眼睛，更需要玛雅人的眼睛，才能真正透过纷乱的表象找到《玉米人》的真谛。

（一）内容分析：伏脉千里的草蛇灰线

在《总统先生》这部小说中，故事的时间并不清晰——前几章还以月份和日期为题，到最后直接用了"年年 月月 日日"这种语焉不详的方式。阿斯图里亚斯刻意模糊了时间，意在告诉读者，独裁统治下的惨剧并不止于一国或者一时，而是百年间整个大陆罹患的症候。而在《玉米人》中，阿斯图里亚斯再一次模糊了时间，正文的六个章节看似各自独立，仿佛也没有遵循线性的时间顺序，但仔细阅读全文就能发现，这六章不仅在时间上有紧密的关联，甚至还被一连串的线索联系在了一起。

1. 时间线

故事的时间线与章节排列顺序并非一致，按时间顺序排列如下：

- 事件一"伊龙"——第一章，"无敌勇士"加斯巴尔向种玉米的人宣战，但在戈多伊上校的鸿门宴上丧命。
- 事件二"马丘洪家族"——第二章，托马斯·马丘洪的儿子失踪，他和妻子

---

[1] [危]阿斯图里亚斯著，刘习良、笋季英译，《玉米人》，上海：上海译文出版社，2013年，第409页。

命丧大火。
- 事件三 "上校"——第四章，七年后，戈多伊上校死在山谷的一场大火中。
- 事件四 "萨卡通家族"——第三章，特贡家的兄弟们为给母亲报仇将萨卡通一家灭门。
- 事件五 "寻妻"——第五、六两章，玛利亚·特贡离开戈约·伊克，邮差尼丘也失去了妻子，以为妻子像玛利亚·特贡一样离家出走。作为丈夫，戈约·伊克和尼丘展开了漫长的寻找，最终他们相遇，明白了妻子离开他们的真正原因。

2. 内容线

除了这条"时间线"，冥冥之中还有两根无形的绳索将小说中的人物捆绑在一起，牵引内容发展。

（1）"诅咒线"

《玉米人》的主要内容之一是勇士加斯帕尔领导的土著玛雅人与戈多伊上校领导的西班牙人之间的冲突，最终，加斯帕尔中毒身亡，标志着土著人在冲突中的失败。然而他们却没有屈服，部落巫师萤火大法师对所有加害加斯帕尔的人施下诅咒：

- 直接凶手——戈多伊上校：西班牙殖民者戈多伊上校逼死加斯帕尔之后，作为报复，萤火大法师诅咒上校死在第七次烧荒中。小说第四章，上校在腾夫拉德罗的山火中丧命。
- 间接凶手——掮客马丘洪一家：托马斯·马丘洪也是土著人，加斯巴尔之所以能够接受上校的邀请，正是听信了马丘洪的话，而加斯帕尔却不知道马丘洪和妻子其实早已倒戈殖民者阵营。小说第二章，马丘洪、妻子和独生子死于大火。
- 间接凶手——卖毒药的老萨卡通家族：血腥的晚宴上，土著人被西班牙人屠杀，一方面是因为他们毫无防备，另一方面也是因为群龙无首——"无敌勇士"加斯巴尔被上校给的一碗毒酒毒死了。毒药是马丘洪从开药铺的老萨卡通手上买来的，作为间接凶手，萨卡通家族也难逃大法师的诅咒。小说第三章，七戒梅花鹿借刀杀人，唆使特贡兄弟为报仇灭了萨卡通一门。

至此，所有加害加斯巴尔的凶手都没有逃过萤火大法师的诅咒，和法师一起伏脉千里的阿斯图里亚斯终于将三条草蛇灰线环环相扣，形成了一个颇具宿命意味的闭环。

（2）"寻妻线"

小说的另一个主要内容是土著人戈约·伊克的寻妻之旅。由于戈约·伊克是个盲人，他的妻子玛利亚·特贡离开了他。悲痛万分的戈约·伊克治好了自己的眼睛，踏上寻找妻子的漫漫长路：

- 妻子玛利亚·特贡：玛利亚一直认为自己不姓特贡，而是姓萨卡通，以此，戈约·伊克的故事与加斯帕尔的故事有了关联，让整个小说更有一种冥冥之中自有天意的宿命感和完整感。
- 邮差尼丘：寻妻路上牵扯出了能够变化成自己保护兽野狼的邮差尼丘，他与七戒梅花鹿一起目睹了萤火大法师训练战士、激活他们幻化动物能力的过程，将玛雅人相信人与动物相依为命、相辅相成的独特世界观完整展现在读者面前。

（二）背景分析："二元论"的现实与神话

阿斯图里亚斯远赴法国求学时拜在中美洲神话专家门下，一边潜心民族学研究，一边进行文学创作。他的超现实主义创作反响平平，直到他拿出了中美洲"圣经"——玛雅—基切民族古神话《波波尔·乌》，一个奇迹才开始慢慢被孕育。《玉米人》中植物、动物与人类有着紧密的联系，展示了玛雅—基切这个危地马拉土著民族魔幻的世界观。

1.《波波尔·乌》与玉米

"波波尔·乌"（Popol-Vuh）为音译，在玛雅—基切语中本来是"公社书"或"会议书"的意思，最初口口相传，后来集结成册，被奉为神书，藏在神庙之中。但现在原本已毁，目前的版本是16世纪中期由一个玛雅—基切族人根据记忆用拉丁文写下，又被传教士希梅内斯翻译成西班牙语的。不过，这不是唯一的版本，阿斯图里亚斯（1927年）和危地马拉土著文学研究学者雷西诺斯的版本（1947年）也广为流传。

《波波尔·乌》像所有的远古神话一样，也是一部关于英雄和神明的史诗，洋洋洒洒地描绘了英雄乌纳布和伊斯巴兰盖捣毁地狱"西巴巴"并战胜魔王的故事。当然，这部圣书中也记录了民族的各类神话传说，展现了土著民族"泛灵论"的思想：万物有灵，无论是动物、植物还是自然现象都有灵魂，都有神明作为其人格化的象征，如火神名叫托依尔、电闪雷鸣被称为"天宇之心"等；而且世间万物都有亲缘关系，比如神明之前用木头为材料做了一批人，但是由于质量不佳被神毁灭了，所以这些人不再是人类，而变成了猴子，所以猴子才与人类有诸多相似之处。

谈到造人，每个民族都有属于自己的创世神话，其中，"人是如何被制造出来的"始终是一个重要的内容。在中国的中原神话体系中，是由女娲（女神，象征母亲）抟土（黄土，农耕文明的基础）造人，因此我们能够看出，神话其实也是每个民族在原始时代基于自身生产生活的现实与熟悉的材料编写出来的。危地马拉所在的中美洲盛产玉米,传说中神明们也尝试过泥土等天然材料,但是做出来的人质量不好[1]。神明突然发现玉米泡水之后也能形成肉体,而且做出来的人既身体健康又品行端正,因此被保留了下来,成为现在的人。因此,阿斯图里亚斯这部作品的题目《玉米人》就十分耐人寻味:"玉米人"可以是一个偏正短语(玉米修饰人),但在《玉米人》乃至整个中美洲的语境下更应该是一个并列短语——玉米和人有着极其紧密的关系,这种关系正是源自中美洲文明的创世神话。

从玉米造人的神话中能够看出,在中美洲,玉米与人之间的关系极其紧密:人类来自玉米,玉米又给人类提供食物,塑造了人类的血肉。因此在土著人看来,玉米就像是自己的孩子一样。父母孕育孩子,但是绝不能把孩子卖了谋利。对于玉米也是这样,人们可以种玉米、吃玉米,但是土著人却坚决反对贩卖玉米的行为,就此,以加斯巴尔为代表的土著人与种玉米的拉迪诺人爆发了冲突。

2. 动物与纳华尔

《玉米人》正文六章中,有四章以人名为题,有一章以动物为题,而更有趣的是,最后一章的题目"邮差——野狼"采用了"人 + 动物"的形式,由此已经可见这部小说中人与动物之间的密切联系。小说中我们更能感受到这种关联:第一章中,加斯帕尔·伊龙的保护神是黄毛兔子,巫医库兰德罗其实就是七戒梅花鹿,邮差尼丘能够变成一头野狼:人和动物之间互相庇护,互相转化,这就是阿斯图里亚斯从中美洲神话中继承的"纳华尔主义"(nahualismo)。

中美洲各民族笃信的"纳华尔主义"指每个勇士都会拥有一种专属于他的动物,成为他最亲密的伙伴、他的另外一个身份乃至他灵魂的一部分。高登修给弟弟乌佩托讲解库兰德罗与七戒梅花鹿的关系时用指头进行比喻:两人把左右手的食指并拢,弟弟乌佩托不明白,觉得这样,两个指头合在一起是变成了一个体积更大的指头。但是哥哥高登修告诉他,这两个都是食指,其实就是一个指头,就像一个人和他的影子、他的灵魂和他的呼吸一样。以此,高登修向弟弟揭示了人与"纳华尔"的关系:二者本为一体,相辅相成。

在《玉米人》的三组"纳华尔"其实可以分成两个不同的模式,从两个角度展示了"纳华尔"下人与动物的关系:其一,人与动物的互相幻化,如库兰德罗与七戒梅花鹿、尼丘与野狼。在"邮差——野狼"这一部分,尼丘和野狼甚至可以同时

---

[1] 中美洲原始文明信奉"泛灵论",即万物有灵。其他材料造出来的人品行不好,不能服众,连厨具都起义反抗。

出现；其二，动物也在战斗中保护人类，如加斯巴尔的保护神黄毛兔子，它们消息灵通，能随时为加斯巴尔通风报信，预告危险。

无论是幻化还是保护，动物和人类之间的这种紧密关系一直是全世界各民族文学中常见的题材。可以说"纳华尔"来自远古"图腾"。图腾既有标志作用，象征着此部族的特点及与其他部族的不同；图腾也是一种崇拜，远古时期，人类期盼能够拥有动物身上蕴含的巨大能量，以保护整个部族。这正是《玉米人》中的"纳华尔"体现的含义：能够成为保护神"纳华尔"的动物一般都拥有强大的力量或独特的能力，以此玛雅人祈求能够获得动物的本领以保护自己和家人。各有特性的动物又成为人物身份认同的象征：黄毛兔子象征着战士加斯巴尔的机敏、警惕与勇敢，眼石能够治好疯病、能起死回生的七戒鹿象征着库兰德罗的巫医身份，在野外四处游荡没有归宿的野狼也是邮差尼丘失去妻子后失魂落魄的真实写照。"纳华尔"是无论西班牙人还是拉迪诺人都不具备的、专属于土著人的守护模式。玛雅人对于自然的直观理解建筑在神话意识之上，由此可窥见一斑。

3. 世界观与"二元观"

无论是玉米造人还是"纳华尔"守护兽，中美洲土著居民基于神话构造了自己的世界观。《玉米人》中的种种细节都向我们展示了土著人看待自然、理解世界的特殊思路。

土著人看待世界的方式基于自己的直觉而非科学或理性，其中最具代表性的例子就是盲人戈约·伊克。他一开始眼睛什么都看不到，但却能够看到正常人看不见的东西——无花果的花，而当医生治好了他的眼睛时，他却再也看不到无花果的花朵了。"无花果的花"和"只有盲人能看到的东西"看似十分不合逻辑，但实际上蕴含着深刻的含义——它象征着戈约·伊克的爱情，象征着他离家出走的妻子玛利亚·特贡。正常人能够看到自己的爱人，而盲人戈约·伊克一直看不见任何东西，更看不到玛利亚·特贡，他没有视觉，只能依靠其他的感官去感受妻子，体会爱情。戈约·伊克无法直接总结出自己的感受，而是使用了一个更加直观的比喻——无花果的花，用直觉去解释复杂的事物。

口口相传中，土著人也倾向于用超自然的方式去解释和演绎事件。玛利亚·特贡出走之后逐渐形成了"特贡峰"和"特贡娜"的传说，一方面，人们认为玛利亚·特贡变成了一块大石头，因此人们把这块石头叫作"特贡峰"；另一方面，人们把所有抛弃丈夫离家出走的女人叫作"特贡娜"，说玛利亚·特贡是因为吃了一碗蜘蛛爬过的巧克力玉米粥而被扰乱了神志所以才会逃跑，化为"特贡峰"后，她会把这种疯狂传染给其他女人,让她们也抛家舍业,变成像特贡一样的"特贡娜"。

隐身幕后却贯穿全文的萤火大法师更是玛雅-基切人超自然世界观的典型的代表。加斯巴尔等勇士被戈多伊上校屠杀之后,土著人认为是萤火法师通过咒语展开了长达七年的复仇,土著人也笃信萤火法师能够帮助人们解决无法解决的事情,如大法师引导尼丘见到了妻子落井的景象,明白了妻子并不是抛弃他做了"特贡娜",才最终放下心结。土著人更认为,在萤火大法师带领下,人们经历几轮磨炼,与自己的"纳华尔"会合,才能成为"无敌勇士"。

无论是玉米造人还是"纳华尔"守护兽,无论是直觉神话还是迷信传说,阿斯图里亚斯总结道,土著人的世界观是"二元"的:"客观物质世界与印第安传说中神的世界是相通的,梦幻和现实之间没有不可逾越的鸿沟。他们用迷信的眼光看待世界,给一切都涂上神秘的色彩。他们的周围变成一个半梦幻半现实的世界。"[1] 可见,这里的"二元"并非互相对立,而是互相联通,即真实与梦幻、现实与神话这二者之间的互通。

(三)主题分析:种族、信仰和文明的对抗

披着神话的外衣,《玉米人》探讨了种族的问题。血腥的战争和屠杀背后,这部小说把两个截然不同的文明与信仰摆在了同一个舞台上。《玉米人》不仅描述了一个具有魔力的世界,也揭露了这个世界中暗流汹涌的对抗。

1. 种族的对抗

《玉米人》揭示了土著人与西班牙白人殖民者之间的冲突。戈多伊上校率领的殖民者在征服和抢夺资源的过程中不择手段,运用阴谋诡计毒害了最出色的勇士加斯巴尔,屠杀了毫无防备、群龙无首的土著人,并将欧洲的生活方式和法度加诸土著人身上。而更重要的是,小说也揭示了土著人与拉迪诺人之间的冲突。

故事的导火索是土著人与"种玉米的人"之间的矛盾升级,种玉米的人就是所谓的拉迪诺人。"拉迪诺"最初界定的是一个种族概念,即从西班牙来的欧洲白人与当地的印第安人通婚后生下的混血后代。慢慢地,"拉迪诺"的范围逐渐扩大到所有具有特定生活方式的群体:这个群体完全放弃土著传统,到城市中以欧洲方式生活。因此,只要一个人只说西班牙语而不说基切语、只穿欧式服装而不穿土著民族服饰、只在城市生活而不在土著人聚居的山里生活、只做更加"现代化"的工作

---

[1] 许铎:《阿斯图里亚斯的早期文学道路与〈总统先生〉》,转引自[危]阿斯图里亚斯著,刘习良、笋季英译:《玉米人》,上海:上海译文出版社,2013年,第7页。

而不从事土著人传统的农牧业，那么他就是拉迪诺人，无论此人是混血儿还是纯印第安人。

拉迪诺人放弃的不仅仅是土著的生活方式，还有玛雅—基切的传统和身份，这就造成了他们与土著人之间从本质上就无法调和的矛盾，即生存信仰的冲突。在《玉米人》中，拉迪诺人抢夺了土著人的土地，不分季节的种玉米，而且只种玉米，最后的结果就像加斯巴尔告诉妻子彼欧霍莎的那样：树被砍掉，再没有合适睡觉的凉爽的地方，地荒了，变得疲惫不堪。而且这一举动挑战了土著人的信仰，在他们看来，拉迪诺人种植玉米不是为了养家而是为了赚钱，这无异于父母孕育孩子之后出卖孩子的血肉，伤害了土著人对于玉米的深厚感情。因此，玉米才会成为激化冲突的导火索。

2. 信仰与文明的对抗

《玉米人》中战争和屠杀掩盖的是殖民过程中两种截然不同的文明间信仰的冲突。这种信仰的冲突第一次出现是围绕着种植玉米和贩卖玉米，第二次出现是在最后一章"邮差——野狼"中：来传教的神父首先批判了"纳华尔"，认为这是当地土著人的胡言乱语，是彻头彻尾的谣传；其次，神父也批评了导致女人离家出走的"蜘蛛症"，以"游动性癫狂症"解释这种现象。神父断定是不信天主教的巫师把发狂而有毒的蜘蛛磨成粉给女人们服下，她们才会神魂颠倒，做出离家出走、抛夫弃子等举动。

第三次出现是同一章中，热爱作曲的德国人堂·德菲里克刚刚写了曲子，交到邮差尼丘手上。堂·德菲里克从土著人那里听说了"蜘蛛症"，也知道了离家出走女人的"特贡娜"现象。所以，他觉得尼丘的妻子也是特贡娜，他笃信离家出走之后尼丘肯定魂不守舍，甚至要跳崖自尽，以后再也不能送信了，他的曲子也永远不能发表。他的夫人堂娜·埃尔黛本来想安慰焦急的丈夫，告诉他这些都是神话传说，世界上只有诗人、小孩子和老祖母才会相信，让他不要轻信这些鬼话。堂·德菲里克立即反对这种想法，认为夫人持有的物质主义论调无比荒唐，因为这等于否定了德国的神话。夫人反驳说德国的神话是真的，印第安人的神话荒诞不经。此时，两人认知的矛盾根源才全然暴露：德国的神话是真的，土著玛雅人的神话就是假的。为此，夫妻之间爆发了一场激烈的争吵：艺术家堂·德菲里克先生甚至用手比枪抵住夫人的胸膛，指责她满脑子都是欧洲人的观念。而在堂·德菲里克看来，欧洲人都是笨蛋，因为他们觉得世界上只存在欧洲，只要不是欧洲的、是外来的东西，哪怕再有趣，也不存在。

堂·德菲里克与堂娜·埃尔黛夫妇二人的争执正是欧洲文明与中美洲土著文明之间对于信仰和认知的冲突，即前者对于后者的否定与排斥。借这次争执，阿斯图里亚斯点明了冲突的本质原因——欧洲中心论。高高在上的、以理性为原则的欧洲文明认为以直觉为出发点、用神话解释现实的中美洲文明没有价值、荒诞不经，这是造成了所有冲突的根源。

尽管深深浸淫欧洲文明，但作为危地马拉人，阿斯图里亚斯反对欧洲中心的论调。例如，小说中阿斯图里亚斯描写了一位虔诚的神父，他为了改变土著人，主动离开更加安逸的拉迪诺地区，请缨到金矿传教。到了那里，神父才发现了真相：土著人的确麻木不仁，但那是因为他们每天大部分时间都在金矿上卖命，辛苦淘来的金子还要悉数上缴。神父终于明白，欧洲的文明不过是人为制造的，而土著才是真正的自然人。看清了真相的神父毅然还俗，放弃了自己半生的信仰体系。

受这种信仰冲突的影响，大部分欧洲人不认同中美洲的信仰，以托马斯·马丘洪和老萨卡通为代表的拉迪诺人甚至放弃乃至背叛了自己的信仰，站在西班牙人的阵营：他们开始贩卖玉米，选择了欧式的生活，帮助西班牙殖民者对抗自己的种族。阿斯图里亚斯也揭示了这种背叛的后果：无论是否定还是脱离本源，都会造成混乱。例如，马丘洪一家不仅像萨卡通家族一样惨遭灭门，还饱受干旱、火烧之苦，失去了赖以生存的玉米。面对这样的"诅咒"，阿斯图里亚斯也给出了解决的办法，即回归传统。以尼丘邮差为例，他一直认为妻子像玛利亚·特贡一样抛弃了他，每日浑浑噩噩。直到一天他受萤火大法师的指引来到修炼的山洞，见到了自己的纳华尔野狼，在萤火大法师的指引下烧掉了两大包信件，与欧洲模式彻底决裂，回归土著传统，这才看到了妻子落井遇害的景象，让自己放下心结，继续生活。

童年时期，因为父亲受到政治打压，阿斯图里亚斯随家人离开首都，却因此得到了与土著人近距离接触的机会。《玉米人》中塑造的土著人无论是相貌、谈吐、神态还是信仰、神话和生活，无一不十分真实。阿斯图里亚斯选择用土著人的方式去思考，用"二元"的思维打通了现实与神话之间的联系，才能如实再现一个万物有灵、因果循环的土著世界。

更重要的是，阿斯图里亚斯揭露了现实中真实存在的种族矛盾与冲突，将殖民进程中土著文明和部族不断被打压、否定，最终处于边缘化的困境展示得淋漓尽致。阿斯图里亚斯回归到本国神话传统，用超自然的"诅咒"去实现现实生活中无法实现的正义复仇。用魔幻寻妻之旅去投射身份认同与信仰缺失带来的问题，用超现实的结局去呼吁人们重新寻回自己的根。

"神奇的现实",这就是拉丁美洲的实际情况,是拉丁美洲作家们必须正视并理解的真相。在意识流等超现实主义技巧的基础上,阿斯图里亚斯将中美洲玛雅等古文明的元素融合进真实,呈现了一个惊艳世界的美洲,以此拉开了书写神奇现实的序幕。本书第六章我们将感受卡彭铁尔《人间王国》中非洲宗教和信仰影响下的拉美黑人文化,第七章将会领略帕斯《太阳石》中墨西哥阿兹特克古文明循环往复的时间观念。我们选择的作家,与没有在这本书中出现的加西亚·马尔克斯等知名文豪以及无数不知名的拉美文人一起,为世界文学殿堂贡献了魔幻现实主义文学这样一块光彩夺目的宝石。

第五章
巴勃罗·聂鲁达

> 没有冲不破的孤独。条条道路汇合到同一点：我们的交流。
> No hay soledad inexpugnable. Todos los caminos llevan al mismo punto: a la comunicación de lo que somos.
>
> ——聂鲁达《诺贝尔文学奖获奖致辞》

第一节 知识介绍

一、作者简介

巴勃罗·聂鲁达（Pablo Neruda）原名里卡多·埃列赛尔·内夫塔利雷耶斯·巴索阿尔托（Ricardo Eliécer Neftalí Reyes Basoalto，以下统称巴勃罗·聂鲁达）。1904年7月12日生于智利中部城市帕拉尔城，1973年9月23日于智利去世[1]。

聂鲁达是著名文学家。他是拉美文学的重要代表，尤其擅长诗歌，诗句有一种打动人心的巨大力量。诺贝尔文学奖得主、"文学爆炸四主将"之一的加西亚·马尔克斯称他为"20世纪最伟大的诗人"。著名文学评论家哈罗德·布鲁姆（Harold Bloom）将他列为西方传统核心作家，囊括入名作《西方正典》（*The Western Canon*）之中。聂鲁达一生获殊荣无数，1971年，他被授予诺贝尔文学奖，获奖理由是"诗歌具有自然力般的作用，复苏了一个大陆的命运与梦想"。

聂鲁达是优秀外交家，一生曾派驻亚洲、欧洲、美洲的多个国家。他是著名的政治家，他代表共产党成为参议员，也曾被推选为总统候选人。他更是一名共产主义战士，血与火的战斗中，他曾经付出了许多惨痛的代价：失去外交官职位、险些被捕、多年流亡海外甚至收到死亡威胁。但是终其一生，他一直忠诚于自己的共产主义信仰。

更重要的是，聂鲁达被周恩来同志誉为"中拉之春的第一只燕"。在20世纪70年代，他为推动中智文化交流立下汗马功劳。1970年中智正式建交，智利成为南美洲第一个与新中国正式建立外交关系的国家，聂鲁达功不可没。对于我们，聂鲁达不仅是才华横溢的诗人，更是我们研究中智外交和中拉文化交流史的一座桥梁。

---

[1] 关于聂鲁达逝世的具体地点一直存在较大争议，一说他去世于首都圣地亚哥，一说去世于黑岛。

（一）文学历程

聂鲁达的家境并不优渥，也不是书香门第。他早年丧母，父亲是一位铺路司机，但这却没有影响他成长为一位叱咤文坛和政坛的巨星。聂鲁达被哈罗德·布鲁姆奉为西方传统核心作家，他从少年时期就开始展露过人的文学天赋，尽管文学志向遭到了父亲的强烈反对，但聂鲁达并未放弃自己的理想，从童年时期开始进行创作，1917年正式在家乡的报纸上公开发表作品，1920年正式开始使用"巴勃罗·聂鲁达"作为笔名。

聂鲁达的一生丰富多彩。在他漫长的文学创作生涯中，他的文风也复杂多变。如果一定要总结一个属于聂鲁达的词汇的话，也许"理想"最为适合：青年时代，聂鲁达的理想是美好的爱情。因此在诗歌中浪漫的年轻诗人喜欢赞美自然歌颂爱情；进入而立之年，聂鲁达的理想是民主。1936年西班牙内战爆发时，三十二岁的聂鲁达已经成为外交官被派驻欧洲，他不仅公开支持共和派，更借自己"移民特别大使"的身份保护西班牙民主人士。这一段经历也是他文学创作的转折点：聂鲁达不再沉迷于花草与情爱，诗歌成为他表达自己思想倾向、政治主张、抨击社会弊病的有力武器；在人生和创作的后期，聂鲁达的理想是和平与团结。诗人的视野愈加广阔，不仅心怀祖国，更关注拉美和整个世界的风起云涌，呼吁正义、和平、平等和团结。

这一部分中，我们将介绍聂鲁达的主要作品，也会介绍他主要获得的奖项，以此展示这位传奇诗人的文学创作历程。

1. 主要作品

浪漫、热情、勇于斗争，聂鲁达的文学生涯与他的人生一样轰轰烈烈。他擅长诗歌和散文，一生中留下了无数作品，形成了数十部诗集和文集。其中，最具代表性的作品包括：

- 1917年，十三岁的聂鲁达在他生活的特木科市《晨报》上发表了文章《热情与恒心》（*Entusiasmo y perseverancia*），这是他第一次公开发表作品。

- 1923年，聂鲁达出版了自己的第一部诗集《霞光之书》（*Crepusculario*）。

- 1924年，年仅二十岁的聂鲁达发表了他最著名的作品之一——诗集《二十首情诗和一首绝望的歌》（*Veinte poemas de amor y una canción desesperada*），诗集中的第二十一首诗名为《绝望的歌》，其他二十首都没有名字，但却丝毫没有影响诗歌的美感。年轻的诗人用简洁的语言和充沛的激情描述了自己对爱情的感悟，体现出鲜明的浪漫主义和象征主义风格。

- 1933 年出版的诗集《大地的居所》（*Residencia en la tierra*）创作于 1925 到 1931 年间，从一花一木写到母亲爱人，从高山大川谈到纯真情感，聂鲁达的创作风格再次发生改变，诗歌语言开始变得更加工巧，大量使用意象进行比喻，呈现了鲜明的超现实主义风格。

- 1937 年出版诗集《西班牙在心中》（*España en el corazón*）。此时，聂鲁达的文风也开始展现出现实主义的色彩，诗歌成为他抨击时局、进行战斗的武器。他的创作开始采用集体的视角，反映一个国家及其全体人民的困苦与诉求。

- 1950 年出版的诗集《漫歌》（*Canto general*）是聂鲁达最重要的作品之一，写作期间他历经迫害与流亡，但却不忘关注时事，以史诗的笔法介绍并歌颂拉丁美洲的人文风物和史前文明，并通过恢宏的现象看到了深刻的本质，批判奴隶制，为被压迫者发声。

- 1952 年，聂鲁达发表诗集《船长的歌》（*Los versos del capitán*），由五组短诗、一首长诗和一篇卷后散文组成。四十六首诗中，聂鲁达书写了爱恋、欲望、愤怒和生活的感悟，既有一个敏感多情的诗人对于亲情、爱情和友情的体验，又有一个挚爱祖国的知识分子对于智利和美洲的深深眷恋。

- 1954 年，聂鲁达发表文集《葡萄园和风》（*Las uvas y el viento*），其中大多为政治抒情诗和散文诗，赞美祖国家乡的风物，歌颂并肩作战的友人。尤其引人注目的是，聂鲁达访华时，中华人民共和国刚成立不久。新中国的勃勃生机激发了聂鲁达的灵感，诗人怀着热爱和崇敬写下了许多歌颂新中国的诗篇，形成了组诗《向中国致敬》，收录在《葡萄园和风》的第二卷"亚洲的风"（*El viento en Asia*）中。聂鲁达的诗歌饱含激情，书写了新中国蓬勃昂扬的精神，向世界传播了新中国积极向上的新面貌。

- 1954 年聂鲁达发表诗集《元素颂》（*Odas elementales*），随后发表了诗集《新元素颂》（*Nuevas odas elementales*）和《颂歌第三集》（*Tercer libro de las odas*）。"颂歌"系列共包括一百八十五首诗歌，少部分以人物为主角，歌颂的大部分对象是事物：例如，聂鲁达的书写对象大到高山大海，小到洋葱番茄；抽象到孤独与爱情，具象到手表和住宅等。通过这些诗歌，创作已臻成熟的聂鲁达想要营造一个整体的世界观，诗人认为世间万物皆可成诗，都是值得观察和歌颂的对象。哪怕书写的是最简单的事物，也能抒发最真实深沉的情感。

- 1956 到 1973 年，聂鲁达一直笔耕不辍，发表了多部诗集、散文集和讲话稿合集。这位传奇诗人在逝世前不久写下了自己的最后诗篇《天空之旗告永别》（*Hastaciel*），为自己传奇的文学历程画下了最终句号。

聂鲁达一生佳作频出，除了最为中国读者所熟知的爱情诗集《二十首情诗和一首绝望的歌》外，诗集《西班牙在心中》《大地的居所》以及《漫歌》都是聂鲁达文学创作中最为精华的成果。在本节第二部分，我们选择了以上这四部作品，简要介绍诗歌内容及艺术手法，全面展示聂鲁达漫长的文学创作生涯中创作风格和倾向的不断演化过程。在第二节的文学赏析之中，我们选择了《二十首情诗和一首绝望的歌》中的第二十首以及《漫歌》中的名作《马丘比丘之巅》片段，一起领略这位浪漫诗人既吟咏个人"小爱"又歌颂民族"大爱"的胸襟。

2. 主要获奖经历

国内奖项与荣誉

- 1917 年，凭诗歌《理想的夜》（*Nocturno ideal*）获人生中第一个文学奖——智利莫莱花冠赛诗会三等奖。
- 1920 年凭《节日之歌》（*La canción de fiesta*）获智利学联"春季节"一等奖。
- 1944 年获智利圣地亚哥市文学奖。
- 1945 年获智利国家文学奖。
- 1957 年当选智利作家协会主席。
- 1966 年，智利康塞普西翁大学授予聂鲁达雅典娜奖，智利城市巴尔帕拉伊索授予他"荣誉市民"称号。
- 1967 年获智利特木科市"荣誉之子"称号。
- 1968 年获智利约里克居里和平勋章。
- 1969 年当选智利语言学会荣誉院士。

国际奖项与荣誉

- 1946 年获墨西哥政府"阿兹特克雄鹰"勋章。
- 1950 年凭诗歌《让那伐木者醒来》（*Que despierte el leñador*）获国际和平奖。
- 1953 年因推动各国交流合作的努力，获斯大林和平奖。
- 1959 年获委内瑞拉首都加拉加斯市"荣誉客人"称号。
- 1966 年获捷克斯洛伐克国际关系荣誉勋章及秘鲁太阳勋章。
- 1967 年获意大利维亚雷吉奥-维尔西利亚国际文学奖。
- 1968 年当选美国文学艺术学院院士及鲁文·达里奥国际学会通讯院士。
- 1971 年，聂鲁达荣获诺贝尔文学奖，成为拉丁美洲第三位获此殊荣的作家，获奖理由是"诗歌具有自然力般的作用，复苏了一个大陆的命运与梦想"。

其他荣誉

除了以上奖项，聂鲁达还是智利大学哲学与教育学院学术委员，智利天主教大学、牛津大学、墨西哥莫雷利亚圣尼古拉斯·德·伊达尔戈大学等高校的荣誉博士。

（二）外交经历

聂鲁达的外交生涯长达四十五年，其间，他走过了亚洲、美洲和欧洲的近十个国家，担任了重要的外交职务：

- 1927年，二十三岁的聂鲁达接到了自己人生中第一个外交工作——到缅甸仰光担任领事，从此开启了自己的外交官生涯。
- 20世纪20到30年代，聂鲁达辗转斯里兰卡的科伦坡（1928）、印尼的雅加达（1930）、新加坡（1931）、阿根廷的布宜诺斯艾利斯（1933）、西班牙的巴塞罗那（1934）和马德里（1935—1936）担任领事。
- 1936年西班牙内战爆发后，聂鲁达受到共产主义影响，此后，终其一生他都忠诚于这一信仰。他开始在作品中抨击时政，也在大量场合公开发言支持共和，反对佛朗哥独裁，为此甚至失去了领事的职位。
- 1939年3月，智利总统选派聂鲁达作为特殊大使到达巴黎处理西班牙人向拉美移民事务。借此机会，聂鲁达开启了"诺亚方舟"，秘密输送无数遭到迫害的西班牙民主人士前往拉美，帮助他们保全性命，开始新的生活。
- 1940至1943年，聂鲁达担任驻墨西哥总领事。1970年，他被指派为驻法国大使，1972年底卸任，这也成为他人生中的最后一个外交职位。

作为外交官，聂鲁达长期被派驻国外，尤其是那些对于拉美人来讲遥远而陌生的亚洲国家。这些特别的经历使他能充分接触当地文化，为诗歌创作增添异域风情；使他能够尽情欣赏并歌颂他热爱的自然，更充分地体验世间最纯真热烈的情感；使他能充分发挥自己的文学才华，更推动了不同地区的文学文化交流。

二、主要作品简介

作为蜚声全球的诗人，聂鲁达漫长的创作过程中经历了创作风格的不断演化。作为外交官和政治家，他关心时事，深刻思考社会现实，书写的主题包罗万象。也许对于中国读者来说，聂鲁达是一位浪漫的"爱情诗人"，而他的诗歌却不仅仅吟咏风花雪月，更是推动文化交流融合的有力工具和追求民主和平的重要武器。

为了全面了解这位文学大师，在这一部分中我们选择了聂鲁达最具代表性的四部诗集进行介绍，分别是：青年时代描绘爱情苦辣酸甜的《二十首情诗和一首绝望的歌》、在西班牙内战期间挺身而出支持左翼阵线的《西班牙在心中》、内容丰富感情真挚的《大地的居所》以及气势雄浑的鸿篇巨制《漫歌》。

（一）《二十首情诗和一首绝望的歌》

> 如果一个诗人他不写男女之间的恋爱的话，这是很奇怪的。
>
> ——聂鲁达

《二十首情诗与一首绝望的歌》不仅是中国读者最为熟悉的聂鲁达作品，在中国也是知名度最高、最脍炙人口的拉美文学作品之一。这部诗集出版于1924年，是聂鲁达的第二部诗集。此时诗人还不满二十岁，却创作出了这部20世纪西班牙语最为经典的佳作。

这部诗集共包含二十一首诗歌，前二十首无题，仅有编号，第二十一首题为《一首绝望的歌》(Una canción desesperada)。中国读者熟悉的"我喜欢你是寂静的"(Me gustas cuando callas)和"今夜我可以写出最哀伤的诗篇"(Puedo escribir los versos más tristes esta noche)等名作都出自这部诗集。早年的感情经历中，聂鲁达在家乡特木科和圣地亚哥分别结识了两位女孩，但却都未能修成正果，因此诗人将所有的眷恋、情谊和失去所爱的忧伤付诸笔下。诗中，爱慕的女子没有具体的姓名，聂鲁达将所有的经历混合在一起，塑造了一个可望而不可即的爱人形象。

聂鲁达的处女作《霞光之书》是一部现代主义风格的作品，而在《二十首情诗与一首绝望的歌》中，聂鲁达的创作风格出现转向，朦胧、忧伤而天马行空的意象烘托了被爱情所困扰的焦灼内心，体现出明显的浪漫主义风格。

（二）《西班牙在心中》

> 诗人的荣誉在街上，去参加这种或那种战斗。
>
> ——聂鲁达

1936年，西班牙内战打响，左翼人士为捍卫西班牙的民主共和制度，与右翼保守势力展开殊死搏斗。内战异常惨烈，开无差别空袭之先河，许多无辜平民因此丧生。此时，聂鲁达正好在马德里担任领事，本可以闭口不言，继续享受高官厚禄。

但他目睹了战争的残酷，感受到共产主义战士为捍卫信仰、保家卫国而抛头颅洒热血的英勇战斗。义愤和悲痛让他不能坐视不理，于是在1936年到1937年间聂鲁达创作了诗集《西班牙在心中》，于1937年在智利正式出版。

《西班牙在心中》包括《祈求》（*Invocación*）、《轰炸》（*Bombardeo*）、《诅咒》（*Maldición*）、《西班牙因富人而贫穷》（*España pobre por culpa de los ricos*）、《传统》（*La tradición*）、《马德里1936》（*Madrid 1936*）、《我作几点说明》（*Explico algunas cosas*）、《献给阵亡民兵母亲们的歌》（*Canto a las madres de los milicianos muertos*）、《西班牙当时的状况》（*Cómo era España*）、《国际纵队来到马德里》（*Llegada a Madrid de la Brigada Internacional*）、《哈拉马河战役》（*Batalla del río Jarama*）、《阿尔梅里亚》（*Almería*）、《被凌辱的土地》（*Tierras ofendidas*）、《圣胡尔霍在地狱》（*Sanjurjo en los infiernos*）、《莫拉在地狱》（*Mola en los infiernos*）、《同业公会在前线》（*Los gremios en el frente*）、《废墟上的歌》（*Canto sobre unas ruinas*）、《人民武装的胜利》（*La victoria de las armas del pueblo*）、《战后即景》（*Paisaje después de una batalla*）、《反坦克手》（*Antitanquistas*）、《马德里1937》（*Madrid 1937*）和《阳光颂歌，献给人民军队》（*Oda solar al ejército del pueblo*）等二十余首具有反战、反独裁、反法西斯思想的诗歌。

其中，聂鲁达痛陈社会弊病，坚定支持民主共和，公开反对法西斯独裁。他歌颂英勇斗争，同情战争中受难的母亲和人民，抒发他对马德里的深厚感情。通过《西班牙在心中》，聂鲁达的诗歌创作又一次出现转向：作为诗人，他不再仅仅关注个人的风花雪月，而是成为一名理想主义战士，为正义而战。聂鲁达不仅以诗歌为武器，公开维护正义，抨击右翼。他还利用自己外交官的身份建造"诺亚方舟"，将西班牙民主人士秘密护送到拉美，帮助他们保全性命，继续开展工作。为了正义和信仰，聂鲁达付出了极大的代价，甚至失去了领事的职位。

（三）《大地的居所》

> 如果一个诗人不描写祖国的大地、天空和海洋的话，也是个很奇怪的诗人。
> ——聂鲁达

《大地的居所》共分三卷，第一卷（*Residencia en la tierra 1*）创作于1925到1931年间，1933年在马德里正式出版，分四个部分，包含《梦中马》（*Caballo de los sueños*）、《埋葬于东方》（*Entierro en el este*）、《货船上的幽灵》（*El fantasma del buque de carga*）、《鳏夫的探戈》（*Tango del viudo*）、《是阴影》（*Significa sombras*）等三十三首诗歌。

1935 年第二卷（*Residencia en la tierra 2*）问世，收录了 1931 年以来的诗歌。分为六个部分，涵盖了《船歌》（*Barcarola*）、《漫步四周》（*Walking around*）、《我家中的疾病》（*Enfermedades en mi casa*）、《红酒的规章》（*Estatuto del vino*）、《乔丝·布莉斯》（*Josie Bliss*）等二十三首诗歌。

第三卷（*Tercera residencia*）到 1947 年才正式出版，囊括了 1935 到 1945 年以来的作品，包含《华尔兹》（*Vals*）、《致玻利瓦尔的赞歌》（*Un canto para Bolívar*）等诗和部分《西班牙在我心中》中的诗歌[1]，但这一卷国内尚未进行正式译介。

《大地的居所》前两卷创作于 1925 到 1935 之间，这十年中，聂鲁达作为外交官在不同的国家乃至大陆间辗转，每到一处，短暂停留后就再度出发。陌生的环境、变幻的节奏，青年聂鲁达试图展示自己的内心，在孤独中寻找到一条前行的道路。到了第三卷时，时间又过去了十年，聂鲁达的经历也更加曲折，无论是在个人生活还是在政治领域都经历了无数起伏。

跨越二十二年，聂鲁达的足迹遍布四海，《大地上的居所》中诗歌的题材也丰富多彩，诗人不仅书写了自己的内心，也带领读者跟随他的脚步观察大千世界，感受人间百态。这部诗集中，聂鲁达告别了《二十首情诗与一首绝望的歌》中的简单直白，语言更加工巧而考究，诗人大量运用比喻，展现出鲜明的超现实主义风格。

（四）《漫歌》

> 倾诉吧，借我之言，以我之血。
>
> ——聂鲁达

早在 1938 年，聂鲁达就已经开始创作《漫歌》中的内容，但这部诗集最终在 1950 年才在墨西哥正式出版。聂鲁达本人认为，《漫歌》是他最重要的作品，是自己"艺术创作的中心"。

这部鸿篇巨制原版共分为《大地上的灯》（*La lámpara en la tierra*）、《马丘比丘之巅》（*Alturas de Machu Pichu*）、《征服者》（*Los conquistadores*）、《解放者》（*Los libertadores*）、《被背叛的沙子》（*La arena traicionada*）、《亚美利加，我不是徒然地呼唤你的名字》（*América, no invoco tu nombre en vano*）、《智利漫歌》（*Canto*

---

[1] 中文译名由本书作者翻译。

general de Chile）、《这片土地叫胡安》（*La tierra se llama Juan*）、《让那伐木者醒来》（*Que despierte el leñador*）、《逃亡者》（*El fugitivo*）、《普尼塔基的鲜花》（*Las flores de Punitaqui*）、《歌声的河》（*Los ríos del canto*）、《献给黑暗中的祖国的新年大合唱》（*Coral del Año Nuevo para la patria en tinieblas*）、《大洋》（*El gran océano*）和《我是》（*Yo soy*）十五个部分。

《漫歌》的每个部分都是一部组诗，共囊括了二百三十一首诗歌。这些气势恢宏的组诗中，聂鲁达记录了自己的流亡经历，他的脚步遍布全世界。颠沛流离之中，他怀念南方的故乡，歌颂祖国智利。更重要的是，《漫歌》中的聂鲁达不仅是智利的诗人，更是属于整个拉美大陆乃至整个世界的诗人，他立足美洲，用兄弟般的情怀书写其他拉美国家，也放眼世界，描绘名城名景，体现对于世界的人文关怀。

三、聂鲁达作品在中国的译介

两次访问新中国不仅使聂鲁达有机会深入了解中国，也让中国读者认识了这位优秀的左翼诗人。1951年1月，聂鲁达的诗集《让那伐木者醒来》由中国诗人袁水拍从英文转译为中文，并在国内由新群众出版社出版（1958年人民文学出版社再版）。《让那伐木者醒来》不仅是中国翻译的第一部聂鲁达的作品，更是新中国出版的首部单行本拉美文学书籍[1]，拉开了此后数十年拉美文学在中国轰轰烈烈的译介传播浪潮。

截止到2024年3月，我国翻译出版了五十三部聂鲁达的作品，包括他的诗集、回忆录以及传记等作品。聂鲁达作品在我国的译介有着鲜明的时代性：

1951年聂鲁达到访中国，在我国掀起了译介其诗歌作品的热潮。当时传播的诗作大多是政治抒情诗，打造了聂鲁达"政治诗人"的形象。除了《让那伐木者醒来》，1951年出版了周绿芷翻译的《流亡者》、1959年出版了邹绛翻译的《葡萄园和风》。这一时期的作品往往是由英语和俄语版本翻译而成的。直到1961年作家出版社出版了王央乐翻译的《英雄事业的赞歌》，国内才有了从西班牙语直接翻译而来的聂鲁达作品。

60年代之后，聂鲁达的译介在国内逐渐沉寂，直到80年代改革开放以来才再度出现这位智利诗人的声音。这一时期更多介绍的是聂鲁达的爱情诗歌，同时翻译

---

[1] 楼宇：《异乡的风景：图说拉美文学在中国》，北京：朝华出版社，2024年。

了大量回忆录，塑造了一个"爱情诗人"和"传奇诗人"的形象。

进入 21 世纪，我国对于拉丁美洲及拉美文学的关注和研究都有了更大程度的增加。作为诺贝尔文学奖得主和世界闻名的诗人，对于聂鲁达的译介也蓬勃发展，而且选材更加全面，翻译内容也更加完整，继续向爱好拉美文学的中国读者展示聂鲁达传奇的多面人生。

第二节 文学赏析

巴勃罗·聂鲁达年少成名，一生著作等身。漫长的文学创作生涯中，他不断突破自我，文风不断演变。浪漫的聂鲁达纵情山水，是一位吟咏风花雪月的爱情诗人；热血的聂鲁达伸张正义，是一位维护民主和平的政治诗人；博爱的聂鲁达热爱故土，是一位书写智利和美洲的爱国诗人。在这一节中，我们选择了聂鲁达两首最为著名的传世佳作：一首是来自诗集《二十首情诗与一首绝望的歌》中的"今夜我可以写出最哀伤的诗篇"，一首是来自诗集《漫歌》中的《马丘比丘之巅》，从两个截然不同的视角出发，一起领略这位著名诗人的风采。

一、"今夜我可以写出最哀伤的诗篇"

（一）原文阅读

"今夜我可以写出最哀伤的诗篇"

陈黎、张芬龄（译）[1]

今夜我可以写出最哀伤的诗篇。
写，譬如说，"夜缀满繁星
那些星，灿蓝，在远处颤抖。"
晚风在天空中回旋歌唱。
今夜我可以写出最哀伤的诗篇。
我爱她，而有时候她也爱我。
在许多仿佛此刻的夜里我拥她入怀。
在永恒的天空下一遍一遍地吻她。

---

[1]［智］聂鲁达著，陈黎、张芬龄译：《二十首情诗和一首绝望的歌》，海口：南海出版公司，2014年，第34—46页。

她爱我，而有时候我也爱她。
你怎能不爱她专注的大眼睛？
今夜我可以写出最哀伤的诗篇。
想到不能拥有她，感到已经失去她。
听到那辽阔的夜，因她不在更加辽阔。
诗遂滴落心灵，如露珠滴落草原
我的爱不能叫她留下又何妨？
夜缀满繁星而她离我远去。
都过去了。在远处有人歌唱。在远处。
我的心不甘就此失去她。
我的眼光搜寻着仿佛要走向她。
我的心在找她，而她离我远去。
相同的夜漂白着相同的树。
昔日的我们已不复存在。
如今我确已不再爱她，但我曾经多爱她啊。
我的声音试着借风探触她的听觉。
别人的。她就将是别人的了。一如我过去的吻。
她的声音。她明亮的身体。她深邃的眼睛。
如今我确已不再爱她。但也许我仍爱着她。
爱是这么短，遗忘是这么长。
因为在许多仿佛此刻的夜里我拥她入怀，
我的心不甘就此失去她。
即令这是她带给我的最后的痛苦，
而这些是我为她写的最后的诗篇。

Puedo escribir los versos más tristes esta noche
Pablo Neruda [1]

Puedo escribir los versos más tristes esta noche.

Escribir, por ejemplo: «La noche está estrellada,

---

[1] Neruda, Pablo, *Veinte poemas de amor y una canción desesperada*, Barcelona: Austral, 2017, p.18.

y tiritan, azules, los astros, a lo lejos.»

El viento de la noche gira en el cielo y canta.

Puedo escribir los versos más tristes esta noche.

Yo la quise, y a veces ella también me quiso.

En las noches como esta la tuve entre mis brazos.

La besé tantas veces bajo el cielo infinito.

Ella me quiso, a veces yo también la quería.

Cómo no haber amado sus grandes ojos fijos.

Puedo escribir los versos más tristes esta noche.

Pensar que no la tengo. Sentir que la he perdido.

Oír la noche inmensa, más inmensa sin ella.

Y el verso cae al alma como al pasto el rocío.

Qué importa que mi amor no pudiera guardarla.

La noche está estrellada y ella no está conmigo.

Eso es todo. A lo lejos alguien canta. A lo lejos.

Mi alma no se contenta con haberla perdido.

Como para acercarla mi mirada la busca.

Mi corazón la busca, y ella no está conmigo.

La misma noche que hace blanquear los mismos árboles

Nosotros, los de entonces, ya no somos los mismos.

Ya no la quiero, es cierto, pero cuánto la quise.

Mi voz buscaba el viento para tocar su oído.

De otro. Será de otro. Como antes de mis besos.

Su voz, su cuerpo claro. Sus ojos infinitos.

Ya no la quiero, es cierto, pero tal vez la quiero.

Es tan corto el amor, y es tan largo el olvido.

Porque en noches como esta la tuve entre mis brazos,

mi alma no se contenta con haberla perdido.

Aunque este sea el último dolor que ella me causa,

y estos sean los últimos versos que yo le escribo.

思考题：

1."今夜我可以写出最哀伤的诗篇"中，诗人为什么会哀伤？这篇诗歌主要描写了一个什么样的情境？

2."今夜我可以写出最哀伤的诗篇"中，有哪些意象凸显了诗人的哀伤？

（二）作品赏析

爱情一直是聂鲁达诗歌创作中的重要主题，20世纪80年代以来，国内译介的聂鲁达作品也几乎以爱情诗为主。因此，对于很多人，尤其是很多中国读者来讲，聂鲁达是一位不折不扣的"爱情诗人"。

在聂鲁达的一生中，"爱情"一直是一个极其重要的主题，在他的作品中也留下了大量书写爱情的诗篇，数量高达一百六十余首，典型代表有诗集《大地的居所》中的《冬天里写下的情歌》和《婚礼的材料》，诗集《诗歌总集》中的《女学生》以及诗集《船歌》中的《卡帕里的恋人》等。最集中展现爱情的当属他的"爱情三部曲"，即《二十首情诗和一首绝望的歌》《船长的诗》和《一百首爱的十四行诗》。《船长的诗》是献给第二任妻子玛蒂尔德的，展现了秘密的地下恋情中既享受火热爱恋，又被分离和猜忌所困扰的热恋情侣；《一百首爱的十四行诗》依旧是献给玛蒂尔德的，在浓烈情感的基础上，聂鲁达对于爱情也进行了深刻的思考。

在聂鲁达所有的作品中，发表于1924年的《二十首情诗和一首绝望的歌》最为集中地描写、剖析和歌颂了缠绵悱恻、轰轰烈烈的爱情经历。诗集中，年仅二十岁的聂鲁达真情流露，既有鲜明的浪漫主义色彩，又有清水出芙蓉、天然去修饰的创作风格。语言哀而不伤，清新精巧，一经发表便在拉美文坛引发轰动。整个诗集包括二十一首诗歌，除了最后一首《一首绝望的歌》外都没有明确的名字。在各个语种的版本中，一般选用该诗的第一句作为题目。在诗集中，不仅有相恋相守的甜蜜，更有酸楚的离别和痛苦的忧虑；不仅有对爱情的魂牵梦绕，也有分别和失去的肝肠寸断。年轻的诗人有着躁动的心，从未放弃对未来的期冀。全集感情纯稚但真实，语言清新质朴又精巧细腻。

这部诗集取材于诗人本人青年时期的爱情经历：在家乡特木科，聂鲁达结识了美丽的少女特蕾莎，二人情投意合。然而，由于聂鲁达远赴首都圣地亚哥求学，漫长的距离和特蕾莎父母的反对导致二人最终劳燕分飞，空余聂鲁达对昔日爱侣的无限眷恋。圣地亚哥求学过程中，聂鲁达对自己的女同学阿尔伯蒂娜非常倾慕，甚至多次写信求婚，而阿尔伯蒂娜却一直没有回应，让年轻的诗人一度魂牵梦萦。在《二十首情诗和一首绝望的歌中》诗人将特木科的爱人特蕾莎命名为玛丽索尔（Marisol），把自己喜欢的圣地亚哥女孩阿尔伯蒂娜称作玛丽桑布拉（Marisombra）。西班牙语中，sol指"太阳"，而sombra则指"阴影"。一明一暗，既揭示了诗人对于这两段感情的感受，也展示了这两位女孩在聂鲁达心中的地位。

"今夜我可以写出最哀伤的诗篇"是诗集的第二十首诗，也是最为中国读者所熟知的诗歌之一。这首诗描述的是分手后诗人对爱人的怀念，展现了诗人内心因为失去爱情而哀伤的愁绪，表达了诗人对昔日感情的不舍。诗中，聂鲁达采用了大量意象象征爱情的逝去和诗人的痛苦，如："草原上的露珠滴落心灵"用露珠类比泪水，象征哀伤。蓝色的星"在远处颤抖"描绘了颤抖的星星，营造了一种心碎的氛围，更借用蓝色这一西方文化中忧郁的代名词，凸显失爱的痛苦。"辽阔的夜"和"夜被击碎"中，"夜"突出了黯然神伤，"辽阔"凸显了孤单寂寞，"击碎"显示了诗人的伤怀。诗中反复出现的"远处"也昭示着曾经的恋人渐行渐远，象征着离别。

　　无论是"今夜我可以写出最哀伤的诗篇"还是整部诗集，为了描绘爱情，女性的形象必不可少。但这部作品中聂鲁达对于女性形象的塑造却十分特别：女性本该是这段爱情中的另一个主角，但诗中女性的形象却被分割成一个个碎片，如本诗中的"晶莹硕大的眼睛"和其他诗歌中女性的其他身体部分。而且，聂鲁达将女性与自然紧密相连，以此展现爱人的美丽和生命力。

　　从创作技巧上看，这篇诗歌与整部诗集一样体现了强烈的浪漫主义和象征主义倾向，语言上也展现了鲜明的特点。尤其是西班牙原文中，诗人对于时态的运用非常有趣：诗中过去时和现在时同时存在并层层递进，尽管没有"分离"这个词也清晰地展现了恋人由相恋到分开的过程，揭示了爱情的悲剧结果。

　　无论是从形象还是技巧上都能看出，在现实生活中感情经历的影响下，聂鲁达在"今夜我能写出最哀伤的诗篇"中展现的不仅仅是对爱情的强烈追求和失去爱情的忧伤，因为感情的曲折起伏而无比矛盾的内心也跃然纸上。

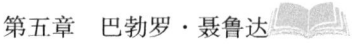

二、《马丘比丘之巅》

（一）原文阅读

《马丘比丘之巅》（节选）
赵振江、张广森（译）[1]

11.
穿过朦胧的光焰，
穿过岩石的夜晚，让我将手伸进去，
让那被遗忘的古老的心灵，
像一只被捕千年的鸟，在我的胸中跳动！
让我忘却今天这幸福，它比海洋宽广，
因为人类的宽广胜过海洋和它的岛屿，
应该像落入井中一样落入大海
以便取出海底一捧神秘的水和被淹没的真理。
宽阔的岩石，让我忘却那雄伟的体积，
无边千古的大小，蜂窝的岩石，
今天让我的手顺着直角尺上
粗犷的血和苦行衣的斜边滑去。
当愤怒的神鹰，宛如红鞘翅的铁蹄，
在飞行中拍打我的双鬓，
生着食肉动物羽毛的狂风
横扫倾斜的石阶上昏暗的灰尘，
我看不见那迅猛的飞禽，
看不见它利爪的盘旋，
只见古老的生灵，奴隶，睡在田野上的人，
只见一个躯体，一千个躯体，一个男人，一千个女人，
和雕像沉重的石头一起：

---

[1] ［智］巴勃罗·聂鲁达著，赵振江、张广森译：《漫歌》，海口：南海出版公司，2021年，第47—65页。

在黑风下被雨和夜染成黑色，
采石人胡安，维拉科查[1]，
受冻者胡安，绿色星辰之子，
赤脚者胡安，绿松石之孙，
请上来和我一起出生，兄弟。

12.
请上来和我一起出生，兄弟。
从布满痛苦的深处
向我伸出手臂。
你不会从岩石深处回来。
你不会从地下的时光回来。
你僵硬的声音不会回来。
你被打穿的眼睛不会回来。
从大地深处看看我吧，
农民，纺织工，沉默的牧人，
看护原驼的驯服者，
受挑战的脚手架上的泥瓦匠，
安第斯山泪水的挑夫，
手指被压碎的首饰匠，
在种子中颤抖的庄稼汉，
和黏土混为一体的陶工：
把你们被掩埋的古老的悲哀
带给这新生命之杯吧。
让我看看你们的血和皱纹，
告诉我吧：我在此遭受惩罚
因为首饰不再闪光，
大地不再按时交纳宝石和食粮。
让我看一看你们跌倒的岩石

---

[1] 按照古印加人的传统，维拉科查是主宰世界的神之子。译者原注。

和折磨你们的十字架的木头，

为我点燃你们古老的火石、古老的灯盏，

鲜血淋漓的斧头

和千百年来将人抽得血肉模糊的皮鞭。

现在让我通过你们死去的口发言。

请穿过土地，把所有

沉默、破碎的嘴唇连成一片，

在地下对我讲吧，这整个漫长的夜晚，

如同我和你们一起抛锚，

把一切都告诉我，一链接一链，

一步挨一步，一环套一环，

磨利你们的刀剑，

放在我的手上，佩在我的胸前，

犹如一条闪烁黄色光芒的河，

犹如一条埋葬老虎的河，

让我哭泣吧，每时，每天，每年，

多少蒙昧的时代，繁星似的流年。

给我寂静，水，希望。

给我斗争，铁，火山。

将身躯如磁铁般粘到我的身上。

到我的口中和我的血管中。

倾诉吧，借我之言，以我之血。

Alturas de Machu Pichu
Pablo Neruda [1]

XI

A través del confuso esplendor,

a través de la noche de piedra, déjame hundir la mano

y deja que en mí palpite, como un ave mil años prisionera

---

[1] Neruda, Pablo, *Canto general*, Ediciones Cátedra, Alcalá de Henares: Edición de Enrico Mario Santi, 2005, pp. 50-60.

el viejo corazón del olvidado!

Déjame olvidar hoy esta dicha, que es más ancha que el mar,

porque el hombre es más ancho que el mar y que sus islas,

y hay que caer en él como en un pozo para salir del fondo

con un ramo de aguas secretas y de verdades sumergidas.

Déjame olvidar, ancha piedra, la proporción poderosa,

la trascendente movida, las piedras del panal,

y de la escuadra déjame hoy resbalar

la mano sobre la hipotenusa de áspera sangre y silicio.

Cuando, como una herradura de élitros rojos, el cóndor furibundo

me golpea las sienes en el orden del vuelo

y el huracán de plumas carniceras barre el polvo sombrío

de las escalinatas diagonales, no veo la bestia veloz,

no veo el ciego ciclo de sus barras,

veo el antiguo ser, servidor, el dormido

en los campos, veo el cuerpo, mil cuerpos, un hombre, mil mujeres,

bajo la racha negra, negros de lluvia y noches,

con la piedra pesada de la estatua:

Juan Cortapiedras, hijo de Wiracocha,

Juan Comefrío, hijo de estrella verde,

Juan Piesdescalzos, nieto de la turquesa,

sube a nacer conmigo, hermano.

XII

Sube a nacer conmigo, hermano.

Dame la mano desde la profunda

zona de tu dolor diseminado.

No volverás del fondo de las rocas.

No volverás del tiempo subterráneo.

No volverá tu voz endurecida.

No volverán tus ojos taladrados.

Mírame desde el fondo de la tierra,
labrador, tejedor, pastor callado:
domador de guanacos tutelares:
albañil del andamio desafiado:
aguador de las lágrimas andinas:
joyero de los dedos machacados:
agricultor temblando en la semilla:
alfarero en tu greda derramado:
traed a la copa de esta nueva vida
vuestros viejos dolores enterrados.
Mostradme vuestra sangre y vuestro surco,
decidme: aquí fui castigado,
porque la joya no brilló o la tierra
no entregó a tiempo la piedra o el grano:
señaladme la piedra en que caísteis
y la madera en que os crucificaron,
encendedme los viejos pedernales,
las viejas lámparas, los látigos pegados
a través de los siglos en las llagas
y las hachas de brillo ensangrentado.
Yo vengo a hablar por vuestra boca muerta.

A través de la tierra juntad todos
los silenciosos labios derramados
y desde el fondo habladme toda esta larga noche
como si yo estuviera con vosotros anclado,
contadme todo, cadena a cadena,
eslabón a eslabón, y paso a paso,
afilad los cuchillos que guardasteis,
ponedlos en mi pecho y en mi mano,
como un río de rayos amarillos,

como un río de tigres enterrados,

y dejadme llorar, horas, días, años,

edades ciegas, siglos estelares.

Dadme el silencio, el agua, la esperanza.

Dadme la lucha, el hierro, los volcanes.

Apegadme los cuerpos como imanes.

Acudid a mis venas y a mi boca.

Hablad por mis palabras y mi sangre.

思考题：

  1. 马丘比丘属于哪个国家？是哪个文明的遗迹？你对这个文明了解多少？

  2. 这篇诗歌仅仅是在歌颂马丘比丘的自然风物吗？

  3.《马丘比丘之巅》和"今夜我可以写出最哀伤的诗篇"相比，诗人的主体形象发生了什么变化？

（二）作品赏析

1943年10月，聂鲁达到访秘鲁，参观了拉美三大古文明之一的印加文明遗迹——秘鲁的马丘比丘。古城马丘比丘被群山环绕，风景壮阔。城内房屋完好，规划合理，给诗人极大震撼，于是聂鲁达产生了想要作诗歌颂马丘比丘、赞美印加文明的想法，写下了《马丘比丘之巅》这首长诗，并将其收录至经典诗集《漫歌》中。

《马丘比丘之巅》洋洋洒洒，由十二节组成。其中，聂鲁达不仅歌颂了以马丘比丘为代表的拉美山川风物，更以一个拉美人的视角表达对土著文明的敬仰，以工农视角赞美拉美底层人民和土著居民。

在这首诗中，诗人是一个自然的热爱者和观察者。瑞典皇家学会将诺贝尔文学奖颁发给聂鲁达时对他的文学创作做出了这样的评价："诗歌具有自然力般的作用，复苏了一个大陆的命运与梦想"，高度概括了聂鲁达诗歌创作的一大特点——以自然为主题，以自然为力量。在聂鲁达笔下，自然万物皆有诗意，都成为他热爱、歌颂的对象，也成为他抒发情怀的载体。在《二十首情诗和一首绝望的歌》中，聂鲁达就借物抒情、借景造势，用天空、星光、森林及海洋等各种各样的自然风物烘托年轻的心中对于爱情的依恋和喟叹；《元素颂》和《新元素颂》中，诗人歌颂的对象下到洋葱、番茄等蔬菜水果，上到风火雷电等自然景象；既有无生命的针线、钟表，也有有生命的花鸟鱼虫；既有智利的小城，更有拉美的其他国家，甚至整个美洲大陆。

诸多意象之中，聂鲁达最喜欢使用的就是太阳、光明、海洋和土地。在《马丘比丘之巅》中，印加文明崇拜的太阳和耕作的土地也成为重要的书写对象。太阳代表着温暖和光明，更象征着印加民族旺盛的生命力和不屈的精神；大地广袤无垠，物产丰富。土地又与花朵、种子、大树、根基、石头等意象一同出现，意在表达土地是生命之源、生存之基，为一个民族的生存发展提供强有力的物质和精神支撑。

作为印加帝国留给后世的财富，马丘比丘绝非仅仅只有壮美风光。矗立在白云之间的高山固然雄奇，而印加人留下的巨石建筑鬼斧神工，是土著文明发展的结晶。诗中，聂鲁达穿越时间长河，透过马丘比丘，带领我们领略的是哥伦布发现新大陆之前独属于拉美的智慧与文化。诗人又用蒙太奇一般的电影手法，将古代与现代、农耕与机械交织在一起，展现了千年的文明演进。

《马丘比丘之巅》中，聂鲁达从"拉美人"的视角出发进行书写。尽管马丘比丘属于秘鲁，而他是智利人，但他们都属于拉丁美洲。马丘比丘不仅是秘鲁的财富,更是整个拉丁美洲文明的象征。千百年前,原始的部族没有大型机械,全靠肩顶背扛才完成了宏伟的巨石建筑,这也是以印加人为代表的拉美人民力量和勇气的象征。建造马丘比丘的是土著民族印加人,更是劳动在第一线的工人和农民。聂鲁达也从"底层人"的视角出发,将自己与工人、农民及原住民这些自古至今最为辛苦却受压迫最多的群体紧密联系起来,为全体拉美劳动人民争取权利、自由和公平。

聂鲁达是一名智利诗人,更是一名拉美诗人。他像其他优秀的拉美知识分子一样,有着强烈的"拉美意识":在以聂鲁达为代表的拉美优秀文学家笔下,拉丁美洲各国同呼吸共命运,是一个荣辱与共的整体。通过《马丘比丘之巅》也能够看出,聂鲁达心中的家园不仅仅是智利,更包含整个拉丁美洲。

聂鲁达诗歌创作立足本土风物,但又不限于春花秋月,而是要借此反映这片大陆的精神面貌与风骨。"今夜我可以写出最哀伤的诗篇"中,年轻的诗人更加关注内心,呈现出的是一个为爱情而躁动不安、为失去而痛苦不堪的青年形象,也是一个"个体"形象。而当人生和创作都进入成熟后,以《马丘比丘之巅》为代表,诗人则更多展现了一个"集体"的主体形象,即代表着全体拉丁美洲人民,赞美马丘比丘的壮美、歌颂印加文明,号召整个民族和整个大陆团结起来,实现真正的民主、自由和平等。

第三节　聂鲁达与中国

中国和智利相隔太平洋遥遥相望，山海虽远，但却没有阻挡聂鲁达了解和探访中国的脚步。作为优秀的外交官，聂鲁达努力推动智利与新中国建交，成为拉开"中拉友好之春"的第一只燕子；作为著名的左翼文学家，聂鲁达在他的作品中真实记录中国，发自内心地歌颂中国。访华期间，他与中国著名诗人艾青结下了不解之缘，两位优秀的诗人互相应和，即便语言有别，文化不同，但人类最真挚的情感相通，留下了许多感人至深的诗篇。

一、聂鲁达与中智建交

聂鲁达一生中曾三次到访中国。第一次是在1928年，时任仰光领事的聂鲁达途经上海和香港，但那时的旧中国并没有给他留下美好的印象。

第二次是在1951年，当时，作为斯大林和平奖评奖委员，聂鲁达受委员会委托为当年的获奖者宋庆龄女士颁奖。聂鲁达在刚刚成立不久的新中国受到了极为隆重的接待：宋庆龄、郭沫若和茅盾等人亲自到机场迎接，郭沫若、彭真和茅盾设宴招待，周恩来等国家领导人出席了授奖典礼和晚宴，《人民文学》等重要国内报纸杂志都专门刊登文章介绍他的生平和作品。这一次来到中国，聂鲁达结识了中国诗人艾青，二人成为至交好友。

此次访华，周恩来接见聂鲁达时盛赞他是"中拉友好之春的第一只燕"。聂鲁达向周恩来推荐了他的好友、智利版画家何塞·万徒勒里（José Venturelli）来华，并参加即将在北京举行的亚洲太平洋区域和平大会的组织筹划工作，常驻北京。1952年万徒勒里、聂鲁达与曾任智利总统的左翼政治家萨尔瓦多·阿连德（Salvador Allende）共同建立智中文协，成为最早致力于推动中拉文化交流的民间机构，为促成智中建交做出突出贡献。

第三次是在1957年，这一次老朋友艾青专程到昆明迎接聂鲁达，陪同他更加深入地认识中国。这一次，聂鲁达也见到了中国文化界更多重要的人士，如齐白石、丁玲等。

就这样，跟随着聂鲁达这只辛勤的燕子，中智两国从互相分享诗歌等文艺作品开始，逐步建立起民间人文交流的机制。依托于中文和中国文化，新中国的形象在大洋彼岸的智利逐渐变得清晰可感，也变得可亲可爱。终于，十三年后的 1970 年，聂鲁达逝世前三年，智利与中国正式建立外交关系，成为整个南美洲第一个与新中国建交的国家。

尽管聂鲁达无法亲眼看到，但如今，两国兄弟般的友谊已经走过了五十四年的路程。2004 年 11 月，中国和智利建立全面合作伙伴关系。2012 年 6 月，两国建立战略伙伴关系。中智两国签有贸易、科技、文化、互免外交和公务签证、投资保护、文物保护、检验检疫、民航运输等协议。2018 年 11 月，中国与智利签署《中华人民共和国政府与智利共和国政府关于共同推进丝绸之路经济带和 21 世纪海上丝绸之路建设的谅解备忘录》。2023 年 10 月，中智两国签署《中华人民共和国政府与智利共和国政府关于共同推进"一带一路"建设的合作规划》。智利是第一个就中国加入世界贸易组织与中国签署双边协议、承认中国完全市场经济地位、同中国签署双边自由贸易协定、同中国签署自贸协定升级议定书的拉美国家。尽管远隔重洋，但山海不为远。今天，中国和智利两国不仅在政治、经济、贸易等领域互通有无，而且在文教科技、军事和其他诸多方面都有着密切的往来。未来，中国和智利一定会继续巩固合作，携手并进，让兄弟般的情谊万古长青。

在 21 世纪的今天，中国读者也依旧钟爱智利作家的作品。聂鲁达作品的中文译本源源不断地出现，其他智利作家也进入了中国读者的视线。无论是被誉为"穿裙子的马尔克斯"的伊莎贝尔·阿连德（Isabel Allende）、引起文坛震动的罗贝托·波拉尼奥（Roberto Bolaño）[1]还是擅长黑色幽默的何塞·多诺索（José Donoso）[2]，才华横溢的智利作家们创作出了《幽灵之家》（*La casa de los espíritus*）、《2666》（*2666*）、《荒野侦探》（*Los Detectives Salvajes*）、《淫秽的夜鸟》（*El obsceno pájaro de la noche*）

---

[1] 罗贝托·波拉尼奥（1953—2003），智利作家、诗人。波拉尼奥大器晚成，四十岁才开始写小说，但他的作品在拉美乃至世界脍炙人口，引起了读者、评论界和学界的一致赞誉。1998 年出版的小说《荒野侦探》其实写的是诗人的故事："本能现实主义"派领袖女诗人蒂娜赫罗在墨西哥北部的沙漠失踪，主人公像侦探一样决定前往沙漠，调查这位诗坛前辈的行踪；《2666》的小说中，五个故事互相独立，又互相关联，波拉尼奥虚构了一个名叫圣特蕾莎的墨西哥边境城市，围绕神秘的德国作家本诺·冯·阿琴波尔迪描写了一系列妇女谋杀案。

[2] 何塞·多诺索（1924—1996）：智利作家，拉美"文学爆炸"的重要代表人物之一。他最具代表性的作品是《淫秽的夜鸟》（一译《污秽的夜鸟》），讲述了一个黑白颠倒、美丑不分的幻想世界。

等佳作，在中国拥有大批热情的爱好者。更重要的是，无论是经济、政治还是文化等领域，中智两国之间的合作日益密切，一起向着更加美好的未来不断前进。

二、聂鲁达的中国书写

聂鲁达一直对中国文化非常感兴趣，通过中国朋友，他知道了自己名字中的"聂"字（繁体）是由三个"耳"组成。当朋友艾青问他第三只耳朵在哪里时，聂鲁达浪漫地表示："我的第三只耳朵专门用来倾听未来的声音。"

也许对于聂鲁达来讲，刚刚成立的、年轻的新中国就是属于未来的声音。聂鲁达也将他在中国的所见所闻所感写成诗歌，为拉美当代文学贡献了真实、积极的新中国书写。

（一）敢教日月换新天：书写新中国

1951年，第二次来到中国的聂鲁达发现，这一次的感受与二十三年前完全不同。聂鲁达被新中国焕然一新的面貌感染，更被中国人民乐观向上的精神感染。他说："中国人是世界上最爱笑的人。他们笑着经历过无情的殖民主义，经历过革命、饥饿和屠杀，没有任何一个民族比他们更懂得笑。中国孩子的笑是这个人口大国收获的最美的稻谷。"

旅途中的所见所闻让他灵感迸发，为中国写下了《飞向太阳》（*Volando hacia el sol*）、《检阅》（*El desfile*）、《为孙中山遗孀宋庆龄女士颁奖》（*Dando una medalla a Madame SunYat Sen*）、《一切都如此简单纯朴》（*Todo es tan simple*）、《鸣蝉》（*Las cicadas*）、《中国》（*China*）、《长征》（*La Gran Marcha*）、《巨人》（*El gigante*）和《麦穗之歌》（*Para ti las espigas*）九篇诗歌，收录在诗集《葡萄园和风》的第二卷《亚洲的风》中[1]。

聂鲁达对于中国的感情体现在对于中国美景的热爱上。在诗中，他歌颂中国壮美的山川和景物。如《飞向太阳》中，聂鲁达记录了戈壁沙漠、江南园林和首都北京；聂鲁达对中国的感情也体现在对于中国人民的敬佩上。深入中国，聂鲁达感叹新中国社会的变化，感叹新中国工业的发展和劳动人民的勤劳勇敢与聪明才智，这让他大为动容，甚至下了这样的结论："这个民族根本就不会造出任何丑陋的东西。"例如，在诗歌《检阅》中，他笔下的工人生机勃勃、干劲十足，充满劳动的积极乐观情绪。

---

[1] 本节中所有内容由本书作者翻译。

《飞向太阳》VOLANDO HACIA EL SOL（节选）

本书作者自译

戈壁沙漠的皮肤燃烧

那是月亮的边防

中国

你广阔的天地

伸出沙漠的枝条

飞机上

解密青青牧场

解密处处园林和曲水流觞

马上

你的堤岸

古老又年轻的北京迎接我

用土地、麦穗和春天的喧闹

用车水马龙的街道

用一望无际的人潮

仿佛你用最纯净的酒杯

装满泉水的喧嚣

举杯敬我

带着你民族的勃勃生机

带着文字的洪钟大吕

带着钢铁洪流的旋律

带着天空和丝绸的战栗

带着你无穷无尽的生命力

和古老的静寂

《检阅》EL DESFILE（节选）

本书作者自译

走过一位骄傲的姑娘

蓝色工装穿在身上

脸上浮现灿烂微笑

> 仿佛瀑布一样
> 四万织布机器
> 生产着丝绸，奋勇前进，笑意昂扬
> 新机械工人
> 旧象牙工匠
> 前进，激荡

（二）劝君更尽一杯酒：书写友谊

1951年聂鲁达首次访问新中国时，中方派诗人艾青承担了接待聂鲁达的任务：艾青曾经在法国留学，会说法语，而且当时已经是闻名全国的诗人，既能与聂鲁达无障碍地交流，二人之间也有很多的共同语言。一周的时间里，艾青带领聂鲁达游览了颐和园，登上了香山，让美食老饕聂鲁达享受了美味的北京烤鸭，更带着他逛遍了北京这座满是历史文化气息的古城的每一个角落。这一次的旅程中，两名优秀的诗人无话不谈，惺惺相惜，成为至交好友，聂鲁达甚至动情地评价道："艾青是中国诗人中的王子。"

1954年，聂鲁达在智利黑岛设宴，邀请了世界各地的好友一同庆祝自己的五十寿辰。这既是一次欢乐的生日宴会，更是一次世界左翼民主人士的欢聚。中国方面派艾青和萧三前往智利，带着齐白石的画作等重礼为聂鲁达贺寿。艾青经历了漫长的旅途到达了世界的另一端，见到了自己的好友。而聂鲁达也十分感动，亲手为艾青购买了当地特产牛角杯作为纪念，并称艾青为"高山与大海之子""我那如同波浪和阳光一般的友人"。这段时间艾青以聂鲁达和智利为主题创作了很多优秀的诗歌，《在智利的海岬上——给巴勃罗·聂鲁达》就是其中很有代表性的一首。其中，艾青把聂鲁达比作一个船长、一个海员、一个舰队长和一个水兵。但是，更重要的是，艾青认为聂鲁达是被枪杀的西班牙民主诗人费德里科·洛尔迦（Federico Lorca）[1]的朋友，是内战中西班牙苦难的见证人，也是一位为中智建交做出巨大贡

---

[1] 费德里科·洛尔迦（1898—1936），西班牙史上最伟大的诗人之一，"二七一代"的重要代表，代表作有《歌集》《深歌集》等。洛尔迦的诗结合了西班牙民间歌谣，尤其是他的故乡、位于西班牙南部的安达卢西亚地区民谣，因此，他也被人们誉为"安达卢西亚之子"。洛尔迦的诗歌节奏优美，情感哀婉，形式多样，词句通俗易懂，想象力丰富，既有朴素的民间特色，适合吟唱，又有极强的艺术性，对20世纪西方诗坛产生了重要影响。所谓的"二七一代"指的是洛尔迦、路易斯·塞尔努达、达马索·阿隆索、拉斐尔·阿尔贝蒂为代表的一批西班牙文人。他们在塞维利亚共同开会纪念西班牙黄金世纪著名诗人贡戈拉逝世三百周年。此次重要会议之后，借助贡戈拉的复兴，西班牙抒情诗从纯粹转向多元。因此，这一批生活时代相近、文学追求和创作方法相似的作家被称为"二七一代"。

献的外交官。面对万顷碧波，艾青深情地表示，聂鲁达用矿山里带来的语言向整个旧世界宣战。

1957年，聂鲁达再次来到中国，艾青在昆明迎接他。聂鲁达在回忆录中写道："我的老朋友艾青在昆明等我。艾青，他有着宽阔黝黑的面庞，机智而善良的双眼，他聪慧而清醒，让我在长途跋涉后精神为之一振，心生喜悦"。艾青带领他游览云南、重庆等地，一路北上最后来到北京。这一次，聂鲁达深入地了解了中国，和艾青的友谊也进一步加深。

（三）中外对比：聂鲁达与艾青笔下的土地

聂鲁达和艾青在20世纪50年代相识于中国，但其实，这两位著名诗人的创作从很久之前就早已不谋而合：1937年，聂鲁达创作了诗歌《被凌辱的土地》，一年之后的1938年，艾青创作了他最为著名的代表作《我爱这土地》。

《我爱这土地》
艾青（著）[1]

假如我是一只鸟，
我也应该用嘶哑的喉咙歌唱：
这被暴风雨所打击着的土地，
这永远汹涌着我们的悲愤的河流，
这无止息地吹刮着的激怒的风，
和那来自林间的无比温柔的黎明……
——然后我死了，
连羽毛也腐烂在土地里面。
为什么我的眼里常含泪水？
因为我对这土地爱得深沉……

《被凌辱的土地》（节选）
聂鲁达（著）赵振江（译）[2]

这些地区本该遍地是小麦和三叶草，

---

[1] 艾青：《艾青诗：我爱这土地》，武汉：长江文艺出版社，2018年，第72页。
[2] [智]巴勃罗·聂鲁达著，赵振江译：《西班牙在心中》，北京：作家出版社，2015年，第26—27页。

可你们却带来干巴巴的血和罪恶的痕迹：

富饶的加利西亚，

像雨水一样纯洁，

却永远浸泡在泪水的苦涩里；

埃斯特雷马杜拉银灰色的天际，

黑的像弹坑，被贩卖、伤害、摧毁，

巴达霍斯失去了记忆，

在死去的儿女中

仰望着记忆中的天空；

被死神犁过的马拉加

在悬崖峭壁间被迫害

思考题：

1. 这两首诗的异同之处？
2. 为什么会出现这样的异同？

参考思路：

1. 聂鲁达与艾青两人的文化背景：西方与东方。
2. 聂鲁达与艾青两人的人生经历：成长、求学与工作。
3. 聂鲁达与艾青所处国家的具体情况：内战中的马德里、抗战中的中国。
4. "土地"在西语世界和中国的不同意义：海洋文明和农耕文明。

1. 主题、意象和情感相近

聂鲁达的《被侵犯的土地》选自1937年的诗集《西班牙在心中》。此时的西班牙内战战局正酣，无数战士牺牲，无数民主人士受到迫害，甚至开无差别轰炸先河，让无辜平民遭受灭顶之灾。作为智利驻马德里领事，聂鲁达以一个左翼拉美人士的视角，表达了对战争的控诉，对右翼势力的抨击，也表达了对西班牙这片土地的热爱。

艾青的名诗《我爱这土地》写于1938年的武汉。此时抗日战争已在中国打响，面对着战火下千疮百孔的祖国、面对外来入侵的民族危机、面对社会的动荡和人民的苦难，艾青深受震撼，悲愤不已。

无论是聂鲁达还是艾青，对于土地都有着极其深厚的感情，因此在这两首诗中，"土地"都是最中心的意象，都是城市和国家的象征。通过书写土地的痛苦，两个诗人都展现了极端动荡的战争局势；通过感受土地，他们都加深了对于社会现实的理解，也加深了对于国家和人民的爱。在这两首诗中，诗人的感情都一样浓烈，一样爱憎分明。

2. 书写对象和艺术手法有别

不同的是，艾青书写的对象是自己的祖国中国，而作为一个智利人，聂鲁达书写的对象则是他工作的国家西班牙。

作为一首政治题材的诗歌，《被侵犯的土地》呈现出现实主义的特点：诗人选择了"小麦""三叶草"和"银灰色的无垠天际"等现实意象，书写了西班牙各地曾经的富饶和美好。而对于战争的残酷，诗人也没有丝毫保留，把"黑色的弹坑""路边的尸骨"和"岩石的灰尘"等场景赤裸裸地展现在读者面前，形成强烈对比。而《我爱这土地》则更具浪漫主义的色彩。诗人把自己比作一只鸟，即便"嗓子嘶哑"，即便面临着危险和困难，也要为祖国而歌唱，歌唱自己的爱国之情。最后，这只诗人之鸟死了，但"羽毛也要腐烂在这土里"，诗人将一切都奉献给了祖国，与祖国永不分离。

第六章
阿莱霍·卡彭铁尔

> 可是拉丁美洲不就是一部神奇的编年史吗?
> ¿Pero qué es la historia de América toda sino una crónica de lo real-maravilloso?
>
> ——卡彭铁尔《人间王国·序言》

第一节 知识介绍

一、作者简介

阿莱霍·卡彭铁尔·伊·瓦尔蒙特（Alejo Carpentier y Valmont，以下简称阿莱霍·卡彭铁尔），1904年12月26日出生于瑞士洛桑，1980年4月24日于法国巴黎去世，拥有古巴和法国双重国籍。

卡彭铁尔出生在一个多元的家庭中：父亲是法国建筑师，母亲是俄国人，擅长音乐，曾经做过俄语教师。卡彭铁尔出生后不久，父亲向往新生国家的朝气蓬勃，一心想要逃离欧洲衰落的低迷，加之又热爱拉美文化，于是决定举家移居古巴。因此，卡彭铁尔在新旧大陆的不断交汇与碰撞中成长起来。

卡彭铁尔是全球闻名的文学家，擅长小说、散文，也进行了大量文学评论。他深受欧洲文学熏陶，功力深厚，但却清醒地认识到欧洲的文学技巧无法全面而传神地描绘出他的故乡拉丁美洲的真实样貌和文化精髓。因此，他扎根拉美现实，锐意创新，完成了超现实主义的"本地化"进程，创造了"神奇现实"的写作手法，为后期拉美的"魔幻现实主义"风潮奠定了基础，对20世纪的拉美文学产生了深远影响。

卡彭铁尔是影响力颇深的记者，为许多重要通讯社和报刊撰文，用激扬文字点评时事，在古巴担任起重要通讯社的领导工作。

卡彭铁尔是多才多艺的音乐家和音乐理论家，由于出身于一个有着浓厚音乐传统的家族，他自幼通晓音律，长大后甚至亲自参与创作，不仅将自己的文学作品进行了音乐改编，也自己创作了大量乐章，留下了丰富多彩的作品。

卡彭铁尔也是优秀的外交官，作为重要的文化代表，为宣传古巴和拉丁美洲做出了杰出贡献。

（一）文学历程

卡彭铁尔从小就沉浸在一个富有艺术气息的环境中。大学期间，母亲希望他学习语言，他却钟爱音乐。父亲期望他选择建筑，而他大二就从建筑系退学了，因为他发现自己真正的兴趣是文学。1921年，十七岁的卡彭铁尔就开始发表文学作品，展现了十分独特的创作风格。

通过卡彭铁尔的传奇经历可以看出，"多元"是他人生的真实写照，更是他文学创作的秘密武器。其一，他将"神奇现实"的手法引入拉美文学。卡彭铁尔一直在寻找如何去书写真正的拉美，他与法国超现实主义派文学家有着密切的联系，却没有简单地照搬欧洲传统，而是在借鉴的基础上演化出自己的写作方式，即挖掘"神奇的现实"，去展现拉美最精彩、但却常常无人问津的文化内核——无处不在的神话和魔幻；其二，卡彭铁尔从未停止对于政治和社会问题的关注，因此，在他的小说中，史书记载的真实史实与光怪陆离的虚幻世界的互相交织，人类历史的风起云涌与虚构人物的个体命运水乳交融；其三，卡彭铁尔还在小说中利用时间"溯回"，并将文学和音乐有机结合，在内容、手法和创作节奏上展现了多种艺术的完美融合，从各个方面展现了拉美五光十色的社会图景。

这一部分中，我们除了介绍卡彭铁尔的主要作品和获得的主要荣誉，也充分挖掘了这位多才多艺的著名文艺家在电影和音乐方面的成就。

1. 主要作品

卡彭铁尔共创作了十余部叙事文学，包括小说、短篇小说和短篇小说集，也留下多篇关于文学、哲学和音乐的杂文及新闻通讯稿件，最具代表性的作品包括：

- 1933年发表小说处女作《埃古—扬巴—奥》(*Ecué-Yamba-Ó*)。这部作品是卡彭铁尔因在杂志上抨击独裁统治被捕入狱时写下的，题目"埃古—扬巴—奥"是黑人语言中"神啊，救救我们吧"的意思。小说围绕古巴黑人展开，卡彭铁尔融合了超现实主义、立体主义和未来主义等元素，全面展示了这一古巴多元文明中的重要组成部分——黑人文化，成为"古巴—黑人文学"的重要代表作品，卡彭铁尔也成为这一流派的领军人物。

- 1944年发表的短篇小说《溯源之旅》(*Viaje a la semilla*)记录了马尔夏侯爵的倒序人生：侯爵一反人间常态，奇幻的人生从死亡开始，年纪逐渐减少。从已婚到未婚，从毕业到懵懂。最终侯爵走向人生终点时回到了胚胎状态，回归了生命的本源。

- 1949年发表小说《人间王国》(*El reino de este mundo*)是卡彭铁尔深入海地采风考察的产物。与处女作《埃古—扬巴—奥》类似，《人间王国》也是展现加勒比地区黑人历史和文化的优秀作品。这部小说浓缩了海地百年风云，将历史中真实发生的大事与虚构的主人公——黑人奴隶蒂·诺埃尔的一生结合在一起，展现了海地一个世纪的政局起伏。正是在这部小说中，卡彭铁尔提出了"神奇现实"的理论，揭示了拉丁美洲独特的现实情况和充分展示这种现实的文学手段，为日后在拉美如火如荼发展并影响世界文坛的"魔幻现实主义"奠定了基础。

- 1953 年发表小说《消失的足迹》（*Los pasos perdidos*）讲述了一位音乐家为了寻找古老的乐器深入丛林，到原始部落中探寻音乐的起源和新的灵感。旅途中他邂逅了一位美丽纯朴的土著姑娘，来自全然不同的两个世界的二人被对方深深吸引，迅速坠入爱河。音乐家还邂逅了一位神秘土著智者，智者不仅引领他找到了音乐的本源，更带着他来到自己所建的第一个村落，一睹人类社会最初的面貌，将人类发展历史尽数展现在音乐家的眼前。音乐家认为自己找到了人生的目标，更遇到了一生所爱，想要永远留在这个人间天堂。而家中，妻子因为长时间联络不到他而焦急万分，花高价到丛林中寻找他。音乐家无奈之下被搜救队带走，回到城市之中，他不惜辞职、离婚，只想回到丛林之中。当他终于放弃城市生活中的一切重回桃花源时，那个神奇的村庄荡然无存，他爱着的姑娘早已嫁做人妇，一切都已物是人非。

- 1958 年发表短篇小说集《时间之战》（*Guerra del tiempo*）。第一版中除《溯源之旅》外还收录了《宛如黑夜》（*Semejante a la noche*）、《圣雅各之路》（*El camino de Santiago*）以及《追袭日》（*El acoso*）这三个故事。此后的再版过程中又添加了《亡命徒》（*Los fugitivos*）和《先知》（*Los advertidos*）两篇。这些故事短小精悍、结构精妙，结尾出人意料，甚至加入了音乐元素，呈现了多元而丰富的面貌。

- 1962 年发表的小说《光明世纪》（*El siglo de las luces*）也是真实历史与虚构故事完美结合的典范。法国大革命如火如荼之际，三名古巴少年受到法国商人于格的影响，接触到民主和解放的启蒙思想，义无反顾地追随他走上解放拉美之路，又在彻底失望后与他分道扬镳。

- 1974 年发表的小说《方法的根源》（*El recurso del método*）是拉美独裁小说中的名篇，塑造了一位拥有至高无上权力、专横跋扈的"首席执行官"形象。开头，首席执行官生活奢靡，呼风唤雨，而最后，民主精神觉醒，人们的怒火吞噬了首席执行官，这个独裁者孤独而凄惨地结束了自己罪恶的一生。

卡彭铁尔既擅长在短篇小说中构建精妙机构，也善于在长篇小说中架构恢宏气势。除了备受读者推崇的短篇小说《溯源之旅》，长篇小说《人间王国》《光明世纪》《埃古—扬巴—奥》和《方法的根源》都是卡彭铁尔最具代表性的作品。在本节第二部分，我们将详细介绍《溯源之旅》《光明世纪》《埃古—扬巴—奥》和《方法的根源》的内容和特点。第二节文学赏析中，我们选取《人间王国》中最著名的片段，一起研读欣赏拉美文学中的"神奇现实"。

2. 主要获奖经历

- 1956 年凭《消失的足迹》获法国最佳外国小说奖。
- 1975 年获墨西哥阿方索·雷耶斯国际文学奖，并获法国奇诺戴尔杜卡文学奖。
- 1977 年获西班牙塞万提斯文学奖。
- 1979 年获法国外国媒体奖。

3. 卡彭铁尔与电影和音乐

作为驰名拉美乃至整个世界的作家，卡彭铁尔的多部作品被搬上荧屏。1978 年，《方法的根源》出版仅四年后就被改编为电影，由智利导演米格尔·利廷指导，墨西哥、古巴、法国三方合拍；电影版《光明世纪》由古巴导演翁贝托·索拉斯指导，于 1992 年上映。

除此之外，《埃古—扬巴—奥》等作品被改编为音乐剧或歌剧。出生于音乐世家的卡彭铁尔本人精通乐理，与知名作曲家合作，直接参与到自己作品的音乐化过程中去。

4. 卡彭铁尔与魔幻现实主义

（1）何谓"魔幻现实"

可以说，对于许多中国读者来讲，魔幻现实主义（realismo mágico）就是拉美文学的代名词。许多人正是通过加西亚·马尔克斯的《百年孤独》的魔幻现实主义作品才了解了拉美文学。

顾名思义，所谓的魔幻现实主义就是采用"魔幻"的手法来书写"现实"的内容，两个本来互相对立的概念共存在同一部作品之中。拉美的魔幻现实主义内因来源于这片大陆上古老的土著民族神话，外因来自欧洲的现代派文学，同时将阿拉伯等东方国家的传说兼收并蓄，打造了一个光怪陆离的文学世界。

（2）魔幻现实主义的发展

尽管这一文学流派发轫于拉美，并在这片具有魔力的土地上发扬光大，但"魔幻现实主义"这个术语本身并非产自这片大陆。1925 年，德国文艺批评家弗朗茨·罗（Franz Roh）在探讨表现派绘画的专著《魔幻现实主义·后期表现派·当前欧洲绘画的若干问题》一书中首先提出了"魔幻现实主义"（magic realism）这个名词。弗朗茨·罗发现，德国出现的"表现主义"画风一反曾经忠实事物本来面貌的风格，描绘的物体都发生了严重的变形。之后"后表现主义"没有这么极端，回归了正常的事物，但画家并非纯粹客观再现事物，而是带着极强的主观性，最后塑造了非常神奇的作品。弗朗茨·罗把这种风格称为"魔幻现实主义"。1927年《西方杂志》节选了弗朗茨·罗的文章，这一术语经翻译进入西班牙语世界，*realismo mágico* 的名字正式确立，也被引入了文学领域。

此时，许多深受欧洲超现实主义影响的拉美作家纷纷交出答卷：1928年委内瑞拉作家阿图罗·乌斯拉尔·比特里（Arturo Ustral Pietri）[1]发表短篇小说《雨》（*La lluvia*），被评论界普遍视为拉丁美洲第一篇魔幻现实主义小说；1930年，本书第四章介绍的危地马拉作家、诺贝尔文学奖得主米格尔·安赫尔·阿斯图里亚斯（发表短篇小说集《危地马拉传说》（*Leyendas de Guatemala*），基于中美洲古老的玛雅文明，塑造了一个人、神、动植物共存的绚丽世界，被评论界普遍认为是拉丁美洲第一部魔幻现实主义小说集。

从1948年起，拉美评论家也开始利用这个术语评价同胞的作品。乌斯拉尔·彼特里再次成为时代的弄潮儿，在1948年用"魔幻现实主义"评论西班牙语美洲的部分文学作品。

1949年，卡彭铁尔发表小说《人间王国》，在序言中提出"神奇现实"的概念，认为这是拉丁美洲最核心、最真实的社会情况，也是拉丁美洲有别于其他地区的最重要特征。拉美小说想要突出自己的风格，就必须描写这种神奇的现实。那么，照搬欧洲文学传统显然不再合适。因此，卡彭铁尔提出，拉丁美洲自己的古文明、神话、宗教是绝佳的素材，丰富的想象和夸张是恰当的手法，这样就能够用特殊的方法展现现实。在《人间王国》中，他将自己的理论付诸实践，立足海地黑人的信仰，打造了一个巫术与现实并存、人和动物可以随心所欲互相转换的世界。

1967年，哥伦比亚作家加夫列尔·加西亚·马尔克斯（Gabriel García Márquez）出版《百年孤独》（*Cien años de soledad*），书写了马孔多小镇上布恩迪亚家族七代人百年间的兴衰史，以其独特的风格和丰富的内容引起了评论界的关注，也让"魔幻现实主义"开始大规模进入文学评论的视野。自此，魔幻现实主义真正成为一个

---

[1] 阿图罗·乌斯拉尔·比特里（1906—2001），委内瑞拉作家、学者、政治家，擅长撰写历史小说。乌斯拉尔·比特里从三十三岁开始步入政坛，历任委内瑞拉教育部长、总统府秘书、财政部长和外交部长等要职。1963年，五十七岁的乌斯特拉·比特里参选委内瑞拉总统，但遗憾落选。竞选总统失利后曾任委内瑞拉驻联合国教科文组织常任代表。《雨》这部小说中，村民们受大旱所困扰。一天一对老夫妇收养了一个小男孩。这个小男孩突然边排尿边唱起了奇怪的歌谣，说大水要来了，要把大家都冲跑了。人们以为这是小孩子的胡言乱语，有的人以为说的是排尿，但谁也没有想到，一场大雨真的随之而来。

新的文学流派，从 20 世纪下半叶开始，为世界文坛提供了源源不断的宝藏。当然，我们还应该记住墨西哥作家胡安·鲁尔福（Juan Rulfo）[1]和他人鬼并存的小说《佩德罗·巴拉莫》（*Pedro Páramo*）。

（3）魔幻现实主义的特征

每一部魔幻现实主义的作品都有着自己独特的风格，但总的来讲，有几种技法比较常见。第一，作家们往往会打破时空的限制。时间上打乱线性时间排序，将事件像拼图碎片一样随意搭配，由读者自行组合，拼凑出事件前因后果；空间上不拘泥于实际的空间，甚至打破现实和梦境的界限；第二，作家们打破现实和虚幻的限制。一方面，作家们将神话、巫术、超自然现象等奇事怪事融入正常的现实；另一方面，人鬼并存在同一个世界，甚至可以互相沟通，让现实变得更加神奇；第三，作家们巧妙化用现代派技法。在魔幻现实主义的作品中，"意识流"等现代派手法十分常见，拉美作家擅长描写人物的内心，用独白和思索构建一个想象的世界。而且，魔幻现实主义作家尤其擅长夸张的手法，塑造人物时往往采用漫画技巧，形象夸张，寓意深刻；此外，超现实主义的手法也比比皆是，描写事件时，时间忽而无比漫长，忽而又十分短暂。以此，用超乎寻常的方式体现现实荒诞混乱的真相。

但是，虽然魔幻在这些小说中占据重要的地位，但魔幻不是目的，只是手段，真正的目的是展现拉丁美洲的现实。因此，魔幻的具体表现可能不同，但最根本的核心——"真实"却始终不变。尽管作家用夸张的手法让情节显得离奇，但却是实实在在发生在拉美大陆上的真实事件。

（二）外交经历

古巴革命胜利后，1959 年卡彭铁尔再度返回祖国古巴担任国家出版社社长一职，整合全国资源发展出版行业。

1966 年，卡彭铁尔被任命为参赞，开始了他的外交生涯。作为外交官，他回到了自己熟悉的法国担任驻法国文化参赞，继续推广拉美文化。

---

[1] 胡安·鲁尔福（1917—1986），墨西哥作家，与本书第七章的奥克塔维奥·帕斯、第八章的卡洛斯·富恩特斯并称墨西哥文学 20 世纪后半叶的"三驾马车"。鲁尔福以小说见长，其主要作品有《燃烧的原野》《佩德罗·巴拉莫》。《佩德罗·巴拉莫》中，母亲临终前嘱托儿子胡安·普雷西亚多去科马拉寻找从未谋面的父亲佩德罗·巴拉莫。寻找途中，胡安也知道了自己其实是佩德罗·巴拉莫的私生子。这个性格强硬的地主不止他一个儿子，私生子众多。一路上胡安遇到了很多人，但发现其实他们本是鬼魂，连父亲也不例外。

二、主要作品简介

卡彭铁尔的小说作品具有独特的魅力：他的短篇小说往往结构精妙，手法奇特，尤其擅长利用时间、利用巧合去营造"轮回"的氛围；他的长篇小说气势恢宏，将真实的历史和虚构的故事融为一体，思考人类社会发展的规律和问题。而更重要的是，在卡彭铁尔心中，他的祖国永远是古巴，他创作的目的永远是挖掘古巴文化的精髓，用文字将拉美独一无二的社会现实真实呈现。

因此，卡彭铁尔一生留下了无数佳作。在这一部分，我们选择了四部最具代表性的小说：处女作《埃古—扬巴—奥》、经典短篇《溯源之旅》、气势恢宏的长篇小说《光明世纪》和反独裁著名作品《方法的根源》，一起领略这位开"神奇现实"先河的文学大师独特的魅力。

（一）《光明世纪》

> 卡彭铁尔用受法国影响的艺术手法写受法国革命影响的革命，从而引起一场影响更为广泛的文学革命。
>
> ——阿来

1962 年，卡彭铁尔出版了最具代表性的小说作品之一——《光明世纪》。所谓的"光明"指 18 世纪的启蒙运动，因此这部小说的时间背景设定在 1789 年法国资产阶级大革命到 1807 年拿破仑入侵西班牙之间，时间横跨二十余年；发生地点主要设定在古巴首都哈瓦那，但作者洋洋洒洒一路从加勒比写到欧洲的法国和西班牙，展现了大革命影响下全球的风起云涌。卡彭铁尔将法国大革命和拉美独立运动的风潮一一展开，穿越大西洋两岸，将 18 世纪末波澜壮阔的革命与波诡云谲的斗争刻画得淋漓尽致。

气势恢宏的图景之下作家却选择了从微处落笔，从时代浪潮下普通人的命运起落写起。故事开篇，1790 年前后的哈瓦那，少女索菲娅的父亲去世，留下她、弟弟卡洛斯及同样年幼失怙失恃的表弟埃斯特万一起生活。隆重的葬礼过后，虽然姐弟三人的生活貌似轻松而自由，但实际上每个人都在痛苦中挣扎：卡洛斯一直埋怨父亲，认为自己被迫生活在古巴这样一个孤岛全是拜父亲所赐；葬礼的熏香让埃斯特万哮喘病复发；索菲娅早已对修女们心生厌倦，表弟患病，最终她决定不再重返修道院。仿佛是黎明前的黑暗，三个少年各自被自己的烦恼所纠缠，直到一个陌生人——来自海地的法国商人维克多·于格——的闯入如同一束光照亮了三人的生活。于格本想与索菲娅和卡洛斯的父亲做笔生意，但到了家中才发现合作伙伴已经去世，只留下三个不谙世事的孩子。于格为人口才了得，总有讲不完的历史故事，而且又仗义执言，揭发了保护人正在侵吞亡父留给三个孩子的遗产这一恶行。兄妹三人对他很有好感，而且深受其影响，受到了哲学和革命思想的启蒙。

洋洋洒洒八十页哈瓦那少年的家庭生活之后，故事才真正开始。彼时，海地黑人起义烧毁了于格的产业，他带着埃斯特万逃回法国，成为雅各宾派的忠实拥护者并得到重用。英国人占领本是法国殖民地的瓜德罗普岛后，于格率兵收复该岛，在拉美独立运动的关键时刻到加勒比地区宣传大革命思想，组织新的革命运动。可此时法国革命派内部权力更迭频繁，政策左右摇摆，远在大洋彼岸的于格常常落后，甚至出现了与本土政策相悖、朝令夕改的荒谬景象。尽管于格加强了各方面建设，随时准备应对反对派的发难，他还是被押送回巴黎受审。不过后来被无罪释放，而且再度出山，被派到法属圭亚那任职。一直爱慕于格的索菲娅不顾为父亲守孝的禁忌，只身一人来到法属圭亚那与他相聚。然而，来到圭亚那的于格却忘记了自己的初心。他坚决地在自己统治的圭亚那推行奴隶制，却在荷属苏里南大肆宣传自由平等的思想，煽动黑人起义，妄图借助黑人的力量推翻现任政府，吞并苏里南。

埃斯特万曾经追随于格前往法国，但因为自己外国人的身份备受排挤。回到拉美，埃斯特万发现于格早已不是那个他曾经万般崇敬的导师。索菲娅也看清了于格虚伪的面目，收起了对他的柔情蜜意，断然离开了他。心灰意冷的埃斯特万几经辗转返回古巴，却被西班牙当局抓获，押送回西班牙服刑。索菲娅以贵夫人的身份来到马德里救出埃斯特万。此时，面对拿破仑的入侵，马德里群众爆发了保卫国家、守护家园的起义运动，姐弟二人义无反顾地投入战斗，消失在马德里的茫茫人海之中。

（二）《方法的根源》

> 有张力的表现形式、夸张的描写，来命名拉美这片充满共生、形变、动荡和杂混的大陆。
>
> ——卡彭铁尔

1974年，卡彭铁尔出版了他的小说《方法的根源》。与阿斯图里亚斯的《总统先生》一样，这部小说也以一位专横的独裁者为主人公，以讽刺拉丁美洲独裁专政的社会现实。

开篇，故事主人公在巴黎的寓所缓缓醒来。他有着富足的生活和高雅的品位，然而其实他不是艺术家，也不是法国人，而是拉美某国的最高统治者——"首席执行官"。他拥有至高无上的权力，豢养着六百五十名将军和大批武装精良的军人为他效力。首席执行官拥有巨额财产，出入巴黎各种高级社交场所，挥金如土，丝毫不担心国内将军们如何压榨平民，人民生活得多么水深火热。

然而，一天，他麾下的阿道夫部长和加尔万将军起义造反。首席执行官闻讯暴跳如雷，当即用假护照神不知鬼不觉地悄悄回国，用最快的速度组织了一支平叛部队，平息了叛乱，把阿道夫部长和加尔万将军扔进大海喂了鲨鱼。心狠手辣的首席执行官残酷镇压起义军，国内笼罩在一片恐怖的氛围之下。他血腥的暴行引起了国际舆论谴责，欧洲报纸连篇累牍地报道这个加勒比国家中发生的屠杀，指控首席执行官为"杀人魔王"。心急之下这位独裁者病倒了，自觉无颜再回欧洲逍遥。

谁也没有料到，随即爆发的世界大战不仅让抨击他的欧洲陷入战火，更让咖啡、可可、香蕉等热带作物价格飞涨，首席执行官所在的国家正好盛产这些在欧洲市场无比紧俏的产品。一时间大量外国资本涌入，这个加勒比国家经济空前繁荣。天降横财，首席执行官忘乎所以，认为这一切都是他一个人的功绩，更加独断专行，在部下的恭维中迷失了自己，甚至解散了议会，想要一人独掌大权。然而好景不长，大战结束，原本热销的产品价格直线下降，经济开始衰败。同时，民主思想涌入这个加勒比国家，人民得到了启蒙，首席执行官在一片讨伐声中仓皇逃回巴黎，最终在自己拥有的唯一一件美洲物品——一张吊床上——上吊自杀，结束了自己罪恶的一生。

（三）《埃古—扬巴—奥》

> 我在卡彭铁尔富于开创意义的行程面前震惊了，我必须即刻了解我生活着的土地的昨天。
>
> ——陈忠实

1927年，卡彭铁尔因传播共产主义思想被当时的古巴政府逮捕，在狱中他开始创作他的首部小说《埃古—扬巴—奥》(*Ecué-Yamba-Ó*)，于1933年完成并出版。这部小说以古巴黑人为主要题材，讲述了主人公——黑人梅内希尔多·奎（Menegildo Cue）在农场度过童年和少年时代、长大成人之后来到哈瓦那成家立业的人生经历。

这部作品中，节日和语言成为重要的元素，也将全书的人物分成白人和黑人这两个截然不同的阵营：白人和黑人庆祝的节日不同，表现形式也不同，比起缄默的白人，黑人更加懂得"口述话语"的力量，能够充分利用歌曲、谈话等一切形式。最典型的例子就是小说的题目"埃古—扬巴—奥"，这其实是古巴黑人语言中的一句话——"神啊，救救我吧"。借助节日和文化，黑人与白人的差异变得更加具象化。卡彭铁尔也凭借这种手段在小说中构建了两个迥异的世界：白人世界充斥着历史和政治，而黑人世界则被魔法和宿命统治。

（四）《溯源之旅》（一译为《回归本源》）

> 卡彭铁尔倒转时间的叙事令我拍案叫绝。
>
> ——苏童

1944年，卡彭铁尔出版了短篇小说《溯源之旅》（*Viaje a la semilla*）。题目本意为"回归种子"，讲述了一段奇异的倒序人生：小说中，本来已经去世的主人公马尔夏侯爵先是恢复了脉搏，逐渐变得越来越年轻。而后本来已经溺毙在河中的侯爵夫人从河边回到家中，起死回生，两人的感情越来越浓烈，直到退回了婚戒，不再生活在一起，各自回到自己的家中。接下来，宾客们庆祝侯爵又小了一岁，小到他的签字不再具有法律效力，小到他不得不回到神学院学习，小到他发现家具长高了并且迷恋上坐在地上玩耍的感觉。最终马尔夏侯爵回到了最原始的胚胎状态，像鸟回到了壳那样，回归到了种子的状态，回到了一切的本源。

实际上，《溯源之旅》这部小说记叙了侯爵的整个人生：正常的顺序本应该是侯爵出生、长大、上学、在父亲死后继承爵位、迎娶侯爵夫人，直到随着年岁增长，夫人在河中意外溺水而死，不久之后侯爵走到了生命尽头。但小说在极其有限的篇幅中倒转了时间。《溯源之旅》中，卡彭铁尔所做的并非是简单的倒叙，而是将整个人生的正常顺序全部倒转。太阳东升西落，时钟顺时转动，本来时间将一切导向死亡。而卡彭铁尔却特意反常理而行之，让一切从死亡开始，回到了生命初始的状态，以此应和题目"溯源"和"回归"。

三、卡彭铁尔作品在中国的译介

卡彭铁尔目前在中国共有九部译介作品，时间上呈现两极分化的状态：部分翻译引进时间较早，集中于20世纪90年代初期。沉寂将近二十年后，从2021年起，国内又掀起了引进卡彭铁尔小说作品的热潮。

第二节 文学赏析

阿莱霍·卡彭铁尔拉开了魔幻现实主义的序幕，时间、魔法、语言……一切都成为他的法宝，让拉丁美洲神奇瑰丽的现实能够冲破时间和空间的限制，活灵活现地展现在我们面前。而卡彭铁尔又擅长将虚构的故事与真实的历史、个人的命运与国家的沉浮融会贯通，让我们慨叹人物遭遇的同时一览一国乃至一个大陆的盛衰历史。因此，在这一节中，我们选择了卡彭铁尔极富盛名的代表作——小说《人间王国》。尽管这部作品篇幅不长，但却集中体现了这位魔幻现实主义开路人独特的写作特点和他笔下的"神奇现实"。

一、内容简介

《人间王国》全书分四个部分，由黑奴蒂·诺埃尔的一生为线索，串联起海地将近一个世纪的风起云涌：

第一部分中，海地还处于法国统治之下，主人公蒂·诺埃尔仍是个懵懂的黑人少年。他在主人勒诺芒·德梅奇老爷的庄园中做奴隶，非常喜欢跟在曼丁哥人麦克康尔达身后，听这个极富个人魅力的黑奴讲述各式各样惊险神奇的故事。最吸引蒂·诺埃尔的当属自己的故土——非洲大地上充满力量和魔力的国度以及绚烂多彩的神话传说。

麦克康尔达在压榨蔗糖时失去了一条手臂，从此无法从事重体力劳动，被主人派去照料牲畜。在放牧的过程中，他发现了许多毒蕈，随后，他秘密召集心腹，将毒蕈粉末偷偷放进了饮食中，先是毒死了庄园的牲畜，接着毒死了部分白人庄园主和家人，以此带领黑人以报复的方式反对庄园主对他们的奴役和压迫。当局大惊失色，组织队伍搜捕麦克康尔达，却一直没能将其捉拿归案。一切貌似恢复了正常，而黑人们却没有忘记他们的领袖。他们笃信麦克康尔达拥有神赐的力量，可以化成动物逃过追捕。待到时机成熟，他便会化回人形，重新回到他的信徒身边。

四年后麦克康尔达果然再次现身，却最终难逃恢恢法网。当局决定对其处以火刑，而追随他的黑人们却无动于衷，认为白人的伎俩根本困不住他们神明一般的领袖。大火燃起之时，麦克康尔达口中念着咒语腾空而起，但谁也没有看到，其实麦克康尔达还是被士兵们捉住并投入火堆烧死了。黑人们一路欢声笑语，笃信麦克康尔达没有死去，他将信守诺言，永远留在人间的王国，白人再一次被另一个世界至高无上的神明所无情嘲弄。

第二部分距离第一部分已经过去了二十年，蒂·诺埃尔依旧留在德梅齐庄园，但此时正值壮年的他早已儿女成群。牙买加人布克芒领导黑奴暴动，摧毁了无数庄园。德梅齐老爷赎出了包括蒂·诺埃尔在内的几名奴隶，带着他们，与其他惶惶不可终日的海地白人庄园主一样仓皇逃到古巴城市圣地亚哥，在那里过着醉生梦死的生活。此时，拿破仑的妹妹波利娜跟随丈夫勒克莱尔到达海地。不久，勒克莱尔罹患黄热病去世，波利娜仓皇回到法国，殖民地海地陷入了彻底的混乱。

第三部分中，德梅齐老爷打牌输给了一个圣地亚哥地主，用蒂·诺埃尔抵债。随后，蒂·诺埃尔辗转无数主人之手，终于攒够了赎身钱，恢复自由，回到了阔别已久的海地。此时他垂垂老矣，早已是孤家寡人，唯一的心愿就是回到一切的源头——德梅齐庄园。路上，他被奇异的景象所吸引：骑着高头大马、穿着拿破仑式军装的不是白人，而是和他一样的黑人。他不受控制地跟随这些黑人军官的脚步，来到了一片繁茂的花果园，那里所有人都是黑人——劳动的是黑人，监督的也是黑人，低贱的是黑人，高贵的也是黑人。

蒂·诺埃尔这才明白，原来自己来到了黑人国王亨利·克里斯多夫的桑苏西宫，但在这位出身底层的黑人国王统治下，同为黑人的蒂·诺埃尔却还是无法获得自由，而是被强行征徭役去修建城堡。即将竣工之时，蒂·诺埃尔偷偷溜走，终于回到了德梅齐庄园藏了起来。再次走出庄园时，国王被早已被他处死的大主教幽灵恐吓到全身瘫痪。人们不满他的暴政起义反抗，国王自杀，海地再次陷入动荡。

第四部分中，亨利·克里斯多夫死后，王后和公主逃亡欧洲，桑苏西宫遭到洗劫，蒂·诺埃尔就是其中的一员。他从宫殿里搬回了实用的桌子和屏风，还抢占了好看的玩具洋娃娃、八音盒、百科全书和一件本属于国王的外套。蒂·诺埃尔成了海地政局起伏的见证，进入暮年的他成为一个意义特殊的象征。黑奴们尊敬他，认为古老非洲的安哥拉王灵魂附在他的身上，成群结队地到他居住的旧庄园聚会、跳舞，那里俨然成了一个崭新的黑人王国。就在此时，一批土地测量员来到庄园，蒂·诺埃尔得知海地再次易主，现在主张共和的黑白混血阶级成为统治者，强行征用了这片土地,并强制黑人劳动,在这片土地上种植作物。黑人们闻讯连忙逃走,躲进深山逃避徭役。

蒂·诺埃尔自身难保,更无法拯救他的子民。对人间彻底失望的老人突然想起了少年时遇见的麦克康尔达,想起这位传奇黑奴领袖能随心所欲幻化动物的能力。突然,蒂·诺埃尔发现自己也掌握了这种能力:他先后变成了飞鸟、驴子、蚂蚁和白鹅,但发现动物世界和人类世界并无二致,也有阶级之分,也有无尽的压迫,也形成了组织严密的集团,也排斥外来的、无根基的他者。

一次次失意后年迈的蒂·诺埃尔终于明白,当年麦克康尔达变成动物不是为了逃离这个人间,而是为了更好地领导他的子民反抗暴政。他也最终明白,人的伟大在于为理想而奋斗,在于有改善自己境遇的意愿。幻想中的天国没有伟大和欢愉,只有在这个人间王国,永不放弃的人们才能登上伟大的高峰。

最终,了悟一切的蒂·诺埃尔明白了自己肩负的任务,他继承了麦克康尔达和布克芒的遗志,在一个风雨大作的夜晚命令自己的子民向新主人宣战。大洋中卷起一阵裹挟着绿水的大风,刮过平原,抹去了德梅齐庄园的所有痕迹,也带走了年迈的蒂·诺埃尔,只剩一只秃鹫在天空盘旋,留下无尽遐思。

二、原文阅读

《人间王国》（节选）

江禾（译）[1]

上帝的羔羊

蒂·诺埃尔对充满危险的变形已经厌倦，便施展法力变成了鹅，以便与那些在他的土地上定居的家禽一起生活。

但是，当他想在鹅群中占有一席之地时，却遭到了敌视。鹅群用齿状的喙啄他，或者扭过脖颈不理他。它们把他挡在牧场之外，并在那些若无其事的母鹅周围筑起一道白羽毛的墙。蒂·诺埃尔于是处处小心，尽可能缩在一边，竭力顺从其他鹅的意思，但他只得到轻蔑、冷淡的回答。尽管他把长着最嫩的水田芥的秘密地方告诉那些母鹅，仍然无济于事，母鹅不耐烦地摇动灰色的尾巴，用充满不信任的高傲的黄眼睛注视着他，脑袋另一侧的那只眼睛也重复着同样的目光。鹅群此刻很象[2]一个贵族集团，不准其他阶层的成员挤进它们的圈子。桑苏西宫的鹅王恐怕不会和东东谷地的鹅王有什么来往，一旦两群鹅相遇，说不定还会爆发一场战争，所以，蒂·诺埃尔很快明白，纵然他坚持数年，也不会有资格参加鹅群的活动和仪式。鹅群已明确地告诉他，不要以为变成了鹅就可以取得和所有的鹅同样的权利。因为没有任何一只有名望的鹅在他的婚礼上唱过歌，跳过舞；活着的鹅中间也没有哪一只曾经目睹他的出生，他也没有向老少各代可尊敬的鹅证明过自己血统的纯正。总而言之，他是一个外来者。

蒂·诺埃尔隐隐约约地意识到鹅群对他的鄙弃是对他的怯懦的惩罚。麦克康达尔在许多年的时间里曾化作动物，但那是为了给人效力，而不是为了逃离人的世界。这时，重又变成了人的蒂·诺埃尔突然变得极其清醒。转瞬间，他重温了他一生中最重要的时刻，重又见到了那些英雄，是他们向他展示了他的遥远的非洲祖先的威力和财富，并使他相信未来的可能发展。他觉得自己好象[3]活了无数个世纪。一种无边的疲倦，犹如布满石头的星球，重重地压在他那饱尝鞭笞、流血流汗、不停反抗的瘦骨嶙峋的身上。蒂·诺埃尔耗尽了他继承的财富，现在他已贫困到了极

---

[1] [古]阿·卡彭铁尔著，江禾译：《人间王国》，《世界文学》1985年第4期，第48—134页。
[2] 原译文如此。
[3] 原译文如此。

点，但他还是留下了同样多的财富。他行将就木。此时他明白了人永远也不知道自己为谁辛苦，为谁等待。人是为了与自己永不相识的人而吃苦、期待和辛劳的；而这些人同样在为另外一些像他们一样不幸的人吃苦、期待和辛劳。因为人总是希望得到一种比自己所能得到的更大的幸福。而人的伟大恰恰在于他有改善境遇的意愿，在于他有奋争的意愿。天国里没有要建立的伟大业绩，因为那里只有一成不变的等级、已被揭示的秘密和永无止息的生命，在那里既不可能献身，也不会有休息和欢愉。因此，历尽艰辛、不断苦斗的人，身虽贫贱而心灵高尚、饱经沧桑而爱心未泯的人，只能在这个人间王国找到自己的伟大之处，达到最高的顶点。

蒂·诺埃尔爬上桌子，长满趼子的双脚踩在细木家具上。在法兰西角的方向，天空象[1]是被大火的烟熏黑了那样，这情形酷似山上和海边响起声声螺号的那个夜晚。老人向新主人宣战，命令他的人民向那些得了高官厚禄的黑白混血种人的威风凛凛的建筑发起进攻。就在这时，从大洋掀起的一阵夹着绿色海水的大风呼啸着吹进东东谷地，刮到北部平原。主教帽山山顶上被屠宰的公牛再次发出阵阵咆哮；与此同时，老庄园的残垣断壁整个倒塌，软椅、屏风、一卷卷百科全书、八音盒、玩具娃娃、翻车鲀统统飞散，所有的树木被连根拔起，树冠向南横倒在地。整整一夜，被风刮起的海水化作大雨，在一个个山坡上留下条条盐迹。

从那天夜晚起，再也没有人知道蒂·诺埃尔连同他那件袖口带有鲑鱼肉色饰边的绿色外套的去向，也许那只不放过任何死人的兀鹫是个例外，那兀鹫张开翅膀等待日出，然后收拢它的羽毛十字架，飞进了茂密的鳄鱼林。

El reino de este mundo
Alejo Carpentier[2]

Agnus Dei

Cansado de licantropías azarosas, Ti Noel hizo uso de sus extraordinarios poderes para transformarse en ganso y convivir con las aves que se habían instalado en sus dominios.

Pero cuando quiso ocupar un sitio en el clan, se vio hostilizado por picos de bordes dentellados y cuellos de guardar distancias. Se le tuvo en la orilla de un potrero, alzándose

---

[1] 原译文如此。

[2] Carpentier, Alejo, *El reino de este mundo*, California: CreateSpaceIndependent Publishing Platform, 2010, pp. 70-73.

una muralla de plumas blancas entorno a las hembras indiferentes. Entonces Ti Noel trató de ser discreto, de no imponer demasiado su presencia, de aprobar lo que los otros decían. Solo halló desprecio y encogerse de alas. De nada sirvió que revelara a las hembras el escondite de ciertos berros de muy tiernas raíces. Las colas grises se movían con disgusto, y los ojos amarillos miraban con una altanera desconfianza, que reiteraban los ojos que estaban del otro lado de la cabeza. El clan aparecía ahora como una comunidad aristocrática, absolutamente cerrada a todo individuo de otra casta. El Gran Ánsar de Sans–Souci no hubiera querido el menor trato con el Gran Ánsar del Dondón. De haberse encontrado frente a frente, hubiera estallado una guerra. Por ello Ti Noel comprendió pronto que, aunque insistiera durante años jamás tendría el menor acceso a las funciones y ritos del clan. Se le había dado a entender claramente que no le bastaba ser ganso para creerse que todos los gansos fueran iguales. Ningún ganso conocido había cantado ni bailado el día de sus bodas. Nadie, de los vivos, lo había visto nacer. Se presentaba, sin el menor expediente de limpieza de sangre, ante cuatro generaciones en palmas. En suma, era un meteco.

Ti Noel comprendió obscuramente que aquel repudio de los gansos era un castigo a su cobardía. Mackandal se había disfrazado de animal, durante años, para servir a los hombres, no para desertar del terreno de los hombres. En aquel momento, vuelto a la condición humana, el anciano tuvo un supremo instante de lucidez. Vivió, en el espacio de un palpito, los momentos capitales de su vida; volvió a ver a los héroes que le habían revelado la fuerza y la abundancia de sus lejanos antepasados del África, haciéndole creer en las posibles germinaciones del porvenir. Se sintió viejo de siglos incontables. Un cansancio cósmico, de planeta cargado de piedras, caía sobre sus hombros descarnados por tantos golpes, sudores y rebeldías. Tí Noel había gastado su herencia y, a pesar de haber llegado a la última miseria, dejaba la misma herencia recibida. Era un cuerpo de carne transcurrida. Y comprendía, ahora, que el hombre nunca sabe para quién padece y espera. Padece y espera y trabaja para gentes que nunca conocerá, y que a su vez padecerán y esperarán y trabajarán para otros que tampoco serán felices, pues el hombre ansía siempre una felicidad situada más allá de la porción que le es otorgada. Pero la grandeza del hombre está precisamente en querer mejorar lo que es. En imponerse Tareas. En el Reino de los Cielos no hay grandeza que conquistar, puesto que allá todo es jerarquía establecida, incognita despejada, existir sin término, imposibilidad de sacrificio, reposo y deleite. Por ello, agobiado de penas y de Tareas, hermoso dentro de su miseria, capaz de amar en medio de las plagas, el hombre solo puede hallar su grandeza, su máxima medida en el Reino de este Mundo.

  Ti Noel subió sobre su mesa, castigando la marquetería con sus pies callosos. Hacia la ciudad del Cabo el cielo se había vuelto de un negro de humo de incendios como la noche en que habían cantado los caracoles de la montaña y de la costa. El anciano lanzó su declaración de guerra a los nuevos amos, dando orden a sus súbditos de partir al asalto de las obras insolentes de los mulatos investidos. En aquel momento, un gran viento verde, surgido del Océano, cayó sobre la Llanura del Norte, colándose por el valle del Dondón con un bramido inmenso. Y en tanto que mugían toros degollados en lo alto del Gorro del Obispo, la butaca, el biombo, los tomos de la enciclopedia, la caja de música, la muñeca, el pez luna, echaron a volar de golpe, en el derrumbe de las últimas ruinas de la antigua hacienda. Todos los árboles se acostaron, de copa al sur, sacando las raíces de la tierra. Y durante toda la noche, el mar, hecho lluvia, dejó rastros de sal en los flancos de las montañas. Y desde aquella hora nadie supo más de Ti Noel ni de su casaca verde con puños de encaje salmón, salvo, tal vez, aquel buitre mojado, aprovechador de toda muerte, que esperó el sol con las alas abiertas: cruz de plumas que acabó por plegarse y hundir el vuelo en las espesuras de Bois Caimán.

思考题：
  1. 老年的蒂·诺埃尔为什么想要变成动物？
  2. 蒂·诺埃尔变成动物的能力让你想起了这部书中的哪个人物？
  3. 蒂·诺埃尔和另一位具有变化能力的人物变成动物的目的是否相同？
  4. 所谓的拉丁美洲"神奇现实"是怎样表现出来的？

三、作品赏析

在欧洲期间卡彭铁尔深受巴洛克文风的影响,并开始接触到超现实主义的风格。回到古巴之后,卡彭铁尔受邀参加古巴黑人的巫毒仪式,从此他开始对黑人文化深感兴趣。为了充分挖掘黑人文化传统,1943 年,卡彭铁尔前往黑人国家海地进行采风。这次旅行之后,他写下了代表作之一《人间王国》,以海地真实历史为背景,展示了这个国家一个世纪的政局起伏,介绍了奇诡的黑人文化,更将拉美文化多样性的特点充分展现了出来。

在《人间王国》的序言中,卡彭铁尔回忆了 1942 年自己的海地之旅。一路上,他亲身感受了海地的现实生活,但所见、所闻、所感都奇妙无比,让他不由得感叹这种现实是无比神奇的。在接下来的这一部分,我们就从"神奇"和"现实"这两个角度入手,一起跟随卡彭铁尔去缓缓拉开拉美魔幻现实主义的序幕。

(一)"现实"

卡彭铁尔不仅立足于当下,也书写了真实的历史,组成了一幅拉美社会的完整画卷。如果说《光明世纪》展开了二十余年的革命图景,反映了法国大革命影响下加勒比地区殖民地黑人解放运动的进程,那么《人间王国》则是一部将舞台完完全全留给拉丁美洲的作品。《人间王国》中,主人公蒂·诺埃尔不仅见证了自己被奴役——被交易——被奴役的命运,见证了庄园的兴盛和衰败,更见证了前后近百年间海地轰轰烈烈的革命史和你方唱罢我登场的政权交替史。全书的四个部分正好对应着海地革命的四个主要阶段:

小 说	历 史
第一部分 少年蒂·诺埃尔是德梅齐庄园的奴隶,结识麦克康尔达,麦克康尔达组织黑人起义,失败后被处以火刑。	1758 年黑人麦克康尔达领导起义失败后被处以火刑。
第二部分 壮年蒂·诺埃尔仍是德梅齐庄园的奴隶,布克曼组织黑人起义,蒂·诺埃尔和其他黑奴一起摧毁了庄园。德梅齐老爷救出蒂·诺埃尔,带着他逃亡古巴。	1789—1791 年黑人布克曼领导黑人起义反抗白人政府,1791 年起义失败,布克曼被处死。

续表

小　说	历　史
第三部分 老年蒂·诺埃尔被德梅齐老爷卖给别人抵债，恢复自由后回到海地。黑人克里斯多夫窃取革命果实建立帝制，蒂·诺埃尔被强征去修建王宫。	1791—1820年黑人亨利·克里斯多夫参加革命，一步步升迁，最终窃取革命成果。 1804年海地独立。 1811年克里斯多夫加冕。 1820年克里斯多夫王朝覆灭，海地南北统一。
第四部分 迟暮的蒂·诺埃尔回到德梅齐庄园。混血政权强征土地和劳动。蒂·诺埃尔获得了变成动物的能力，也明白了自己的使命。	1820年后混血政权上台。

尽管主人公及其经历是虚构的，但除此之外，大到历史背景与发生时间，小到人名乃至地名都经过了作者卡彭铁尔的严谨考证，全部遵循真实历史写成，是海地黑人的真实遭遇和生活细节。如果说《光明世纪》是于格、索菲娅等人的个人命运与历史风云的因缘际会，那么《人间王国》就是百年政局沉浮下无数像蒂·诺埃尔一样的历史尘埃。

（二）"神奇"

1. 古老王国的神话传说

联想到近三十年来欧洲文学中那些挖空心思但老气横秋、毫无新意的"离奇文学"，卡彭铁尔评论道"这些魔法师想要不顾一切地创造神奇，结果却成了只能照搬条条的'官僚'，创作出的不过是一些'乏味廉价品'"。[1]在他眼中，欧洲文学的所谓"神奇"不仅被条条框框拘束，也不适合拉丁美洲：这些"公式"和"法则"无法表现美洲更加奇幻而复杂的情况。

那么要怎么样才能用合适的文学手段真正展现这种神奇的现实呢？卡彭铁尔放弃了旧大陆文学范式，用传说、信仰和超能力，勾勒了新大陆光怪陆离的景象。

想要写好一个黑人国家的故事，就不得不追根溯源，回到故土非洲，以此才能彻底明白黑人文化，理解海地光怪陆离的现实。因此卡彭铁尔在《人间王国》中不仅回到了非洲的宗教——黑人们笃信的巫毒，也回到了从非洲诞生、在一代代黑人中口口相传的神话。在《人间王国》中，麦克康尔达讲述大量非洲传说，在少年蒂·诺埃尔心中种下了故土的种子，卡彭铁尔也得以用神祇、人类、动物、植物共

---

[1] ［古］卡彭铁尔著，江禾译：《人间王国》，《世界文学》1985年第4期，第61页。

存的氛围为小说构建了"神奇"的效果。第一部分第一章和第二章中，当蒂·诺埃尔在理发店看到国王画像时，联想到了麦克康尔达给他讲过的非洲国王的传说。非洲的传说又引出了神明，黑奴们信奉故土的古老神灵，因此相信麦克康尔达成了神的使者，得到了神赐予的法力，其中最具代表性的就是幻化动物的能力。黑人们坚信麦克康尔达得到了神赐的能力，成为遥远故土传说的具象化表现。因此，他不仅仅是起义的领袖，更给予黑人精神寄托甚至信仰：黑人们相信麦克康尔达永生不死，会永远留在人间领导他的人民。

2. 扭转时间的魔法

《人间王国》紧扣真实历史事件，采用了线性顺序的叙事手法。而在卡彭铁尔的整个创作生涯中，显然他对这种常规而平淡的模式并不满足。相反，他非常善于"重塑"事件，采用"溯回"和"循环"，以此为现实增添神奇之感。尤其是在他的短篇小说中，这种手法反复出现。

（1）逆流而上的时间溯回

《溯源之旅》是卡彭铁尔"逆时针回溯"叙事方法的重要代表，拉开了这位古巴作家自创的"溯时小说"的序幕。所谓"溯时小说"不同于倒叙，而是将自然时间顺序全部倒转。比如在《溯源之旅》中，卡彭铁尔打破了"从生到死"的实际规律，用"从死到生"的顺序描写了马尔夏侯爵"翻转"的一生。卡彭铁尔抓住了侯爵，或者说每一个人一生中最重要的几件大事——出生、读书、成家、立业、迎接亲人和自己的死亡，又精选了这些事件中最具代表性的瞬间和细节，将侯爵的人生过程分割成碎片，逆向"组装"起来，完成了他回归母亲、遁入虚无的返源之旅。

在卡彭铁尔的另一部小说《消失的足迹》中，时间溯回的手法再次出现。这部小说和《桃花源记》有着异曲同工之妙：主人公"我"是一名音乐家，在进入原始森林寻找古老乐器的过程中结识了土著姑娘罗莎里奥。音乐家爱上了年轻美丽的姑娘，更爱上了质朴清新的古老村庄。在"先行官"的带领下，主人公来到了先行官建立的"第一座城市"，即一个与世隔绝的小村庄，和心爱的姑娘幸福地生活在一起。然而，都市中，妻子以为丈夫失踪了，一直不懈地寻找他。搜救的直升机还是找到了乐不思蜀的音乐家，将他强行带回城市。临走前男主角偷偷在"第一座城市"的入口留下了记号。回到家中，他已经无法再忍受现代文明，与妻子拉开了漫长的离婚拉锯战。心灰意冷之下，他重回森林，却发现罗莎里奥早已嫁作他人妇，而且音乐家再也找不到之前的记号，那座承载着他所有期待和幸福的村庄永远消失了。

《消失的足迹》中，主人公为逃避现实生活，深入丛林寻找音乐的本源。此时事物再一次开始反常理地逆向运动：

> 弥撒结束了，中世纪也随之而去。岁月在隐退、在倒流、在消失。从三位数的世纪回归到一位数的年代。圣杯失去了光辉，十字架上的铁钉自行脱落了，商人重又占据了寺庙，圣诞的星辰从天空消逝，退回到了公元零年，报喜天使重返天庭。时日又向零年以前延伸，十年、百年、千万年，直到人类厌倦了游荡而发明了农业，并在江河流域建起了最初的村落的时刻。[1]

在这两部典型的"溯时"小说中，卡彭铁尔使用的并非回忆或倒叙，而是让时间与实际的流动完全相反，回到生命和历史最初的原点。用这种手法，卡彭铁尔不仅仅是制造了神奇的故事，更是借"回归"去探索生命和历史中最本真的意义。而谈到历史的本真，就不得不谈到卡彭铁尔的另外一种时间写作技巧——循环。

（2）周而复始的循环往复

所谓循环，在卡彭铁尔的短篇小说中具体表现为首尾情节的呼应，甚至重复。比如短篇小说《亡命徒》中，开篇，一个黑奴从庄园逃跑，庄园主派狗追击，想要杀死黑奴。但是逃亡的过程中，这一人一犬却产生了一种相依为命的情谊。后来，黑奴冒险进入村庄，和狗分开了，而且被人发现，又被抓住。当他再次见到这条狗时，狗已经忘记了他是谁，只感觉脑海中有个声音命令它扑杀眼前的黑人。一切又回到了原点，最终这一犬一人回到了杀与被杀的关系。

谈到卡彭铁尔小说中的"循环"，最具代表性的当属短篇小说《圣雅各之路》。《圣雅各之路》故事发生在16世纪——西班牙在美洲殖民扩张最如火如荼的时刻，也是欧洲宗教打压异端最为激烈的时刻。就在这新旧交替的背景下，一位沾染鼠疫的天主教士兵胡安奇迹般地痊愈，因此踏上了朝圣之路。但是他却被一个自称来自美洲的印第安人所蛊惑，放弃朝圣去了美洲。乘兴而来的胡安却失望地发现，新大陆根本就没有印第安人描述的那样美好，财富荣耀唾手可得的情境并不存在，倒是贫穷和欺骗随处可见。胡安在新大陆受尽苦楚，思念欧洲的生活，费尽周折终于回到了故乡。可甫一踏上西班牙的土地胡安又后悔了，美洲又变成那个传说中无比美好的地方，他开始诱惑另一个朝圣者前往美洲发财。

卡彭铁尔在《圣雅各之路》中设计了大量的细节："朝圣者胡安"被印第安人引诱，从美洲大陆回来之后摇身一变成了"印第安人胡安"，而他去引诱的下一个

---

[1] 本段中文翻译由本书作者自译。

目标也是一个朝圣者，也名叫胡安，构成了一个属于胡安的轮回。开篇，胡安遇到的那个印第安人带着两只鳄鱼当街表演，身旁还跟着一个黑人、一只猴子和一只鹦鹉。在美洲，胡安遇到了黑人葛洛孟，葛洛孟给他弄到了一只鹦鹉和一只猴子，胡安又从放债人手里买过来两只鳄鱼——到了文章的结尾，胡安已经和当初引诱他的那个印第安人一模一样了。

除了人物形象的吻合，故事中许多片段几乎一字不差地重复，如胡安被引诱和引诱下一个胡安时：

"朝圣者"胡安被引诱时	变成"印第安人"的胡安引诱下一个胡安时
印第安人要了瓶酒就开始对朝圣者吹起了牛皮……那里有一眼神泉，驼背瘫痪的老头进去泡一下，白发立刻变黑，皱纹也消失了，一身的病也没有了，骨头也灵活了，浑身的力气足可以使一个舰队的女武士怀孕。	印第安人胡安要了瓶酒，就对朝圣者胡安吹起了牛皮。他说那里有一眼神泉，驼背瘫痪的老头进去泡一下，白发立刻就变黑了，皱纹也消失了，一身的病也没有了，骨头也灵活了，浑身的力气足可以使一个舰队的女武士怀孕[1]。

当视角拉长，从个体人生的命运扩展到集体历史的变迁时，卡彭铁尔又用新的办法诠释了人类社会的"循环"。在本部分最开始分析《人间王国》中的"现实"时，通过对比蒂·诺埃尔的经历和海地真实历史我们能够发现，这位黑奴始终逃脱不了被奴役的命运。在海地这个国家中，黑奴一次又一次地起义，然后被镇压。政权一个又一个地上台，然后覆灭。尽管每一次的领袖都有着不同的名字，每一届当权者都有着不同的肤色，但他们的结局大同小异，对于普通人民，尤其是黑奴的压迫也没有丝毫不同。卡彭铁尔意在揭示，不仅个人的命运会陷入循环，整个国家和社会的历史也会陷入周期性的往复。

在《新世纪前夕的拉丁美洲小说》中，卡彭铁尔将"文化"定义为知识的积累，而且认为，历史文化直接指向未来，是对未来的阐述和影响。他认为，新世纪的拉丁美洲小说家应该努力从"天天见到的某一民间艺术"中看出其背后隐藏的古老因素，这不失为一种"有文化"的表现。[2]

正因如此，卡彭铁尔透过现象去挖掘背后的宝藏。无论是宗教信仰、神话传说还是独特的时间系统，都是拉丁美洲本土文明的馈赠。这种不同于欧洲传统的"神奇"才是拉美大陆的精髓所在，只有捕捉到了这些，才能真实再现这个大陆上"神

---

[1] [古]卡彭铁尔著，陈皓译：《时间之战·圣雅各之路》，上海：上海文艺出版社，2015年，第89、115页。
[2] Carpentier, Alejo, *La novela latinoamericana en víspera de un nuevo siglo y otros ensayos*, España: Siglo Veintiuno de España Editores, S.A. 1981. 中文译文由本书作者翻译。

奇的现实"。此外，相比起更侧重描写土著人的富恩特斯和阿斯图里亚斯，卡彭铁尔抓住了加勒比国家独一无二的特点——黑人，在自己的作品中充分展现了多民族、多文化融合这一拉美大陆引人注目的特点。就像回到种子的马尔夏侯爵一样，卡彭铁尔也回到了他的本源——属于他的土地。正如他所说，他不属于欧洲的超现实主义，而是永远属于他热爱的拉丁美洲。

第七章
奥克塔维奥·帕斯

> 如果想要了解一个国家,就必须要感受她文学的脉搏。
> Si quiere saber qué es una nación, hay que tomarle el pulso a su literatura.
> ——帕斯《阿方索·雷耶斯文学奖获奖感言》

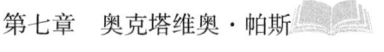

第一节 知识介绍

一、作者简介

奥克塔维奥·伊里内奥·帕斯·罗萨诺（Octavio Irineo Paz Lozano，以下简称奥克塔维奥·帕斯），1914年3月31日出生于墨西哥首都墨西哥城，1998年于墨西哥城去世。

1914年，正值墨西哥大革命时期，帕斯出生于墨西哥首都墨西哥城的一个知识分子家庭：祖父是学识广博、爱好历史和写作的退役军官，还做过律师和记者，创作过墨西哥最早的土著主义小说[1]。父亲子承父业，主攻新闻和法律。受祖辈和父辈的影响，帕斯十四岁就进入墨西哥大学学习哲学和法律，奠定了扎实的人文基础。

帕斯的祖母是印第安人，他的童年也被各种墨西哥土著居民环绕，深谙祖国本土文化的精髓。由于父亲1916年作为萨帕塔的特别代表派驻美国，也将帕斯带到美国接受教育，之后帕斯在时局最为激荡的岁月返回墨西哥。这样的经历让帕斯以更加开阔的眼光重新审视自己的土地，开始对祖国的社会现实问题有了更加深入的了解。

帕斯是享誉全球的文学家，擅长创作诗歌和散文。他风格多变，内容上将文学哲学与宗教结合起来，作品富含哲理。帕斯被评论界一致认为是20世纪最具影响力的作家之一、诗歌史上最伟大的诗人之一。1981年，帕斯荣获有"西班牙语世界诺贝尔奖"之称的塞万提斯文学奖，1990年，他又获得诺贝尔文学奖，获奖理由是"他的作品充满激情，视野开阔，渗透着感悟的智慧并体现了完美的人道主义"。

帕斯是走遍四海的外交官，先后派驻美洲、亚洲、欧洲的多个国家，官至驻印度大使。外交官和文学家的双重身份赋予他足够的机会和能力去进行东西方文化间的交流：帕斯热爱东方文化，钻研印度佛教思想，更痴迷中国古典诗词，翻译了多

---

[1] [墨]奥克塔维奥·帕斯著，赵振江等译：《弓与琴》，北京：北京燕山出版社，2014年，第2页。

首经典唐诗，为墨西哥的汉学研究做出了卓越贡献。

（一）文学历程

"融合"是奥克塔维奥·帕斯的人生关键词，也是他文学创作的主要风格。一方面，帕斯将世界与祖国融会贯通。他从童年时期就开始大量阅读，欧式的教育让他深受西班牙"二七一代"和法国超现实主义文风的影响。爱国情怀和国际视野，西方传统、土著文化和东方文明在帕斯身上交融，让他能够深入地思考祖国墨西哥的真实情况，期望透过纷乱的表象去探寻背后的真相，总结墨西哥的集体民族认知。这造就了他独一无二的文学创作成果。

另一方面，帕斯将东方和西方有机融合。帕斯的身上很好地体现了"东学西渐"：无论是中国的老庄哲学、唐诗宋词，还是印度的佛教思想、神话传说，抑或是日本的俳句机锋、幽默智慧，在帕斯的作品中都很好地与欧洲、美国和拉丁美洲的文学传统相融合，打造了一个贯通古今、涵盖东西的丰富文学世界。帕斯既是拉丁美洲文学的高峰，也是我们探索中外文明交流融合的重要研究范本。

这一部分中，我们介绍帕斯的代表作品和他荣获的荣誉，同时将帕斯的文学创作历程分为3个不同时期，以更好了解这位传奇名家的文学生涯。

1. 主要作品

帕斯一生著作颇丰，创作了近四十部诗集、近五十篇散文和多部其他作品（戏剧、小说等），其中，最富代表性的有：

• 1936年发表的诗歌《不能通过！》（*¡No pasarán!*）中，年轻的诗人展现了强烈的人道主义博爱精神。他跨越了国籍的界限，声援西班牙内战共和派，歌颂左翼战士捍卫民主和自由的英勇抗争、赞颂他们勇于牺牲的革命勇气和大无畏精神。

• 1937年发表的诗歌《人类的根》（*Raíz del Hombre*）继续为内战发声，强烈谴责西班牙内战中对平民城市无差别轰炸的暴行，同时描绘了诗人心目中充满爱与正义的理想国度。

• 1941年发表的长诗《石与花之间》（*Entre la piedra y la flor*）中，帕斯为了能够更加深入地了解祖国的真实情况，主动申请了一份乡村教师的工作，扎根墨西哥尤卡坦半岛的农村地区，获得了大量第一手资料，创作出了这首长诗。诗中，帕斯不仅描绘了当地的风土人情，介绍了土著居民与自然的深厚情谊，更揭示了土著居民的生存困境，表达想要改变现实的雄心壮志。

• 1950年发表的散文集《孤独的迷宫》（*El laberinto de soledad*）是帕斯最具

代表性的作品之一，其中，帕斯将影响墨西哥历史进程的重大事件娓娓道来。他认为，历史事件对于民族集体性格的塑造会起到重要的作用，以此，帕斯审视自己的祖国，努力探究墨西哥民族的集体身份。

• 1956 年发表的文集《弓与琴》(*El arco y la lira*) 并非诗歌，而是探讨诗歌创作的作品。《弓与琴》充分体现了帕斯自己的诗歌创作思想，也为诗歌研究、评论和创作提供了宝贵的经验。

• 1957 年的长诗《太阳石》(*La piedra del sol*) 是帕斯最重要的作品之一，诗人充分利用墨西哥古老的阿兹特克文明元素，基于阿兹特克独特的时间观和历法器物"太阳石"，将个体的生命历程和集体的历史发展有机相融，描绘了一个崭新的完美世界。

• 1969 年的诗集《东山坡：向着伊始与纯白》(*Ladera este：hacia el comienzo y el blanco*，以下简称《东山坡》)得益于帕斯出使印度的见闻和经历，热爱东方文化的帕斯在自己的这部诗集中引入了远东的文学、哲学、宗教和大量代表性意象，与西方文学传统有机结合，打造了一个韵味独特的文学空间。

• 1974 年发表的翻译作品集《翻译与消遣》(*Versiones y diversiones*) 中，帕斯出于对诗歌和翻译的热爱，翻译了多篇世界经典诗歌作品，其中不仅包含英语、法语、葡萄牙语等经典欧美诗歌，更包括中国、日本等东方国家的优秀作品。在《翻译与消遣》中，帕斯专门开辟了中国章节，将王维、李白、苏轼、李清照等多位唐宋名家的诗词译介到西语世界。

• 1984 年发表文集《世纪之子》(*Hombres del siglo y otros ensayos*)，细数生活在 20 世纪或对 20 世纪产生深远影响的文学家和学者，通过梳理历史寻找人类社会发展的规律和真相。

在帕斯的这些重要作品中，文集《孤独的迷宫》《弓与琴》以及长诗《太阳石》无疑是最广为人知的名作，翻译作品集《翻译与消遣》因为与其他文明中最精华的文学作品有密切联系，也备受关注。因此，在本节的第二部分，我们会详细介绍《孤独的迷宫》与《弓与琴》。在第二节我们选取《太阳石》的著名片段进行阅读和赏析。第三节中，我们也会重点介绍《翻译与消遣》中帕斯译介的唐诗宋词，同时简要展示这部翻译作品集中帕斯对其他东方国家的研究。

2. 创作节点

帕斯的创作过程中，1936 年和 1957 年是帕斯文学创作历程中有重要意义的时间节点，将其文学创作分为三个不同时期：

（1）1936年前的"向内探索期"

1936年前是帕斯创作的"向内探索期"，帕斯的作品更多关注内心的世界，以处女作、文章《艺术家伦理道德》（*Ética de artista*）和诗集《野生的月亮》（*Luna silvestre*）为代表，少年时代的诗人更多追求纯粹的艺术，关注爱情和自然，专注于内心的自我感受。

（2）1936年到1957年间的"向外拓展期"

1936到1957年间是帕斯文学创作的"向外拓展期"，1936年西班牙内战打响，虽然帕斯是墨西哥人，但是也密切关注战局，为西班牙共和派发声。诗歌《不能通过！》是诗人改变创作风格，走出自己内心，直面现实的重要转折作品。再加上《人类的根》，帕斯开始放眼真实的世界。此后，帕斯继续挖掘社会现实，将目光锁定在祖国墨西哥的土地。《石与花之间》首创于1937年，正式发表于1941年，但帕斯终其一生都一直在不断修改这首诗歌。当时，他主动申请前往墨西哥尤卡坦半岛的美利达地区，在当地农民子弟学校担任乡村教师。在那里他切实感受到土著居民的贫困与挣扎，对墨西哥社会现实有了进一步的了解。《孤独的迷宫》探讨的则是墨西哥集体的民族性格。帕斯认为，重大的历史事件对整个民族的心理、情感和道德选择产生重要影响，因而他选取了墨西哥历史上最为重要的五个历史时期，即征服时代、殖民时代、改革时代、革命时代和当代，以厘清墨西哥的民族身份。

（3）1957年后的"创作成熟期"

1957年后是帕斯的"创作成熟期"，随着巅峰之作《太阳石》问世，帕斯的文学创作日臻成熟。借助阿斯特克文明中独有的历法器具太阳石，帕斯展现了墨西哥古文明观察世界的独特视角和独有的时间观，打破了西方传统"二元对立"的时间概念。此后，1958年《狂暴的季节》（*La estación violenta*）、1984年的《世纪之子》等作品也延续了这一时间观。

3. 主要获奖经历

国家及地区奖项

- 1957年，凭借《弓与琴》获得墨西哥哈维尔·维亚鲁迪亚作家奖。
- 1977年，获国家语言文学科学艺术奖，并获国家文学奖。
- 1985年，凭借《世纪之子》获墨西哥马萨特兰文学奖。
- 1998年，获墨西哥新闻奖终身成就奖。

国际奖项及荣誉

- 1963年，于比利时获国际诗歌奖。

- 1972年，于比利时获弗兰德斯诗歌奖。
- 1977年，于以色列获耶路撒冷奖，并于西班牙获西班牙评论奖和西班牙出版社评论奖。
- 1979年，于法国获尼萨国际图书节大金鹰奖。
- 1980年，于墨西哥获奥林·尤里兹特里国际文学奖。
- 1981年，于西班牙获塞万提斯文学奖。
- 1982年，于美国获纽斯塔特文学奖。
- 1984年，于德国获德国法兰克福和平奖。
- 1985年，于墨西哥获阿方索·雷耶斯国际文学奖，并于挪威获奥斯陆诗歌奖。
- 1987年，于法国获联合国教科文组织毕加索勋章。
- 1987年，于墨西哥获梅南德斯·佩拉约国际文学奖，并于英国获艾略特奖。
- 1988年，于美国获大不列颠百科全书奖。
- 1989年，于法国获法兰西学院艾利克斯·托克维尔奖。
- 1989年，于法国获文化艺术最高勋章。
- 1990年，于瑞典获诺贝尔文学奖。
- 1991年，于意大利获共和国荣誉勋章。
- 1993年，于德国获大十字荣誉勋章。
- 1994年，于智利获加夫列拉·米斯特拉尔勋章。
- 1995年，于西班牙获马里亚诺·德·卡维亚新闻奖。
- 1996年，于西班牙获布兰凯纳奖。
- 1998年，于墨西哥被追授联邦特区公民荣誉勋章，并于西班牙被追授天主教伊莎贝尔女王勋章。
- 1998年，于美国被追授洛杉矶金鹰奖。
- 1999年，于美国华盛顿被追授墨西哥文化学院奖。

其他荣誉

此外，帕斯也获得了美国哈佛大学、纽约大学、波士顿大学及西班牙穆尔西亚大学等全球多家知名高等学府的荣誉博士学位。

（二）外交经历

1944年，三十岁的帕斯正式进入墨西哥外交部，很快，他就开始了自己的驻外外交官生涯。

- 1944年派驻墨西哥驻美国圣弗朗西斯科领事馆。
- 1945年调任墨西哥驻美国纽约领事馆。
- 1945年派驻墨西哥驻法国大使馆担任三等秘书。
- 1946—1950年间先后派驻美国纽约、圣弗朗西斯科和瑞士日内瓦。
- 1951—1953年作为先遣队成员到达刚独立不久的印度，为两国建交做准备。
- 1953—1958年回到墨西哥，担任外交部国际组织司司长职务。
- 1959年申请派驻法国。
- 1962年6月10日—10月29日派驻墨西哥驻日本东京领事馆任商务参赞。
- 1962—1968年任墨西哥驻印度、锡兰（今斯里兰卡）及阿富汗特命全权大使。
- 1968年，帕斯辞去外交部的工作，结束了自己的外交官生涯。

作为外交官，帕斯凭借其职业素养成为一名成功的驻外代表，尤其是在墨西哥与印度、日本等国的建交工作上做出巨大贡献。驻外也赋予帕斯了解其他文明、推动文化外交的绝佳机会，让他将墨西哥和拉美文化推向世界舞台：派驻巴黎期间，帕斯虽然没有正式被任命为文化参赞，但却一直努力推动文化交流，鼓励西语电影人参加戛纳电影节，帮助墨西哥籍作家的作品在欧洲出版，着力组织各种展览和沙龙活动。更重要的是，他利用自己的影响力推动了墨西哥与其他国家的文化交流，提升了墨西哥文化在世界范围内的影响力。

另一方面，帕斯也将其他国家的优秀文化引进墨西哥、引进拉美。派驻日本和印度期间，他充分利用与东方文明近距离接触的机会深入了解不同文化，名作《翻译与消遣》中浓缩东方精华，将唐诗宋词、佛教和俳句翻译成西班牙语，成为西语世界了解亚洲文化的重要资料。

二、主要作品简介

帕斯既是成功的诗人，也是著名的高级知识分子。他不仅文采斐然，更知识渊博，文学、历史、哲学、宗教等内容信手拈来，在他的作品中融会贯通。他不仅擅长创作，更善于思考和总结，不仅为诗歌创作总结了宝贵的理论经验，更深入探讨了墨西哥及拉美社会的现实问题。在这一部分，我们选择了《孤独的迷宫》和《弓与琴》这两部帕斯重要的散文集，一睹这位文学大师学富五车的惊人才华。

（一）《孤独的迷宫》

> 思考是"智者"的第一责任，有时候也是唯一的。
>
> ——帕斯

1950年帕斯发表著名散文集《孤独的迷宫》。该书原版共有九篇：《帕丘科以及其他的几种极端》（*El pachuco y otros extremos*）中所谓的"帕丘科"[1]指的是墨西哥裔美国移民。他们既不愿意回到墨西哥，也不愿意彻底融入美国。帕斯对比了"帕丘科"与纯粹的美墨两国人，以此试图分析墨西哥人的自我意识，以及民族性格中的孤独感。

《墨西哥的面具》（*Máscaras mexicanas*）中，帕斯回归殖民者西班牙留给墨西哥的文化传统，寻找解开墨西哥人"面具之谜"的答案。所谓的面具隐藏在墨西哥人的语言和生活习惯当中，指的是墨西哥人封闭、掩饰和伪装自己的性格。

《万圣日，死人节》（*Todos Santos. Día de muertos*）以墨西哥著名的"亡灵节"为主要探讨对象，节日是一次狂欢和放纵，但却又与死亡紧密相连。帕斯从墨西哥古文明——阿兹特克文明角度出发，解释墨西哥传统中生死界限模糊的传统，突出了现代墨西哥人性格中冷漠的特点。

《玛林琴的子孙》（*Los hijos de la Malinche*）以墨西哥史上备受争议的著名女性形象——玛林琴[2]为背景，由此引出殖民这一段不可忽视的历史。因此，帕斯认为墨西哥人不仅是"混血的产物"，也难以摆脱"被奴役""被征服"的影子。对于墨西哥人来说，改革意味着与"母亲"决裂，即切断与殖民的联系。

《征服与殖民》（*Conquista y Colonia*）用更加直接的方式谈论殖民历史。从阿兹特克人到西班牙人，不同的文明和宗教影响着这片土地上的人们。

《从独立运动到大革命》（*De la Independencia a la Revolución*）进入了一个新的时代，帕斯谈到了对于墨西哥历史起到重大影响作用的两次变革：19世纪的独立运动和20世纪的墨西哥大革命，也将这两次变革与意识形态结合，分析其对墨西哥民族性格的影响。

---

[1] "帕丘科"指的是出生在墨西哥、生活在美国南部城市的一群年轻人。这些"本能的叛逆者"从穿着到言行都与美国人不同，但矛盾的是，"帕丘科"们也不愿意维护自己墨西哥祖先的国籍和种族。

[2] 玛林琴，一译为马林切，也被称为玛丽娜丽或堂娜·玛丽娜，是一位通晓多个部落语言的墨西哥土著女性。西班牙人侵墨西哥后，玛林琴被作为女奴献给西班牙人，凭借过人的语言天赋学会了西班牙语，成为墨西哥征服者科尔特斯的翻译和助手。玛林琴备受争议，有的西班牙人称赞她的聪明才智，也有墨西哥人斥责她是殖民者的帮凶。

《墨西哥的"知识界"》（La «inteligencia mexicana»）中，帕斯研究了以巴斯孔塞洛斯为代表的墨西哥教育家及其他知识分子，去梳理墨西哥寻找一个"被扭曲的独特自我"和"自我表达"[1]的过程。

《我们的时代》（Nuestros días）中帕斯反思了20世纪革命后墨西哥的发展过程和状况，以此分析墨西哥人的集体身份。

1970年再版时作者在原内容的基础上又添加了"拾遗"（Apéndice. La dialéctica de la soledad）部分，包括《奥林匹亚与特拉特洛尔科》（Olimpiada y Tlatelolco）、《发展与其他幻象"》（El desarrollo y otros espejismos）及《金字塔的批评》（Crítica de la pirámide），作者又基于当时的新事件发表了自己的想法，继续思考墨西哥的集体意识。

在《孤独的迷宫中》，帕斯将古代的阿兹特克古文明、殖民时代的西班牙传统与近代以来的独立运动和墨西哥大革命融为一体，将墨西哥历史上重大的历史时期、历史事件与意识形态相结合，分析墨西哥民族的集体认知。在《孤独的迷宫》中，帕斯本着"历史事件会塑造国家性格"的思想，分析墨西哥人矛盾性格的原因，试图走出祖国深陷的这座"孤独的迷宫"。

（二）《弓与琴》

> 诗歌是知识、拯救、权力、抛弃。
>
> ——帕斯

1956年发表的《弓与琴》一经问世就获得了墨西哥授予单部文学作品的最高荣誉——哈维尔·比利亚乌鲁蒂大奖[2]。《弓与琴》探讨诗歌，但它本身并非诗歌，而是一部评论、研究诗歌的文集，包括《导论》（Introducción）、《诗歌与诗》（Poesía y poema）、《诗》（El poema）、《语言》（El lenguaje）、《节奏》（El ritmo）、《诗与散文》（Verso y prosa）、《意象》（La imagen）、《诗的革命》（La revolución poética）、《彼岸》（La otra orilla）、《诗的揭示》（La revelación poética）、《灵感》（La inspiración）、《诗歌与历史》（Poesía e Historia）、《瞬间的升华》（La consagración del instante）、《英雄世界》（El mundo heroico）、《小说的困境》（Ambigüedad de la novela）、《脱离现实的动词》（El verbo desencarnado）及《符号的轮回》（Los signos en rotación）这

---

[1] [墨]奥克塔维奥·帕斯著，赵振江、王秋石等译：《孤独的迷宫》，北京：北京燕山出版社，2014年，第142页。
[2] 王军：《〈弓与琴〉——奥克塔维奥·帕斯诗学理论的阐述》，《欧美文学论丛》2004（00），第318页。

十七篇文章[1]。

《弓与琴》围绕诗歌进行了名词解释，主要探讨诗歌的语言、韵律、意象等问题，并将文学与哲学相结合。出任驻印度大使的经历让他更加深入地了解了佛教思想，因此还借用"彼岸"的概念思考诗歌与宗教的关系，思考诗歌中应该如何书写生死等人生大事，如何将神圣与世俗二者完美融合。作为知识分子，帕斯也分析了诗歌与历史的关系，他提出如果没有历史，诗歌创作就沦为无源之水。

《弓与琴》这部书全面展现了帕斯对于诗歌的见解。作为诗人，帕斯用极度感性的语言去体现诗歌依赖灵感的特质和富于变化的美；作为学者，帕斯努力用理性引导分析，去探讨诗歌创作和语言范式，总结这门艺术的技巧。书中学富五车的帕斯继续旁征博引的写作风格，以至于他不得不拿出相当长度的篇幅去解释自己引用的部分文献和提出的部分问题，以便帮助读者更好地理解他对于诗歌的思考。《弓与琴》是帕斯第一部系统评论诗歌的作品，拉开他文学评论和文学理论创作的先河，引领了随后出现的《泥淖之子》《榆树上的梨》等一系列作品，为诗歌和整个文学创作贡献了巨大的力量。

三、帕斯作品的创作主题

帕斯卷帙浩繁的作品内容包罗万象，但有四大主题在他笔下反复出现：

1. 爱恨生死

帕斯笔下的爱情有《野生的月亮》中少年诗人对心上人的爱慕，有《太阳石》中人类个体不断经历的爱恨，有诗集《言语的自由》（*Libertad bajo palabra*）中对爱情的赞颂，更有诗集《归来》（*Vuelta*）中对于爱恨情仇和生离死别的描绘。爱情是一个人的感受，更是全人类共有的永恒话题。帕斯诗歌中的爱情主题体现了诗人对于个体生命体验的充分关注，以及对人类美好纯粹情感的真诚歌颂。

无论是《太阳石》《狂暴的季节》还是《言语的自由》，帕斯都在描绘有限的生命中人类对于美好和情谊的追求，他崇拜生命，但也从不避讳死亡。诗人既为生命和爱恋的热烈放声高歌，更惋惜历史面前个体生命的短暂，挖掘萦绕在人类身上的痛苦。

2. 时间长河

继承阿斯特克独特的文化，帕斯笔下的时间是环形的，如《太阳石》中那种古

---

[1] 《诗的革命》《小说的困境》和《脱离现实的动词》三篇中文译名为本书作者自译，其他译名选自上海译文出版社 2014 年出版、赵振江等人翻译的《弓与琴》。

老的历法和器具一般周而往复,打破了西方传统理念中"二元对立"的时间观念。而帕斯笔下的时间长河更是不断流淌的,苏轼在《前赤壁赋》中曾感叹:"哀吾生之须臾,羡长江之无穷"。无独有偶,千百年后的大洋彼岸,帕斯的想法与苏轼不谋而合。《太阳石》中万物轮回,时间的永恒与人类生命的短暂形成鲜明的对比。《世纪之子》虽然从20世纪文学群星入手,但却将目光拓展到整个人类历史,记录历史长河中的点点光芒。

3. 历史社会

在帕斯看来,漫长的人类历史承载了无数重大事件,这些事件也对一个民族、一个社会、一个国家的发展造成了不可磨灭的影响。《孤独的迷宫》中,帕斯坚信历史造就了墨西哥的集体民族性格,打造了墨西哥独特的国家身份;《言语的自由》中帕斯从个体放眼集体,探讨历史和社会发展本质,挖掘最根本的问题;《世纪之子》中,帕斯立足20世纪放眼整个人类历史,用可视化意象探讨社会问题。

4. 哲学美学

帕斯不仅是文学与美学的实践者,更是研究者。《弓与琴》中他直接探讨诗歌理论。《泥淖之子:现代诗歌从浪漫主义到先锋派》中帕斯研究了浪漫主义和先锋派诗歌及其发展。《东山坡》中借鉴了俳句等东方文学技巧,用佛教的视角审视西方哲学,完成了一次"东学西渐"的文学、美学、哲学创新。《世纪之子》中,帕斯将文学评论和历史思考相结合,也达到了文哲合一的目的。

纵观帕斯的创作历程,爱情与生命、孤独与死亡以及无限又有限的时间是经常出现的主题,帕斯选择太阳、土地、种子等种种意象,构建了一个美丽而朴实的世界,又利用时间、历史和哲学,抒发了一个高级知识分子对人类社会最深沉的思索。在帕斯的作品中,我们能够看到对立的建立与二元的打破,能看到精妙的隐喻和意味强烈的象征,能看到土著文明影响下独特的循环往复结构,也能够看到东西方优秀文化的水乳交融。

四、帕斯作品在中国的译介

截至目前,帕斯作品的中文译本在我国共出版了十六部。在翻译和出版时,国内的出版社和译者既关注到了帕斯的诗歌作品,也突出了帕斯的理论成就,将他讨论诗歌创作技法、探讨墨西哥民族性格集体身份的成果也涵盖了进来。

第二节 文学赏析

奥克塔维奥·帕斯的一生都在研究墨西哥、书写墨西哥，试图揭开祖国的面具，真正总结出这个国家的民族特性。帕斯认为，每个历史时期的重要事件都会对国民集体认知产生影响，而一切的源头也许还是要追溯到墨西哥的上古时期——遥远的阿兹特克古文明。所以，在这一节中，我们选择了帕斯的名诗《太阳石》，一起去探寻这个古老神秘的文明和它丰富多彩的文化。

一、原文阅读

《太阳石》（节选）

赵德明（译）[1]

一棵晶莹的垂柳，一棵水灵的黑杨，

一股高高的喷泉随风飘荡，

一株笔直的树木翩翩起舞，

一条弯弯曲曲的河流

前进、后退、迂回，总能到达

要去的地方：

星星或者春光

平静的步履毫不匆忙，

河水闭着眼睑

整夜将预言流淌，

在波涛中一齐涌来

一浪接一浪，

---

[1] [墨]奥克塔维奥·帕斯著，赵振江译：《太阳石》，北京：北京燕山出版社，2014年，第99—130页。

直至将一切掩盖，
绿色的主宰永不枯黄
就像天空中张开的绚丽的翅膀，

在未来岁月的稠密
和不幸的光辉中
跋涉像一只鸟
在朦胧的枝头歌唱，
用歌声和岌岌可危的幸福
使树林痴呆
预兆逃离手掌
鸟儿啄食晨光，
一个形象恰似突然的歌唱，
烈火中歌唱的风
悬在空中的目光
注视世界和它的山峦、海洋，
像被玛瑙滤过的光的身躯，
光的大腿，光的腹部，一个个海湾，
太阳的岩石，彩云色的身躯，
飞快跳跃的白昼的颜色，
闪烁而又有形体的时光，
由于你的形体世界才变得有形，
由于你的晶莹世界才变得透亮，

……

种子即岁月的女主人，
岁月是不朽的，生长，向上，
刚刚诞生，不会终止，
每天都是新生，每次诞生
都是一个黎明而我就在黎明诞生，

我们都在黎明诞生,
太阳带着他的脸庞在黎明升起,
胡安带着他的也就是大家的脸庞诞生,
生灵的门,唤醒我吧,天已发亮,
让我看看今天的脸庞,
让我看看今夜的脸庞,
一切都互相关联并在变化,
血液的拱门,脉搏的桥梁,
将我带往今夜的另外一方,
在那里我即是你,我们是我们,
那是人称交错的地方,

生灵的门:打开你的生灵,
请你唤醒并学做生灵,请将面部加工,
请修饰你的面孔,请有一张面孔,
为了你我互相观察
也为了观察生命直到临终,
大海、面包、岩石和泉水的面孔,
将我们的面孔融进那没有姓名的面孔,
融进那没有面孔的生灵
和无法形容的面貌中……
我想继续前进,去到远方,但却不能:
这瞬间已一再向其他的瞬间滑行,
我曾做过不会做梦的石头的梦,
到头来却像石头一样
听见自己被囚禁的血液的歌声,
大海用光的声音歌唱,
一座座城墙互相退让,
所有的门都已毁坏,
太阳从我的前额开始掠抢,
翻开我紧闭的眼睑,

剥去我生命的包装，
使我脱离了我，脱离了自己
千年昏睡的石头的梦乡
而他那明镜的幻术却重放光芒，
一棵晶莹的垂柳，一棵水灵的黑杨，
一股高高的喷泉随风飘荡，
一棵笔直的树木翩翩起舞，
一条弯弯曲曲的河流
前进、后退、迂回，总能到达
要去的地方：

Piedra del sol（fragmentos）

Octavio Paz[1]

Un sauce de cristal, un chopo de agua,
un alto surtidor que el viento arquea,
un árbol bien plantado mas danzante,
un caminar de río que se curva,
avanza, retrocede, da un rodeo
y llega siempre:
un caminar tranquilo
de estrella o primavera sin premura,
agua que con los párpados cerrados
mana toda la noche profecías,
unánime presencia en oleaje,
ola tras ola hasta cubrirlo todo,
verde soberanía sin ocaso
como el deslumbramiento de las alas
cuando se abren en mitad del cielo,

---

[1] Paz, Octavio, *Piedra del sol*, New York: New Directions, 1991, pp. 7-22.

un caminar entre las espesuras
de los días futuros y el aciago
fulgor de la desdicha como un ave
petrificando el bosque con su canto
y las felicidades inminentes
entre las ramas que se desvanecen,
horas de luz que pican ya los pájaros,
presagios que se escapan de la mano,

una presencia como un canto súbito,
como el viento cantando en el incendio,
una mirada que sostiene en vilo al mundo
con sus mares y sus montes,
cuerpo de luz filtrado por un ágata,

piernas de luz, vientre de luz, bahías,
roca solar, cuerpo color de nube,
color de día rápido que salta,
la hora centellea y tiene cuerpo,
el mundo ya es visible por tu cuerpo,
es transparente por tu transparencia,
……
señora de semillas que son días,
el día es inmortal, asciende, crece,
acaba de nacer y nunca acaba,
cada día es nacer, un nacimiento
es cada amanecer y yo amanezco,
amanecemos todos, amanece
el sol cara de sol, Juan amanece
con su cara de Juan cara de todos,

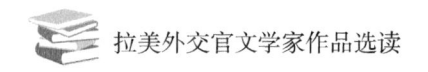

puerta del ser, despiértame, amanece,
déjame ver el rostro de este día,
déjame ver el rostro de esta noche,
todo se comunica y transfigura,
arco de sangre, puente de latidos,
llévame al otro lado de esta noche,
adonde yo soy tú somos nosotros,
al reino de pronombres enlazados,
puerta del ser: abre tu ser, despierta,
aprende a ser también, labra tu cara,
trabaja tus facciones, ten un rostro
para mirar mi rostro y que te mire,
para mirar la vida hasta la muerte,
rostro de mar, de pan, de roca y fuente,
manantial que disuelve nuestros rostros
en el rostro sin nombre, el ser sin rostro,
indecible presencia de presencias ...

quiero seguir, ir más allá, y no puedo:
se despeñó el instante en otro y otro,
dormí sueños de piedra que no sueña
y al cabo de los años como piedras
oí cantar mi sangre encarcelada,
con un rumor de luz el mar cantaba,
una a una cedían las murallas,
todas las puertas se desmoronaban
y el sol entraba a saco por mi frente,
despegaba mis párpados cerrados,
desprendía mi ser de su envoltura,
me arrancaba de mí, me separaba
de mi bruto dormir siglos de piedra

y su magia de espejos revivía

un sauce de cristal, un chopo de agua,

un alto surtidor que el viento arquea,

un árbol bien plantado más danzante,

un caminar de río que se curva,

avanza, retrocede, da un rodeo

y llega siempre:

思考题：

1.《太阳石》这首长诗一共有多少句？

2.你知道太阳石是什么吗？它属于什么文明？你对这个文明又了解多少？

3.这首诗写了太阳石，实际写了什么？

二、作品赏析

（一）概念与意象：太阳石与太阳

本首长诗以"太阳石"为题目。太阳石是一块重量超过二十四吨的巨型石雕，呈圆盘形，制成于1479年——一个没有精密仪器的时代，因此它充分体现了阿兹特克手工匠人的高超技艺。最初太阳石位于诺提特兰神殿的墙上，在西班牙殖民侵略中神殿被毁，但太阳石却保留了下来。经历了战乱和掩埋，太阳石始终矗立在土著居民的心中。直到1790年，人们从墨西哥首都墨西哥城的宪法广场地下发掘出了太阳石，让这块被掩埋已久的圣器终于重见天日。目前被收藏在墨西哥国家博物馆的碑林大厅中，成为古代神话和历法的有力见证。

这块巨大的太阳石直径约三点六米，厚度约零点八米。石头表面有精美的雕工，图案高度零点二米。太阳石的正中央雕刻着阿兹特克神话中的太阳神提纳提乌（Tonutiuh），它圆眼大鼻，一张方口中还吐着舌头，是阿兹特克人心中的大吉之兆。从石像中还能够看出提纳提乌佩戴着两条发饰。

头像外的第一圈有几类图形：首先是围绕在太阳神头像旁的四个方框，其中有四个不同的图案，也有学者认为是象形文字。阿兹特克人认为，自创世以来这四个方框象征着过去曾经存在过四个太阳，但在洪水时期被风、土、水、火所毁灭，早已陨落，只有第五个太阳提纳提乌还在正常运行，因此第五个太阳成为所谓"天脐"。头像的两侧有两个爪状的图形，里面有手形和心形的图案，展示了阿斯特克用人类的心头血祭祀太阳，以求第五个太阳永不陨落、保佑世人并带来光明温暖和幸福的祭祀礼仪；第二圈共有二十个各不相同的图形，代表每个月的二十天。再向外的尖角图案代表着太阳放射的光芒，还点缀着宝石和鲜花的图案。石盘上还能够看到环形的蛇样图案围绕在太阳周围，代表着阿斯特克文明中的羽蛇神和火神。

太阳石作为圣器，代表阿兹特克人对于太阳神的虔诚敬意。同时，太阳石也是历法器具，凝结了阿兹特克人的天文和时间智慧。通过观察太阳、月亮和金星的运行轨迹，阿兹特克人总结出了自己的历法，太阳石上记载了两部：一个是太阳历，将每年分为十八个月，每月二十天，年末余下的五天作为休息日。太阳历主要用于指导农耕活动；另一个是神历，规定每年十三个月，每月二十天，一年共有二百六十天。纪年时将两部历法重合在一起，每五十二年重合一次。这种循环往复的历法能精确地推算到很久很久以前，与我国的天干地支颇有些相似。

（二）艺术赏析

《太阳石》一诗鸿篇巨制，但是却与我们熟悉的其他长诗不同，因为《太阳石》并非叙事诗，没有清晰的故事主线。但是，参照中国学者朱景冬[1]的研究，《太阳石》这首长诗大致可以分为三个部分：第一部分包括第一行到第七十三行，帕斯主要描写了包括树、风、水等在内的自然景象、人与人之间的情感及人与世界的联系；第二部分从第七十四行到第二百八十八行，描写了诗人穿越时间回廊，寻找回忆中让他心动的那一瞬间、那个人和那段情愫；第三部分从第二百八十九行开始直至全诗结束，帕斯以西班牙内战为引子，开始深刻地思考历史，反思社会现实，品评了一系列神话形象、历史人物和当时社会上的代表性群体。

直到结尾部分，开头的前六行再一次出现。而且全诗的结尾没有使用句号，而是使用了冒号。这两者交织起来很难不让人猜想，这首诗也许不是普通的线性排列，而是环形排列，即诗歌排成了一个圆圈，结尾六句与开头六句完全相同，标志着上一个周期结束的同时，新的一个周期也就此开启。

这首长诗与"太阳石"这件器具一样，隐藏着诸多有待我们探索的秘密，接下来，我们主要从诗歌行数的巧妙设计、循环往复的时间观和对立融合的二元观入手，解析这首诗歌。

1. 巧妙设计

长诗《太阳石》气势恢宏，全文洋洋洒洒。读完全诗后能够看出，其实结尾的

---

[1] 朱景冬：《当代拉美文学研究》，北京：社会科学文献出版社，2012年，第351—356页。

最后六行与开头的前六行完全相同，因此如果将这几行排除在外的话，全诗一共由五百八十四行诗句组成[1]。而且，五百八十四这个数字还在第一版《太阳石》的封面出现[2]。

这一现象并非偶然，因为五百八十四是阿兹特克人经观察而总结出的金星公转天数[3]：墨西哥古代文明认为金星的公转从"奥林四日"开始，到"埃赫卡特尔四日"结束，周期共五百八十四天。每五百八十四天金星和太阳都会在同一位置重逢，既标志着上一个周期的结束，也标志着新一个周期的开始。

文明的痕迹隐藏在《太阳石》的设计巧思中，五百八十四行诗句与金星公转周期相符，结尾的六行诗与开头六行完全一致，代表着金星与太阳旋转的周而复始，也代表着太阳历纪年的循环往复。此外，在原版《太阳石》中，诗的首尾出现了"奥林四日"和"埃赫卡特尔四日"的符号，再一次提醒读者，诗人在致敬自己祖国的远古文明。

具象的石头器物和抽象的人文哲思相互交融，文明在时间中诞生、发展，又在时间长河中不断重复。五百八十四行和五百八十四天也蕴含着诗人从古文明中继承的独特时间观念。

2. 时间观

金星公转到第五百八十四天再次与太阳相遇，标志着上一个周期的结束，也标志着下一个周期的开始。太阳石内圈外圈转动下太阳历和神历交叠，每五十二年会再次回到起点。帕斯打破了西方固有的"线形"观点（时间不断向前，无法再次回头），汲取了阿兹特克的遗产，在诗中创造了"环形"时间观，借助太阳石揭示了世界循环往复的本质。

从结构上看，《太阳石》的结尾六句和开头六句完全相同，让整首诗歌像一条长河一样汩汩流淌，最终又回到了源头。这首诗歌也打破了传统的"线性"单向叙事，呈现了"环形"的循环结构。从内容上看，在诗中，无数人类个体生死相继，情感相通，人类历史不断发展，但无论是群体的大事还是个人的生活都不断重复，让整个历史周而往复，循环不绝。无论是从宇宙时间观还是从社会时间观，帕斯都制造了一个"环形"而非"线形"的时间。

---

[1] 按照西班牙语诗歌的传统，每一句由十一个音节组成。
[2] 使用玛雅数字体系写成，印在《太阳石》第一版的封面上。
[3] 墨西哥古代文明认为金星的公转从"奥林四日"开始，到"埃赫卡特尔四日"结束，周期共五百八十四天。所以在原版《太阳石》中，诗的首尾出现了"奥林四日"和"埃赫卡特尔四日"的符号。

在这样循环往复的时间中,诗人本人是贯穿全诗的线索:一方面,帕斯在时间的回廊里徜徉,将现在、过去和将来尽收眼底,寻找让他有所触动的人、事和物;另一方面,帕斯同时向读者展现了"个体"和"集体"的双重关切,在诗中既表现每个人的生活与情感,又展开了人类历史不断发展的集体画卷。

时间长河中,一个个瞬间组成了永恒,人类社会正是因为不同瞬间的差异而向前发展,也因相似瞬间的重复而体现了循环的性质。无数个"瞬间"被诗人帕斯捕捉,这些瞬间可能是某个时刻,也可能是少女的眼眸、老人的笑容抑或某个特定地点爱人触景生情的真情流露。在《太阳石》中,过去、现在和未来交织,永恒与瞬间并存,这些本来对立的概念却和谐地一同存在,展现了诗人从古文明中继承的朴素二元观。

3. 二元性

阿兹特克人观察到,金星既是清晨的启明星,也是傍晚的长庚星,是二元性的绝佳代表。在《太阳石》中,多对对立的概念同时出现,但又和谐地共存,体现了帕斯二元的创作思想。

在《太阳石》中,民族与世界并存。这首长诗从阿兹特克圣器出发,但却没有止步于墨西哥的古代文明。诗人立足祖国,放眼整个世界和人类,旁征博引西班牙、葡萄牙、希腊等欧洲文化中经典典故与人物,而且反思孤独的宿命、生死的纠缠和腐化堕落的政客等当代所有社会遭遇的问题,将整首诗推向了反思全体人类命运的高度。

在《太阳石》中,人类的生活经历与精神状态并重。诗中描绘了个体从出生、成长到死亡的旅途,展现了集体从伊始、繁荣、出现问题到陨落的过程。同时,帕斯不吝惜笔墨,淋漓尽致地展现人类的爱与恨、情与仇,将生活与内心交织,展现了人类活动影响精神世界的塑造,而精神又反过来对人类大大小小的关键事件起到作用的本质。

《太阳石》中,生与死一墙之隔,爱与恨一线之差。人类富有最热烈的情感,也有着最深远的孤独。人类社会群星闪耀,但也问题重重。无数矛盾的元素和平共处,对立又和谐的二重性让整首诗荡气回肠,气势恢宏,颇具史诗的味道。

第三节　帕斯与东方

一、帕斯与中国

1974 年，帕斯在墨西哥出版了《翻译与消遣》（*Versiones y diversiones*）。所谓"翻译"，是因为帕斯钻研翻译，深耕理论，将对于翻译工作的独到看法凝结在这部书中。所谓"消遣"，是因为帕斯将文学翻译作为一种"高级的快乐"，在书中也根据他个人的喜好选择了多篇诗歌开展翻译实践。除了包括法国、葡萄牙在内的欧洲多位经典诗人的作品，最值得称道的是，帕斯基于自己作为外交官派驻东方的经历，将目光投向了大洋彼岸的远东地区，专门设置了"远东诗人"单元。其中第五章"中国篇"中，帕斯关注到了中国的唐诗和宋词。

20 世纪 70 年代中美建交之后，拉美国家跟随世界潮流，拉开了与新中国建立外交关系的热潮，研究中国、译介中国的风气也随之展开。其中，墨西哥是西语世界汉学研究重镇，而且是对于传统汉学研究做得最为扎实的拉美国家之一，诺奖得主、文学大家帕斯功不可没。《翻译与消遣》一经出版引起巨大反响，迄今为止共再版四次（1978 年、1995 年、2000 年、2014 年），内容不断修正、增加，到第五版时已经成为一部巨著。

其实帕斯本人并非汉学家，也不懂汉语，因此《翻译与消遣》中的唐诗宋词并非帕斯本人直接翻译，而是他站在若干汉学家译作的肩膀上完成的[1]。2014 年《翻译与消遣》的第五版中共收录了十位中国文人的作品，包括王维、李白、杜甫、元结、韩愈、白居易、无名氏[2]与陈陶八名唐代诗人以及苏轼和李清照两名宋代词人。

---

[1] 帕斯参考了英、法、美多位汉学家的译作，其中也不乏华裔学者，如法国的程抱一（Francois Cheng）、美国的叶维廉（Wai-lim Yip）、郭长城（C.H. Kwock）等。

[2] 经中国学者代萍萍考证，帕斯选择的这首诗歌于公元 778 年（唐代宗大历十三年）出现在苏州虎丘的石壁上，被苏州观察史李道昌发现，作者不详，因此被称为"鬼题诗"，所以作者又被称为"虎丘山石壁鬼"。详见《唐诗宋词在西班牙语世界的译介与接受》（2023 年吉林大学中国古代文学系博士学位论文，第 79 页脚注 3）。

帕斯共翻译了五十四首诗词，其中苏轼十四首，成为收录作品数量最多的一位。"诗圣"杜甫以十一首的数量位居第二，"诗佛"王维位列第三，共翻译了七首。女词人李清照与"诗仙"李白都被翻译了六首、白居易三首、韩愈二首，其余的诗人每人各被选择了一首。

苏轼

中文题目	西语题目	作品内容	类型	名句
江城子 乙卯正月二十日夜记梦	*Pensando en su mujer muerta*	悼念亡妻	宋词	十年生死两茫茫，不思量，自难忘。
十二月十四日夜微雪，明日早往南溪小酌至晚	*Nevada*	吟咏雪景	七律	
六月二十七日望湖楼醉书五首其一	*Tinta derramada*	描写雨景	七绝	黑云翻墨未遮山，白雨跳珠乱入船。
与王郎昆仲及儿子迈绕城观荷花登岘山亭晚入飞英寺分韵得月明星稀四首其二	*Paseo en el río*	借景抒情	五言	
舟中夜起	*Noche en el barco*	静夜抒怀	七言	
海棠	*Begonias*	惜花惜才	七绝	惟恐夜深花睡去，故烧高烛照红妆。
吉祥寺赏牡丹	*No me avergüenza, a mis años, ponerme una flor en el pelo*，首句为题	乐观态度	七言	
薄薄酒二首其二	*Más claro el vino, más fácil beber dos copas*，首句为题	借酒抒怀	杂言	
登州海市	*El miraje mario*	海市蜃楼	七言	
书晁补之所藏与可画竹三首其一	*Cuando Yu-k'o pinta*	点评画作	五言	
书鄢陵王主簿所画折枝二首其一	*Sobre la pintura de una rama florida primera precoz del secretario Wang*	点评画作	五言	
书李世南所画秋景二首其一	*Sobre una pintura de Li Shih-Nan*	点评画作	七绝	
书王定国所藏烟江叠嶂图	*Poema escrito sobre una pintura de Wang Chin-chi'ing*	点评画作	杂言	

帕斯翻译的十四首苏轼词基本来自美国汉学家伯顿·沃森（Burton Watson）的《苏东坡文选》（*Selected poems of Su Tung-p'o*），帕斯所选作品不乏脍炙人口的传世名篇，如"十年生死两茫茫，不思量，自难忘""黑云翻墨未遮山，白雨跳珠乱入船"及"夜深唯恐花睡去，故烧高烛照红妆"等。作为译介的主题，帕斯选择的苏轼诗作主题也有比较鲜明的一致性：一方面选择了大量借景抒怀的诗歌；另一方面，欣赏画作、评价作者本人及其艺术技法的诗数量丰富，占到所选诗总数的三分之一。

杜甫

中文题目	西语题目	作品内容	类型	名句
题张氏隐居二首其一	Escrito en el muro de la Ermita de Chang	讴歌幽居风景之美 赞颂二人友情之深	五律	
杜位宅守岁	Alba de invierno	在同族兄弟家守岁 慨叹官场腐败不堪	五律	
对雪	En la tormenta	哀叹安史之乱景象 感慨自己困居长安	五律	
春望	Primavera cautiva	抒发对亲人的思念 表达心系家国之情	五律	感时花溅泪，恨别鸟惊心。
北征	Viajando hacia el norte	安史之乱次年国破 描写大唐民生凋敝	长篇叙事	
赠卫八处士	Al letrado Wei Pa	慨叹人生聚散无常 书写重逢激动之情	五言	人生不相见，动如参与商。
曲江二首其一	A la orilla del río	目睹国家动荡不安 抒怀纷乱复杂心绪	七言	
赠毕四曜	A Pi-Su-Yao	书写自己窘迫生活 抒发思念友人心情	五律	
野望	Paisaje	假借自然景物抒怀 抒发忧国忧时之心	七绝	
雨晴	Después de la lluvia	畅怀雨后天晴喜悦 感叹劳动人民辛苦	五律	
月圆	Luna llena	面对明月喟叹孤独 怀念远方亲人故友	五律	

杜甫的十一篇诗歌中，帕斯收录了"感时花溅泪，恨别鸟惊心"及"人生不相见，动如参与商"这样的名篇，将杜甫单元的重点放在安史之乱后，透过诗圣忧国忧民的眼睛去探索他感伤国事、喟叹人生的内心，展开了一幅晚唐图景。

王维

中文题目	西语题目	作品内容	类型	名句
送别	*Despedida*	了解归隐原因 表达关心羡慕	五言	
汉江临泛	*Panorama del río Han*	寄情壮丽山水 追求超然境界	五律	襄阳好风日， 留醉与山翁。
酬张少府	*Al prefecto Chang*	自述好静志趣 难掩壮志难酬	五律	松风吹解带， 山月照弹琴。
终南山	*Montes de Chungnan*	描摹壮美风景 如画一般清新	五律	
鹿柴	*En la Ermita del Parque de los Venados*	营造空山幽寂 充满禅宗意境	五绝	空山不见人， 但闻人语响。
登河北城楼作	*Ascensión*	感怀山河秀丽 赞颂人文风物	五律	
送元二使安西	*Adiós a Yuan, enviado a Ans-hsi*	送别挚友赴任 表达殷切情意	七绝	莫愁前路无知己， 天下谁人不识君。

帕斯对于王维的译介基本得益于他的华裔好友叶维廉。王维的诗篇在《翻译与消遣》中虽然数量并未拔得头筹，但含有大量中国读者耳熟能详的诗句，从"襄阳好风日，留醉与山翁"到"松风吹解带，山月照弹琴"，再到"空山不见人，但闻人语响"，更有"劝君更尽一杯酒，西出阳关无故人"这样的千古绝句。帕斯也抓住了王维"诗中有画、画中有诗"的特点，选择了大量山水画一般隽永的诗歌。此外，曾经担任印度大使、对于禅宗佛教有深厚研究的帕斯更捕捉到了被誉为"诗佛"的王维笔下的禅意。

李白

中文题目	西语题目	作品内容	类型	名句
夜泊牛渚怀古	*Amarre nocturno*	望月怀古， 知己难逢之伤感	五律	
早发白帝城	*Salida de Poi-ti*	随心所欲， 遇赦后喜悦心情	七绝	两岸猿声啼不住， 轻舟已过万重山。
山中问答	*Pregunta y respuesta*	远离尘嚣， 追求隐居的生活	七绝	
越中览古	*Unas ruinas en Yueh*	今昔对比， 慨叹盛衰之无常	七绝	宫女如花满春殿， 只今惟有鹧鸪飞。

续表

中文题目	西语题目	作品内容	类型	名句
独坐敬亭山	*Ante el monte Ching-t'ing*	游山玩水，在自然中寻寄托	五绝	相看两不厌，唯有敬亭山。
题峰顶寺	*El santurario de la cumbre*	想象大胆，返璞归真之意趣	五绝	不敢高声语，恐惊天上人。

《翻译与消遣》中收录的李白作品基本都是传诵度较高的诗歌，从"朝辞白帝彩云间，千里江陵一日还""宫女如花满春殿，只今惟有鹧鸪飞"到"相看两不厌，唯有敬亭山"和"夜宿峰顶寺，举手扪星辰"，所选诗歌中既有"两岸猿声啼不住，轻舟已过万重山"的豪放潇洒，也有"不敢高声语，恐惊天上人"的浪漫童真，更有"桃花流水杳然去，别有天地非人间"这样淡泊名利、在自然中追寻安定隐居生活的内心真实写照，全面反映了"诗仙"李白"绣口一吐就是半个盛唐"的风华万千。

李清照

中文题目	西语题目	作品内容	类型	名句
添字采桑子·窗前谁种芭蕉树	无译名 编号为1	南渡之初怀念故土	词	
如梦令·常记溪亭日暮	无译名 编号为2	少女时代欢乐恣意	词	争渡，争渡，惊起一滩鸥鹭。
武陵春·春晚	无译名 编号为3	物是人非苦闷忧愁	词	物是人非事事休，欲语泪先流，只恐双溪舴艋舟，载不动，许多愁。
一剪梅	无译名 编号为4	离别爱人相思之情	词	云中谁寄锦书来，雁字回时，月满西楼。花自飘零水自流，一种相思，两处闲愁。此情无计可消除，才下眉头，却上心头。
浣溪沙·髻子伤春慵更梳	无译名 编号为5	伤春情态内心孤寂	词	
点绛唇·蹴罢秋千	*Labios rojos pintados*	天真少女丰富感情	词	和羞走，倚门回首，却把青梅嗅。

李清照是帕斯在《翻译与消遣》中选择的唯一一位中国女性文人，选择的诗词作品包括少年、成年和晚年三个时期，既包括北宋未亡国前的富贵闲适，也涵盖了亡国南渡之后的贫困愁苦。虽然帕斯仅仅选择了六首词，但却全面展现了李清照的人生形象：从早期富贵娇慵、天真可爱、感情丰富但矜持的富家少女，到婚后与夫君情投意合、但因分居两地而常被相思所困、才情无限的娴雅少妇，再到南渡之后国破家亡、晚景惨淡、空余愁苦的落魄老妇，将个人生活与国家命运紧密结合。而且帕斯选择的作品不仅是李清照的代表作，《一剪梅》和《点绛唇·蹴罢秋千》也是中国文学史上描写相思、塑造天真少女形象最经典的作品。

白居易

中文题目	西语题目	作品内容	类型	名句
寓意诗五首其一	*Tal cual*	被贬江州司马，怀才不遇复杂心情	五律排律	
读禅经	*Todas las substancias carecen de substancia*	阐释禅经含义，儒佛结合禅院幽静	七律	
花非花	*Una flor-y no es flor*	人生如梦似幻，追思过往美好事物	杂言	花非花，雾非雾

帕斯选择的白居易诗有着非常鲜明的主题一致性——寓意深刻。《寓意诗五首其一》以橡树、樟树自拟，以"地虽生尔材，天不与尔时"含蓄地揭示人才被无关痛痒的理由轻易扼杀，成为政治斗争的牺牲品，表达了对于横遭贬谪的愤懑不满。这不仅是白居易个人的遭遇，也是封建时代在皇权压迫下所有知识分子共同的痛。

韩愈

中文题目	西语题目	作品内容	诗歌类型
枯树	*Un arbol seco*	书写孤独、反思生命	五律
盆池五首	*La palangana*	敬畏生命、思考人生	七绝组诗

《翻译与消遣》选择的韩愈诗数量不多，所选诗歌都是借自然生物（树木）和景物（盆池）抒发对生命和人生的思考，充满哲理，主题一致性高。

除以上诗人之外，《翻译与消遣》中还收录了以下三位中国文人的作品每人各一首：

姓名		中文题目	西语题目	作品内容	类型	名句
唐	元结	系乐府十二首其二	*Civilización*	返璞归真社会问题	五言	
唐	无名氏	诗二首其二	*Inscripción*	悲欢离合思念亲人	五言	
唐	陈陶	陇西行四首其二	*Canción de Long-si*	苦等丈夫穷兵黩武	七绝	可怜无定河边骨，犹是春闺梦里人。

从题目"翻译与消遣"就能够看出，这部书并非学术研究材料，帕斯也不希望读者们将这部书作为严肃的文献资料，而是反复强调这只是他爱诗的成果。帕斯本人并不懂汉语，也没有在书中添加这些诗词的原文，因此更像是在原诗词的基础上用西班牙语二次创作的结果。

《翻译与消遣》展示了帕斯作为文学大家的功力，在翻译的过程中，帕斯采用了逐行翻译的方式，力求最大限度地在格式、内容和韵脚上用西班牙语再现中国古代诗词之美，帕斯也采用了直译和音译的方式，尽可能地还原诗词本身的场景与意象。作为一腔热情的产物，帕斯格外关注诗词中的故事、情感和意境，尤其是在翻译素有"诗佛"之称的王维时，帕斯借助于自己对于禅宗的深厚理解，努力还原宁静悠远的禅意。以名句"空山不见人"为例，帕斯在翻译过程中刻意削弱人物的存在，力求还原叙事者与天地万物相融的境界。

《翻译与消遣》多次再版的过程也是帕斯反复斟酌、不断精进自己翻译版本的过程。中国学者代萍萍发现，每个版本中王维的诗歌《鹿柴》都进行了修改，从最初的前三行九个音节、最后一行十一个音节，到后来的每一行都保持九个音节。从内容上通过省略主语、选择活跃度更低的动词乃至省略动词，以求突出王维诗中幽静的禅意[1]。

作为"二次转译"，帕斯翻译的结果难免出现与原诗词内容相去甚远的问题。但是帕斯基于高超的文学造诣，十分关注"平行对位"（paralelismo），即中国古诗词的核心问题——对仗。帕斯也凭借对于东方文化的深厚积淀努力理解中国文化，挖掘蕴含在诗词中的精华。

帕斯对于中国诗词的推崇不仅体现在《翻译与消遣》的翻译尝试，也在自己的诗歌创作中引用或化用中国诗人的诗词：在《双重火焰》和《回归》中，帕斯提到

---

[1] 代萍萍：《唐诗宋词在西班牙语世界的译介与接受》，吉林大学文学院博士学位论文，2023年，第69—72页。

并引用了他非常推崇的王维，表达自己对于情感的理解和对于人生哲学的感悟；帕斯最崇拜的散文家之一是中国的庄子，曾多次引用过"庄周梦蝶"的典故；在以《弓与琴》为代表的评论作品中，帕斯也经常涉及中国古典文学、艺术和哲学[1]。

二、帕斯与其他东方国家

（一）印度

《印度札记》（*Vislumbres de la India*）是一本回忆录性质的散文集，记录了帕斯作为外交官两度派驻印度时的所见所闻。《印度札记》包括"往来于地球两端"（*Los antípodas de ida y vuelta*）、"宗教、种姓制度、语言"（*Religiones, castas, lenguas*）、"国家的规划"（*Un proyecto de nación*）、"实与空"（*Lo lleno y lo vacío*）四部分，另有《再会》（*Despedida*）和《后记》（*Apéndice*）两篇。全书用回忆式的随笔记录了帕斯对于印度的观察和对该国文化的思考。

"往来于地球两端"中共有三篇随笔，《孟买》（*Bombay*）和《德里》（*Delhi*）两文介绍了1951年初到印度时对于这两大印度名城的最初印象。当时还在驻法国任期内的帕斯被临时调至印度，和大使一起开展建交工作。他先是到达埃及，然后一路乘船在孟买登陆。当时的帕斯只有三十七岁，作为一名"来自化外之域的年轻诗人"，对这个东方国家"一见倾心"[2]，饱览孟买和德里的景色，也对印度的文学、艺术、哲学惊鸿一瞥。《旧地重游》（*Regreso*）则记录了十一年后，1962年四十八岁的帕斯以墨西哥驻印度大使的身份再次回到这个国家，在六年多的任期中不仅深度游览了印度、锡兰（今天的斯里兰卡）等国家，更结识了妻子，获得了国际大奖，结识了众多友人。

曾经的回忆拉开了思考的大幕，帷幕下，一位站在20世纪末的墨西哥作家试图观察、理解并解释印度复杂的现实。帕斯先通过"宗教、种姓制度、语言"单元的《罗摩和真主安拉》（*Rama y Alá*）、《宇宙源始》（*Matriz cósmica*）和《百家争鸣的语言》（*Babel*）讨论了印度的宗教、种姓制度和语言，通过"国家的规划"中的《筵席与斋戒》（*Festines y ayunos*）、《印度历史的独特性》（*Singularidad de la historia india*）、《甘地：中间与极端》（*Gandhi: centro y extremo*）和《国家主义、政教分离、

---

[1] 王军：《奥克塔维奥·帕斯作品的东方情结》，《外国文学》2004年第3期，第106—108页。
[2] ［墨］奥克塔维奥·帕斯著，蔡悯生译：《印度札记》，南京：南京大学出版社，2010年，第13页。

民主政体》(*Nacionalismo, secularismo, democracia*)表达了对印度历史和当代国家情况的判断,通过"实与空"中的《乐天神与母夜叉》(*La Aspara y la Iakshi*)、《禁欲与长寿》(*Castidad y longevidad*)、《解脱的批判》(*Crítica de la liberación*)和《时间的奇妙装置》(*Los artilugios del tiempo*)将自己对印度神话以及悠久历史的见解娓娓道来。

《印度札记》是作为精力充沛旅人的帕斯与印度近距离接触第一手见闻的结晶,是作为高级知识分子和著名作家的帕斯对印度历史、文化、宗教和神话深入理解的产物,更是作为外交官、政治家的帕斯对于印度社会结构与发展状态判断的集合。在《印度札记》中,帕斯旁征博引,显示了对东方文化的极大热爱和深度理解,作为一名墨西哥人,他从民族主义出发走向了世界主义,将理智和审美有机结合去探索一个陌生的民族,为自己和祖国去寻找答案。

除了《印度札记》,发表于1969年的《东山坡》(*Ladera este*)也受到了印度气息的浸染。《东山坡》创作于1962年到1968年,当时帕斯正担任墨西哥驻印度大使。这部诗集分为包含五十首诗歌的"东山坡"(*Ladera este*)、包含十五首诗歌的"走向开端"[1](*Hacia el comienzo*)和长诗《白》(*Blanco*)。在部分诗歌中,帕斯展现了印度宗教赋予他的新观念:受印度教和大乘佛教影响,帕斯改变了二元对立的思想和线性时间观,将肉体作为"宇宙的副本",用新的视角看待新的环境;饱读印度文学后,帕斯也开始将印度的意象和创作手法引入自己的诗歌,开启了全新的美学追求;受印度神话影响,帕斯不仅仅在自己的诗歌中选用了代表性的印度神祇,也体现了多神崇拜的思想和全新的宇宙观,让整部诗集都沾染上一种异域的浪漫情怀。

(二)日本

1952年帕斯被派往日本,筹备墨西哥与日本建交事宜。虽然他在日本仅仅停留数月,但却深受日本文化的影响。

作为诗人,帕斯对于日本的俳句十分感兴趣。俳句短小精悍,只有十七个音节。日语词汇音节偏长,因此俳句惜字如金,往往一句只有短短几个词汇。这样新奇的形式让帕斯大受启发。从理论角度,帕斯在《榆树上的梨》等文学评论作品中探讨了俳句创作的技巧问题。在《东山坡》这部作品中,帕斯真正进行了俳句实

---

[1] "走向开端"的中文译名为作者自译,《东山坡》其他部分名称来自北京燕山出版社2014年出版、赵振江翻译的《太阳石》。

践。如果说《东山坡》中的长诗是受到印度文学的启发，那么言简意赅、饱含机锋的短诗更多受到的就是日本俳句的影响。无论是诗歌创作还是理论研究中帕斯都透过现象探寻本质，不仅仅模仿俳句的外在，更深入思考其意象、技法和背后隐藏的哲学理念。帕斯提出，俳句实现了"回归"，言语的简练使其回到了语言的本性，其中的机锋更让作者和读者一起探寻事件的真理，以此将复杂的现象和深奥的真理融汇在短短几个词汇中，与《太阳石》瞬间凝结永恒的思想不谋而合。可以说，俳句促使帕斯对于文学、哲学乃至人生都有了全新的思考。

热爱俳句的帕斯也致力于将日本著名作品引进西方世界。在《翻译与消遣》的第六章"日本篇"中，帕斯展现了对日本传统文学中"短歌"和"俳句"两大形式的极大兴趣。帕斯选择了二十九位署名日本诗人（另有三名佚名诗人）的三十余部作品进行翻译。其中不仅包括了日本最伟大的诗人之一柿本人麻吕和第一位俳谐诗署名作者松尾芭蕉，也涵盖了不同职业的参与者，上至阳成、宇多两位天皇及平成天皇嫡孙、"六歌仙"之一的在原业平，下至数位僧侣；不仅有男性作家，也关注到以"六歌仙"之一的小野小町以及和泉式部为代表的女性诗人；从时间上，帕斯尽可能多地摘取不同时期以展示全貌，既选择了近现代的作品，如1959年才离世的现代诗人高浜虚子，也观照到古代传统，如镰仓时代的藤原定家、平安时代的纪贯之、室町时代的荒木田守武、江户时代的与谢芜村及明治时代的正冈子规等。

第八章
卡洛斯·富恩特斯

一个作家,一本书和一个图书馆能给世界命名,让人类开口说话。
Un escritor, un libro y una biblioteca nombran al mundo y le dan voz al ser humano.

——富恩特斯《读书》

第一节 知识介绍

一、作者简介

卡洛斯·富恩特斯·马西亚斯（Carlos Fuentes Macías，以下简称富恩特斯），墨西哥籍，1928年11月11日出生于巴拿马首都巴拿马城，2012年5月15日于墨西哥首都墨西哥城去世。

富恩特斯出身殷实的知识分子家庭，他的祖父是银行家，父亲是职业外交官。受到家庭氛围的熏陶，富恩特斯具有极高的文学天赋，十六岁起就开始为杂志供稿，在文学比赛中崭露头角。他学富五车，在国立墨西哥自治大学获得法学学士学位、在日内瓦高级国际学院获得经济学学位。富恩特斯见识广博，他出身外交官家庭，在若干美洲城市度过了自己的童年，北到华盛顿，南至基多、里约热内卢、圣地亚哥和布宜诺斯艾利斯，这使得他有机会接触到整个美洲大陆文艺界各种各样的流派、思潮和声音。这些经历造就了富恩特斯独特而深邃的文学创作风格。

富恩特斯是风靡世界的文学家，以小说闻名于世，但他的作品涵盖了几乎所有文学种类，基于丰富的见闻、广博的历史知识和深邃的思想，他一生斩获无数重要的国际大奖，被誉为拉丁美洲文学爆炸"四大主将"之一。此外，他对文学、历史和文化都有深刻的思考，是一位伟大的评论家，对文学理论及社会现象都有着犀利的评述。

富恩特斯是涉猎广泛的文艺家。他不仅创作出了优秀的小说、杂文，也在戏剧和电影行业独树一帜。尤其是电影，作为电影爱好者，富恩特斯的经典小说被搬上大银幕，他自己更是亲自操刀创作或改编了不少电影剧本，对墨西哥乃至整个拉美电影的发展起到了一定的推动作用。

富恩特斯是优秀的外交官。他通晓多国语言，出身外交世家，自幼就有着丰富的海外生活经验。积累了一定社会声望后，富恩特斯子承父业，官至驻法国大使。游历各国和派驻海外的经历让他不仅有机会饱览世界文化风俗，更能用更加全球化的视野进行思考，成为用文学艺术促进文化交流的使者，在书写墨西哥、探寻国民集体认知等领域贡献了无数佳作。

（一）文学历程

对于富恩特斯而言，"民族"与"世界"是他文学创作的主旋律：一方面，他继承了拉美文学丰富而宝贵的遗产，塑造了一个光怪陆离的世界，传神地描绘了墨西哥纷繁复杂的现象和神奇的社会现实。在此基础上，富恩特斯也表现出明显的忧患意识，他以墨西哥大革命为着眼点，梳理20世纪以来的墨西哥历史，反思革命对社会造成的深远影响，思考墨西哥社会存在的顽疾，挖掘墨西哥民族集体身份意识。可以说，在创作中富恩特斯一直没有停止对祖国的热爱和关注。

另一方面，富恩特斯也从来没有囿于墨西哥一国，而是将目光投向了整个世界，尤其是北方的邻居美国，利用"边境书写"，探寻这两个国家"爱恨交加"的复杂关系和特殊感情。

在这一部分，我们主要介绍富恩特斯的主要作品以及他曾获得过的主要奖项荣誉。同时，由于富恩特斯热爱电影，我们也简要介绍了他为拉美电影发展做出的巨大贡献。

1. 主要作品

富恩特斯是一位非常高产的作家，一生著作等身。他也是一位涉猎甚广的"跨界大师"，作品涵盖了诸多文艺形式。据统计，富恩特斯一生共创作了近百部叙事文学作品，包括小说、短篇小说和短篇小说集，另外还有多部戏剧、电影脚本、散文、杂文、论文、翻译作品等。他最具代表性的作品包括：

- 1954年发表处女作、短篇小说集《戴面具的日子》（*Los días enmascarados*）。在《查克·莫尔》（*Chac Mool*）、《为麦利一辩》（*En defensa de la Trigolibia*）、《佛兰德花园的特拉克托卡钦》（*Tlactocatzine, del jardín de Flandes*）、《兰花连祷》（*Letania de la orquídea*）、《因神之口》（*Por boca de los dioses*）和《发明火药的人》（*El que inventó la pólvora*）这6篇短小精悍的故事里，富恩特斯立足墨西哥传统文化，放眼整个世界，将文学、哲思和社会视角有机融合，从古代文明写到当代顽疾，将现实问题和历史真相寓于一个个貌似荒诞不经的故事中。

- 1958年发表长篇小说处女作《最明净的地区》（*La región más transparente*）。其中"最明净的地区"指的墨西哥首都墨西哥城，这部小说围绕主人公费德里克·罗布莱斯从发家暴富到如日中天，最后妻离子散破产落魄的人生过程，塑造了不同阶级、不同性格的人物，全面反映了墨西哥城的真实图景。以城市为缩影，富恩特斯毫无保留地展示了祖国墨西哥的真实情况，并融汇自己的思考，将大革命留给 20 世纪墨西哥社会痛点问题——道来。

- 1962 年发表的长篇小说《阿尔特米奥·克罗斯之死》（*La muerte de Artemio Cruz*）是富恩特斯的代表作之一。小说打碎了线性的时间线和叙事人称的统一性，全方位多角度展示乱世枭雄阿尔特米奥·克罗斯的一生。克罗斯从大革命起家，但却逐渐忘记了自己革命的初心，在向上层社会攀爬的过程中变成了革命的对立面，为了财富和权力无所不用其极。他看似风光无限，最后却难逃夫妻离心、子女厌恶的悲惨结局，在病床上结束了自己的一生。这部小说以阿尔特米奥·克罗斯的名字命名，但不仅仅是主人公一个人的人生传记，更是一个时代的缩影，反映墨西哥大革命的真实情况，再现大革命对墨西哥社会的深远影响。

- 1962 年发表的中篇小说《奥拉》（*Aura*）中，年轻的历史学家费利佩·蒙特罗得到了一份为已故的略伦特将军整理回忆录的奇特工作，当他走进那栋诡异的宅院时还不知道自己会结识一位名叫孔苏埃洛的奇怪老妇和一位名叫奥拉的神秘年轻美人，更想不到自己会卷入一场凄艳疯狂的爱情纠葛。

- 1964 年发表的短篇小说集《盲人之歌》（*Cantar de ciegos*）是富恩特斯的第二部短篇小说集，由《两个埃莱娜》（*Las dos Elenas*）、《娃娃女王》（*La muñeca reina*）、《命中注定》（*Fortuna lo que ha querido*）、《旧道德》（*Vieja moralidad*）、《生活的代价》（*El costo de la vida*）、《纯洁的心灵》（*Un alma pura*）和《捉海蛇》（*A la víbora de la mar*）七篇短小精悍的故事组成，每篇都致敬一到两位拉美重要作家，如加夫列尔·加西亚·马尔克斯、何塞·多诺索（José Donoso）和胡里奥·科塔萨尔（Julio Cortázar）[1] 等人。小说集中，《两个埃莱娜》围绕追求自由的埃莱娜、态度保守的父母和殷勤宽容的丈夫之间的纠葛展开，描写了亲情、爱情和自由之间的矛盾；《娃娃女王》中，一封多年前的信让主人公卡洛斯回想起快乐的少年时光，当他故地重游想找回童年玩伴时，却发生了一系列意料之外的事情；《命中注定》描绘了一位画家在追寻灵感的同时寻找爱情的经历；《旧道德》以孤儿阿尔贝托到底应该由谁抚养为主线情节，讨论了"到底什么是道德"这个问题；《生活的代价》是一个沉重的故事，其中，担任小学教员的主人公为了负担妻子的医药费不得不兼职开出租

---

[1] 胡里奥·科塔萨尔（Julio Cortázar，1914—1984）：阿根廷作家，与加西亚·马尔克斯、富恩特斯和巴尔加斯·略萨并称拉美"文学爆炸四大主将"。科塔萨尔出生于外交世家，代表作有长篇小说《跳房子》、短篇小说《万火归一》《南方高速》及《被占的宅子》等。

车。然而，除了无边的疲惫，死亡也悄然而至；《纯洁的心灵》的主角是一对兄妹，哥哥无法适应墨西哥的生活，所以远赴瑞士，但兄妹之间的通信却从未停止。也正是从一封又一封的信件中，读者能够一窥兄妹之间的深厚感情；《捉海蛇》的灵感来自墨西哥的传统儿童游戏[1]，故事中主人公终于决定度假犒劳自己，还在旅途中结识了一位富有而风趣的男士，两人迅速坠入爱河。然而这一切究竟是上天的恩赐，还是预谋已久的欺骗？这些故事构思精巧，情节带有浓重的魔幻色彩，充分展现了拉美短篇小说独有的魅力。

- 1975年发表的长篇小说《我们的土地》(*Terra Nostra*)洋洋洒洒一千页，是一部堪比史诗的鸿篇巨制，被誉为"书中之书"。富恩特斯自己评论这部作品为"一部回忆未来和想象过去的小说"。这部小说共分"新大陆""旧大陆"和"另一个大陆"三部分，对应着小说中的欧洲、美洲和乌有之地。时间上，富恩特斯从公元元年写到"千禧年"2000年前夕，将重点落在了1521、1492、1598这三个年份：1492年是哥伦布发现新大陆的日子，1521年是西班牙征服墨西哥、开启黄金时代的元年，1598年则是小说灵魂人物费利佩二世逝世的时间。疯狂而繁复的巴洛克风格渲染出帝国式微的颓势，而一切灾难仿佛都在三个（在灾难角被发现、每只脚多了一只脚趾、背上长着肉十字的）人身上有了具象化的呈现。第一部分，这三个年轻人同时来到灾难角，费利佩二世也建成了他豪华的宫殿。第二部分，这三个年轻人中的一人和曾与费利佩二世相约一起寻找新大陆的老人一起，真正到达了陌生的土地。所有的谜团都在第三部分一一揭开。

- 1994年发表的小说《狄安娜，孤寂的女猎手》(*Diana o la cazadora solitaria*)是一部自传体小说，记录了富恩特斯与好莱坞女演员茜宝的爱情往事。在小说中，富恩特斯将茜宝比作太阳神的妹妹、森林与狩猎女神狄阿娜，将自己比作唐璜，将两个月短暂的光阴用文字凝结成永恒。富恩特斯将最为隐秘的情感付诸笔尖，让小说《狄安娜，孤寂的女猎手》兼备记叙与议论两种风格，也让叙述文体与散文意趣完美交融，展现了与众不同的文学风格。

- 1995年发表的短篇小说集《玻璃边界》(*La frontera de cristal*)包含《首都女人》(*La capitalina*)、《羞耻》(*La pena*)、《掠夺》(*El despojo*)、《忘却之线》(*La raya del*

---

[1]"捉海蛇"是墨西哥传统儿童游戏，两个孩子一个扮演"西瓜"，一个扮演"蜜瓜"，二人抬高手臂形成一个拱门，其他孩子排成一队，一边唱儿歌一边跑着通过拱门。如果有人没跟上节奏就会被罚出局，如果有人正好在唱到提前约定好的那句歌词时通过拱门，他就会被扮演拱门的两个孩子捉住，问他想要"西瓜"还是"蜜瓜"。选好后被抓住的人就站到对应的拱门一边，直到所有孩子都被分成两个阵营，两个阵营开始比赛拔河，获胜的一方赢得游戏的最终胜利。

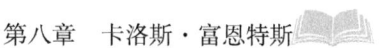

olvido)、《加工厂的马林钦》(Malintzin de las maquilas)、《朋友》(Las amigas)、《玻璃边界》(La frontera de cristal)、《打赌》(La apuesta)及《格兰德河,布拉沃河》(Río Grande, Río Bravo)九个故事。此时,富恩特斯已经不满足于仅仅撰写祖国墨西哥的故事,也将目光投向北方强大的邻居——美国:《首都女人》中,古老的家族早已没落,却顽固地坚持着昔日的传统。为了能够维系家族生计,少女不得不听从父母之命与富商之子成婚;《羞耻》中,一位在纽约求学的墨西哥医学生沮丧地发现,美国人对墨西哥妄加评论,但其实对这个国家的文化和传统一无所知;《掠夺》以美食为形,以生活为实,讲述了美墨两国不同生活方式的区别。墨西哥主厨热爱祖国的美食,认为墨西哥料理之美在于耐心的烹饪和漫长的传统。可慢慢地,他被美式快餐的速度折服,也受到美式消费主义的巨大影响;《忘却之线》以独白的形式呈现,展现了人类对抗遗忘,在迷茫之中对于自我的不断找寻;《加工厂的马林钦》中,机器将美国和墨西哥联系在一起,也将这一南一北两个国家、两个民族划分成泾渭分明的两类人;《朋友》中富有的美国老夫人寻找照顾自己的佣人,但对外来移民持负面态度。最终她被墨西哥籍女佣打动,放下成见,二人成为朋友;与小说集同名的《玻璃边界》揭示了经济危机和贸易协定后美国大量引进墨西哥移民充当劳动力的现实;《打赌》中,两个故事双线并行,同时发生。一边,来自西班牙的女导游在墨西哥遇到了一个与自己格格不入的墨西哥男人;另一边,一位西班牙年轻人对生活丧失信心,沉迷赌博。三位主人公的命运离奇地交织在了一起;《格兰德河,布拉沃河》中,同一条界河在南边的墨西哥和北面的美国有着不同的名字,也将南北两岸划分为截然不同的两个世界,却又让这两个国家有着"剪不断理还乱"的关系。在经济全球化的时代背景下,富恩特斯在《玻璃边界》中用诙谐的笔调将墨西哥与美国之间"爱恨交加"的复杂情绪渲染得淋漓尽致。

- 1999年发表小说《与劳拉·迪亚斯共度的岁月》(Los años con Laura Díaz)围绕德国移民后裔劳拉·迪亚斯的人生故事展开。开篇,1999年,身在底特律的劳拉孙子展开对奶奶的回忆,引出了1905—1972年间劳拉一生的经历。六十七年间劳拉尝尽人间的悲欢离合,更见证了革命、战争、抗议运动等墨西哥乃至全世界发生的大事。最后,2000年,劳拉孙子在洛杉矶结束回忆回到现实,为这部小说以及劳拉的一生画下永恒的句号。与劳拉·迪亚斯共度的岁月也是与祖国、世界共存的岁月,站在世纪末尾,富恩特斯不仅着眼个人经历,也梳理并反思整个20世纪墨西哥乃至全人类的集体历史。

- 2002年发表随笔集《我相信》(En esto creo)中,作为优秀的知识分子,富恩特斯针对文学、学术、社会、历史、文化等多个方面发表了自己的见解。这部书采用了词典的模式，将内容分为四十个主题，按首字母从 A 到 Z 的顺序排列，既有莎士比亚、福克纳、卡夫卡、布努埃尔这样的文艺界名人，也有墨西哥、苏黎世等对作者影响深远的国家和城市，有读书、电影等美的享受，更有友谊、历史、自由等发人深省的话题。

长篇小说《最明净的地区》《阿尔特米奥·克罗斯之死》、短篇小说集《戴面具的日子》以及短篇小说《奥拉》是富恩特斯最具代表性、最为著名的作品，在本节第二部分中，我们将详细介绍《最明净的地区》《阿尔特米奥·克罗斯之死》和《戴面具的日子》的相关内容。第二节文学赏析中，我们将选取《奥拉》的部分精彩片段，一起阅读并赏析其艺术手段，一探拉美短篇小说惊心动魄的美感。

2. 主要获奖经历

富恩特斯是拉美文学最具代表性的作家之一，获得了大量重要文学奖项：

国内奖项

- 1976 年凭小说《我们的土地》获墨西哥哈维尔·维亚乌鲁蒂亚文学奖。
- 1984 年获墨西哥国家文学奖。
- 1999 年获贝利萨里奥·多明戈斯勋章。

国际奖项及荣誉

- 1977 年凭《我们的土地》获委内瑞拉罗慕洛·加耶戈斯国际文学奖。
- 1979 年获墨西哥阿方索·雷耶斯国际文学奖。
- 1987 年获西班牙塞万提斯文学奖。
- 1992 年获法国荣誉军团勋章及西班牙门德斯·佩拉约国际文学奖。
- 1994 年获意大利格林扎纳·卡佛文学奖、西班牙阿斯图里亚斯王子文学奖及联合国毕加索勋章。
- 2003 年获法国罗杰·凯约伊思奖。
- 2004 年凭《我相信》获西班牙皇家语言学会文学创作奖。
- 2008 年获西班牙拉曼恰堂吉诃德国际文学奖。
- 2009 年获西班牙天主教伊莎贝尔女王大十字骑士勋章及西班牙冈萨雷斯·鲁阿诺新闻奖。
- 2011 年凭借所有作品获西班牙福门托尔奖。

其他荣誉

富恩特斯也是墨西哥语言学会的荣誉会员，被哈佛大学、牛津大学及墨西哥国立大学等著名高校授予荣誉博士称号。

3. 富恩特斯与电影

20世纪60到80年代，多部改编自富恩特斯小说的电影上映，包括1964年的《两个埃莱娜》（墨西哥导演何塞·鲁伊斯·伊巴涅斯指导）、1965年的《纯洁的心灵》（1965年，墨西哥导演胡安·伊巴涅斯指导）、1972年上映的《娃娃女王》（墨西哥导演塞尔吉奥·奥和维奇指导）、1988年的《旧道德》（由墨西哥导演奥兰多·梅里诺指导）、1981年的《九头蛇的脑袋》（*La cabeza de la hidra*，墨西哥导演保罗·勒杜克指导）和1989年的《老美国佬》[1]（*Gringo viejo*，阿根廷导演路易斯·普恩佐指导）。

富恩特斯本人也投入电影脚本的创作当中，以上很多他的作品在搬上大银幕时，脚本的创作都是由他亲手操刀。此外，他还改编了其他拉美作家的作品，如同为墨西哥籍的著名作家胡安·鲁尔福（Juan Rulfo）的《佩德罗·巴拉莫》（*Pedro Páramo*）、《金鸡》（*El gallo de oro*）和《伊格纳西奥》（*Ignacio*）等。富恩特斯的影响力不仅限于墨西哥和其他拉美地区，甚至在美国电影界都有一席之地。

（二）外交经历

出身于外交官家庭的富恩特斯从小游历多国，除了西班牙语，他还熟练掌握英语和法语。富恩特斯一直密切关注本国政局，并没有躲进文学的象牙塔，而是积极参与政治活动。

除了身为著名文学家，富恩特斯也子承父业，走上了外交的道路。他曾任墨西哥驻日内瓦多个机构的代表，而他最主要外交经历则是继承父亲的余荫，在1974—1977年间被任命为墨西哥驻法国大使，在任期间，他帮助了许多西班牙籍和拉美籍难民。这一时期，富恩特斯还担任了科学发展大会的墨西哥代表。

二、主要作品简介

可以说，富恩特斯拉开了文学爆炸的序幕，成为与胡里奥·科塔萨尔（Julio Cortázar）、加西亚·马尔克斯（Gabriel García Márquez）和巴尔加斯·略萨（Mario Vargas Llosa）齐名的"文学爆炸四主匠"之一。创作生涯中，富恩特斯佳作频出，在接下来的这一部分中我们选取了三部他最具代表性的作品：处女作短篇小说集

---

[1]《九头蛇的脑袋》和《老美国佬》两部的中文译名由本书作者自译。其他四部的中文译名与2020年上海译文出版社出版、袁婧翻译的短篇小说集《盲人之歌》中的译名保持一致。

《戴面具的日子》、长篇小说处女作《最明净的地区》与代表作《阿尔特米奥·克罗斯之死》,对内容进行简单的介绍,带领大家一起了解这位 20 世纪拉美文学领军人物的文学风采。

(一)《戴面具的日子》

> 不知道怎样去面对更古老、异质的文化及其原本蓬勃的生命力。
> ——于施洋[1]

短篇小说集《戴面具的日子》的西语原文标题为 Los días enmascarados,其意义并非是某人戴着面具度过的那些日子,而是日子戴着面具,由此可见这部作品风格之奇诡。《戴面具的日子》是富恩特斯正式出版的第一部作品,篇幅短小精悍,原作共九十九页,共包含《查克·莫尔》(Chac Mool)、《为麦利一辩》(En defensa de la Trigolibia)、《佛兰德花园的特拉克托卡钦》(Tlactocatzine, del jardín de Flandes)、《兰花连祷》(Letanía de la orquídea)、《因神之口》(Por boca de los dioses)和《发明火药的人》(El que inventó la pólvora)六篇短篇小说。

1.《查克·莫尔》

《查克·莫尔》是《戴面具的日子》中最具代表性的一篇,也是富恩特斯最广为人知的作品之一。原水利部的小职员菲利韦托意外溺水而死,死前一直被和水有关的幻象所困扰,叙述者"我"去送旧友最后一程。奔丧途中,"我"打开了菲利韦托的日记,发现这位爱好墨西哥原住民艺术的中年人不久前买到了一尊查克·莫尔[2]雕像的复制品。此后,家里水灾频发,更可怕的是,这座雕像逐渐生出肌肉毛发,穿起了菲利韦托的衣服,甚至开始和菲利韦托对话。菲利韦托感受到了死亡的威胁,准备逃走开始新的生活,而日记到此戛然而止,接下来就是小说开头已经揭示的结局——擅长游泳的菲利韦托溺死了。"我"不明白到底发生了什么,带着棺材赶到了菲利韦托家中,而家里却已经有一个样子恶心、仿佛乔装打扮过的印第安人了。当不明所以的"我"还以为这个印第安人不知道菲利韦托的死讯,他却让人不寒而栗地说道:"没关系,我什么都知道,请让他们把尸体抬到地下室去。"让人不得不联想,也许是那尊查克·莫尔像真的化成了人形,菲利韦托之死也许就是他

---

[1] 于施洋:北京大学西葡语系助理教授,《戴面具的日子》中文版译者。
[2] 查克·莫尔其实是中美洲原住民文明中的一种常见的人形雕像,姿势常为仰卧半躺,上身直起由手肘支撑,与下半身呈近九十度的角,头向外侧转九十度。查克·莫尔是死去武士的象征,是人类向神灵献祭的象征。在墨西哥文化中,查克·莫尔因为与雨神特拉洛克(Tláloc)有亲缘关系,常常与水有着不解之缘。

一手策划的。

这篇小说将两条时间线交汇在一起：一边是"我"为好友菲利韦托抬棺还乡，一边是菲利韦托购买查克·莫尔像之后的遭遇，一本日记将两条线巧妙地结合在了一起。富恩特斯利用了墨西哥文化中著名的查克·莫尔意象构建了一个有些令人毛骨悚然的故事——凡人想要控制神明，反而被神明控制了身心，直至送上性命。

2.《为麦利一辩》

与其说《为麦利一辩》是一部短篇，倒不如说更像是一个长长的文字游戏。富恩特斯自己创造了 trigolibia，即"麦利"一词，并通过前缀、后缀和变形创造了它的无数衍生词。"麦利"究竟是什么？它是努西塔尼亚人的最高价值，努西塔尼亚人用文书和仪式保障麦利，并为它创造了一系列哲学理论，凭此成为世界上最强盛的国家，也一直努力将麦利推广到全世界。而此时，顿得利乌萨人崛起了，他们也宣称麦利为自己所有。这引起了努西塔尼亚人的愤怒，他们决定出征以维护麦利。双方都建立了一套严格到有些荒谬的体系定义什么是维护麦利，什么是反麦利，一直演化到现在，两个阵营开始进行冷麦利。这就是作者对于麦利的全部辩论内容。

《为麦利一辩》不像是一个有完整故事情节的小说，剥开富恩特斯貌似"胡言乱语"的外壳，其本质倒更像是解释政治、经济和哲学现象的一篇报道。的确，《为麦利一辩》和全书的其他故事都不一样，其实是一篇地地道道的政治寓言。虽然文中无论"麦利""努西塔尼亚"还是"顿得利乌萨"都是虚构的，但读完全文，尤其是在结尾处的"冷麦利"其实提醒我们，作家暗指的是 20 世纪 60 到 70 年代以美苏为首的两大阵营，而所谓的"麦利"就是这两者各自鼓吹、维护的价值观。

3.《佛兰德花园的特拉克托卡钦》

《佛兰德花园的特拉克托卡钦》也是以日记的形式呈现的一篇小说。从 9 月 19 日到 9 月 24 日的六天中，主人公"我"住进了阿尔瓦拉多大桥附近的一座老别墅。这座曾经豪华的别墅是法国入侵时期修建的，原主人 1910 年逃走后就再也没有人住过。"我"住了进来，欣赏了老宅精美的建筑、华丽的雕像和雅致的花园。在远离尘世喧嚣的宁静和孤独中，"我"发现了另一个人的存在——一个八十多岁的瘦小老妇人。在先后收到两封信之后，我又见到了老妇人，感受到了她的冰冷，也听见她呢喃地告诉"我"："现在开始，再不用写信了，我们永远在一起了，两个人在这座城堡里。"并称呼"我"为"马克斯"，要带"我"去找长生草，此时"我"也看到了她胸口的纹章上用德语写着的"卡洛塔，墨西哥女皇"。

墨西哥阿斯特克文明的本族语言纳瓦托语（náhuatl）中，特拉克托卡钦

（tlactocatzine）意为"皇帝"，而无论是老妇人胸前的纹章"卡洛塔"还是她口中的称呼"马克斯"也都与皇帝有关[1]——在这座法国入侵时期修建的老宅中寄居着墨西哥卡洛塔皇后的幽灵。晦暗不明的结尾中，卡洛塔称呼"我"为"马克斯"并要带我去找长生草，也许是我成为卡洛塔选中的替身，用来复活丈夫马克西米连国王。

4.《兰花连祷》

《兰花连祷》的主人公穆列尔发现自己的尾骨处长出了一朵盛开的兰花。穆列尔穿不上裤子，索性在尾骨那里剪了一个洞，公开展示那朵美丽的兰花。街上的人为兰花疯狂，穆列尔自己也在极度的快乐中突然想到，兰花是一笔天赐的财富。他回到家中，切掉了兰花，尾骨上随即又冒出了一个新的包。穆列尔兴奋地算计着一枝花可以要价二十美金，他就可以获得源源不断的财富。而此时，在兰花被切断的地方毫无征兆地长出一根根粗糙的桩扎进了穆里尔的身体，他因此丧命，兰花也枯萎了。

通篇，富恩特斯写出了一个离奇长出兰花，又离奇因兰花而死的故事。但是《兰花连祷》的结尾却出现了一句仿佛与全文毫无关系的话："外面，各种前置词之间，巴拿马把自身的存在挂在自己的牙上，为了世界的利益。""为了世界的利益"，这是巴拿马国徽上的话，也揭示了这个故事真正的主旨——天降的兰花其实比喻的是巴拿马运河。穆列尔经历的一切其实是对现实的讽喻：尽管巴拿马运河让整个社会变得狂热，但一如无法随心所欲让兰花为自己牟利的穆列尔一样，巴拿马无法掌控运河，野心贪欲与实力不符，只能落得凄惨的下场。

5.《因神之口》

《因神之口》中，主人公"我"在美术馆见到了老友堂迭戈，两人一起观赏作品，发表着自己对于艺术的见解。而奇怪的是，听到"我们"的高谈阔论，画中人的嘴也笑了起来。"我"不顾堂迭戈的劝阻，把这张嘴从画中扯了下来，装进小桶中带走了，甚至还杀死了自己多年的老友堂迭戈。象征着混乱的特拉索尔凭空出现，"我"也逐渐被自己带回来的那张嘴所控制："我"说着我不想说的话，去了"我"不想去的地方，做了"我"不想做的事，而这一切都是那张嘴的意志。"嘴"将我带到了酒店的最底层，这里突然变成了阿兹特克祭祀的地方，传说中的古神一一出现。最终，"我"被特拉索尔捉住，沦为祭品。

---

[1] 来自比利时的公主卡洛塔嫁给了奥地利哈布斯堡家族的马克西米连，在拿破仑三世的怂恿下，两人1864年来到墨西哥，建立墨西哥第二帝国，成为国王与王后，共同执政。三年后，马克西米连失势惨遭枪决，卡洛塔孀居比利时。

《因神之口》中的主人公十分矛盾：一方面"我"对于墨西哥土著文明阿斯特克的一切敬畏到恐惧；而另一方面却被激起了心中好战甚至血腥的冲动，将象征古文明的"嘴"据为己有，破坏了古文明，被象征混乱的神纠缠上，最后成为阿斯特克残酷祭祀中的一个祭品。

6.《发明火药的人》

《发明火药的人》中，一天，主人公"我"偶然发现自己炒饭的勺子融化掉了。本来"我"并不在意，而后来发现所有的刀叉都开始融化。这个现象蔓延到了整个社会的所有物质，不止金属，一切都开始消逝，物质存在的时间越来越短。一切工作都失去了意义，因为社会要求尽快消耗掉一切。混乱之时，"我"在地下室找到了一本书——《金银岛》，借此恢复了自己的记忆和曾经的生活节奏。故事的结尾，"我"坐在一片海滩上，用几根树枝摩擦产生了第一星火花。

《发明火药的人》看似是一个荒诞到让人摸不着头脑的故事，但字里行间还是透露出作者富恩特斯的实际意图：从餐具开始，一切物质走向消亡，存在时间从十几天逐渐缩减到几个小时，人们放弃了所有工作走进工厂，通过生产产品获得丰厚的收入，再在购买消费品上全部花费掉。整个社会都在鼓动人们消耗，这是富恩特斯在讽刺愈演愈烈的消费主义之风，最后"我"钻木取火的幻象象征着消费主义必然摧毁一切、毁灭文明。

《戴面具的日子》的六个故事披着奇幻诡异的外衣，实际讨论的是严肃的现实问题。富恩特斯一直密切关注政局，在这部作品中有着集中的体现。一方面，富恩特斯试图理解自己的祖国。他的祖父为了避难从德国来到墨西哥，他的父亲是职业外交官，长期派驻其他国家。十六岁之前，墨西哥对于富恩特斯来说只是度过暑假的地方，十六岁之后才成为家乡。久违的故乡在他眼中无异于"戴着面具"——古老的传说、现实的困境、对于身份认同的困惑，都被掩盖在面具之下，等待他去探索。无论《查克·莫尔》还是《因神之口》都并非单纯凭噱头引人眼球的城市怪谈，而是富恩特斯对于墨西哥原始文明的思考：墨西哥人应该怎样对待自己的根？就像传说中的神祇一样，古代文明是否能被轻易地征服？

另一方面，除了向内思考，富恩特斯也放远了自己的眼量。《佛兰德花园的特拉克托卡钦》立足墨西哥，但谈论的是马克西米连和卡洛塔象征的外来统治者，尽管他们被认为是开明君主，但温和的外来统治也毕竟来自外部，到底应该如何接受？《兰花连祷》是巴拿马的化身，亦是整个拉丁美洲的缩影。更强大的外力赐予的财富和资源是否能够被很好地掌握和消化？与实力不符的野心和贪欲是否会带来毁灭性的结局？《为麦利一辩》辩的不是这个子虚乌有的词汇，而是两个超级大国领导的对抗阵营各自维护的核心价值。而《发明火药的人》则扩展到了整个现代社会，消费主义之风愈演愈烈，回到最原始、最初的地方是一场悲剧？还是一个一厢情愿的乌托邦？这是《戴面具的日子》的思索，也是富恩特斯留给我们继续拓展的问题。

（二）《最明净的地区》

> 我们就该在这里过日子。又有什么办法。在这片最明净的地区里。
>
> ——富恩特斯

"最明净的地区"是对于美洲地理风物有着重要影响力的德国地质学家、旅行家亚历山大·冯·洪堡对于墨西哥首都墨西哥城的评价。站在墨西哥城所在的盆地前，亚历山大·冯·洪堡称赞它"高原之上，高山林立，阳光明媚，空气清新"，是世间"最明净的地区"。富恩特斯借用了这句评价，书写了一个关于墨西哥城的故事。

全书从1900年写到1952年，纵贯20世纪上半叶。小说以费德里克·罗布莱斯为中心人物。1900年出生在农村的罗布莱斯因生活所迫参加起义，九死一生来到首都，通过投机倒把卖地皮发了大财，不仅成为家财万贯的大银行家，也将产业扩张到金融和工业。小说的叙述重点落在罗布莱斯与诺尔曼·拉腊戈蒂婚后，即1946到1952年这六七年间发生的故事，诺尔曼从小就爱慕虚荣，利用自己的容貌追逐男人，以维持自己追求的奢靡生活。婚后不久，罗布莱斯破产，他将自己的家产和不忠贞的妻子全部付之一炬，自己躲到一个盲女家中隐姓埋名地度日。

全书人物众多，围绕着罗布莱斯，德奥万多、萨马科那、波那三大家族以及形形色色的墨西哥城居民叙述了他们的兴衰故事。其中有获益成为新贵的资产阶级、有曾经风光但如今落魄的贵族、有高谈阔论文学艺术的知识分子、有各为其主的革命者，更有挣扎在社会最底层的妓女、出租车司机等穷苦人民。

除了支撑故事主线的主人公罗布莱斯外，还有一个非常特别的人物——伊克斯卡·西恩富戈斯。开篇第一句话就是他的自我介绍，他的声音一直延续到全书结尾的最后一段，可以说，西恩富戈斯在《最明净的地区》这部小说中贯穿始终。然而特别的是，看起来他与所有人物都有所关联，通过他与各色人物的直接或间接的对话引出了其他角色的故事。但实际上西恩富戈斯仿佛与所有人都毫无瓜葛，不属于任何一派，反倒像是角色生活的观察者，用一双上帝之眼俯瞰着这座城市中的芸芸众生。或者说他是整个故事的见证者和记录者，将这段墨城往事展现在我们的面前。从角色特点来看，西恩富戈斯有着浓重的原住民神话特色。他神出鬼没，有着极强的魔幻色彩，仿佛是一个陪伴在人物身边、全知全能却不想干涉世事的幽灵；而从角色定位来看，西恩富戈斯又好像是作者的化身，他好像是带着摄像机的导演，通过不断切换镜头、剪辑片段，将半个世纪中一个城市、一个国家的影像碎片拼接在一起，构成了一幅复杂的图景。

总的来说，罗布莱斯是一个深陷其中的局内人，而西恩富戈斯则是一个冷眼旁观的槛外人。罗布莱斯自己的发家史值得大书特书，又通过种种方式引出了其他人物的故事。他们作为一个集体，向我们展示了1910年革命之后的墨西哥：革命的确带来了积极的转变，但却没有彻底解决盘踞墨西哥社会的问题。以罗布莱斯为代表的新贵夺取了胜利果实，靠投机倒把发家，还自命不凡地认为自己是国家的救世主。而西恩富戈斯是一双旁观的冷眼，记录着20世纪上半叶墨西哥社会的真实情况，引导人们去思考这个国家究竟应该何去何从。富恩特斯借西恩富戈斯之口评论道："墨西哥的独特性在未来，而不是过去。"相比起不断回到过去寻找解释自己本性的东西，倒不如自己创造出渊源，创造出独特性，在传统的基础上开创一个更好的未来。

《最明净的地区》是一部站在巨人肩膀上的佳作，富恩特斯汲取了多斯·帕索斯、巴尔扎克等多位前辈的手法，将城市与人物相融合，将传统的小说创作与最新潮的电影镜头技术相结合，书写了20世纪墨西哥城的城市传记。凭借这部小说，尚不到而立之年的富恩特斯不仅在墨西哥文学界打开局面，更拉开了惊艳世界的拉丁美洲"文学爆炸"序幕。

（三）《阿尔特米奥·克罗斯之死》

> 当代作家无形中也已许下承诺，他们必须书写那些尚未言说的历史。
> ——富恩特斯

《阿尔特米奥·克罗斯之死》是富恩特斯最知名的小说，也是当代拉美文学最具代表性的优秀作品之一。该书以墨西哥革命为背景，书写了乱世枭雄阿尔特米奥·克罗斯的一生：1889年出生的阿尔特米奥·克罗斯是一个黑白混血儿，走上了革命的道路。然而在这个过程中他却慢慢迷失了自己，不惜背弃信仰、出卖正义，与理想主义的战友贡萨洛·贝尔纳尔形成了鲜明对比。由于阿尔特米奥是贡萨洛临终前唯一陪伴在他身边的人，因此阿尔特米奥取得了贡萨洛父亲的信任，并且迎娶了贡萨洛的妹妹卡塔琳娜为妻。除了妻子，阿尔特米奥还有雷希娜、莉莉娅和劳拉三个情人。而卡塔琳娜其实也并不爱自己的丈夫，内心一直纠结万分，直到1939年，两人的儿子支援西班牙内战却不幸战死时，两人的婚姻最终名存实亡。岳父死后，贝尔纳尔家族只剩卡塔琳娜一人。阿尔特米奥顺理成章地拥有了所有家产，并不断吞并土地发家致富，通过竞选议员得到了总统接见，一步步从乡下走到了首都墨西哥城，并把自己的产业衍生到金融、矿业乃至新闻业，成为翻手为云覆手为雨的大人物。

这部小说介绍了阿尔特米奥·克罗斯一生中的故事，然而作者富恩特斯却采用了很多极富特点的技巧。第一个就是他并没有采用常规的线性叙述手法，而是将主人公生平经历打散成碎片，随意排列。开篇第一章阿尔特米奥因病卧床，已经走到了人生的弥留之际。最后一章则回到了他刚刚出生的时候。中间部分的时间排列也毫无规律，前后两章的跨度长达几年甚至十几年。富恩特斯仿佛将自己主人公的一生做成了一盒拼图，邀请我们与他一起按线索重新拼凑，梳理出阿尔特米奥无所不用其极的一生。

《阿尔特米奥·克罗斯之死》第二大极富特色写作手法是人称的使用。全文灵活使用了第一人称"我"、第二人称"你"和第三人称"他"，绝大部分章节中，无论是哪一种人称，其实指的都是阿尔特米奥本人。用"我"详细揭示主人公内心所想；用"你"营造"沉浸式"的"代入感"，手牵手一般带领读者深入主人公的生活；用"他"设置置身事外的第三视角，仿佛是一台摄影机一般忠实记录主人公的经历，并冷静地旁观和思考。富恩特斯向托马斯·曼学习，通过三个人称的合一将"许许多多的人类命运之线捡拾起来，汇集成只有一种想法的线"。

这部小说第三个颇为引人注目的写作特点是意识流的运用。尤其是以第一人称"我"和第二人称"你"叙述的时候，作者用大段独白剖析阿尔特米奥的内心，除了临终的回忆，更有主人公眼前的幻象和内心的感受。读者们就这样走进了这位枭雄人物的内心，在小说的最后，跟随作者一起回到了万物的源头，我们和阿尔特米奥一起看到了他的出生，也看到了他的终点。他获得了彻底的自由，奔向了辽阔的宇宙，和万物融为一体。

在这部小说中，富恩特斯塑造了一个复杂而丰富的人物形象。阿尔特米奥的一生仿佛极为成功：他权势滔天，富甲一方，艳遇不断。但他的一生却又无比失意：妻子卡塔琳娜与他相看两厌，女儿特蕾莎也不爱父亲。临终时母女二人还愿意陪在病床前的唯一原因是想追问出遗嘱到底放在哪里；除了妻子外他还有诸多情人，但这些女人不是命丧黄泉就是背叛了他，从没有人长久地真心陪伴在他身边；当贝尔纳尔家失去了唯一的男性继承人贡萨洛时阿尔特米奥趁虚而入，通过与卡塔琳娜结婚将妻子家族的财产全部据为己有。而当他进入晚年，他唯一的儿子洛伦索也命丧他乡，阿尔特米奥也失去了自己唯一的男性后代。最终他的外孙女嫁给了助手巴迪亚的孙子，他的家产也会落入别人的手里。兜兜转转同样的结局，颇有些宿命的意味。

这部小说中，阿尔特米奥的一生跌宕起伏。其背后更引出了20世纪初墨西哥革命时期波澜壮阔的社会图景。与《最明净的地区》中的罗伯莱斯一样，阿尔特米奥也参加了革命，但在过程中却忘记了自己的初心，不再追求改良社会，而是为了个人的利益不惜出卖情报、道德，甚至出卖立场和信仰。在扩张利益的时候他更是不惜使用任何手段，反过来成为剥削压迫大众的大资产阶级代表。从一开始阿尔特米奥就是一个不折不扣的利己主义者，而小说中现实主义和理想主义的矛盾从未停止：阿尔特米奥的战友兼内兄贡萨洛和儿子洛伦索都是理想主义者，都为了实现自己的理想坚守自己的原则，直至付出生命的代价。

《阿尔特米奥·克罗斯之死》这部小说是富恩特斯的集大成之作，被加西亚·马尔克斯盛赞为"最为全面、最为完美、成就最为显著的小说"。当新贵阿尔特米奥在病床上追忆自己一生的时候，书桌前的富恩特斯也在反思墨西哥革命及其影响。这不是一个人的传记，而是一个国家、一个时代的缩影。正如加西亚·马尔克斯所说，这些最优秀的作家们一起书写了一部拉丁美洲的小说，墨西哥这一章的作者，无疑就是富恩特斯。

三、富恩特斯作品在中国的译介

截至目前富恩特斯作品的中译本共二十五部。与同胞帕斯的情况类似，国内出版社和译者不仅关注到富恩特斯的小说作品，也引进了他讨论文学和文化的评论性与理论性成果。

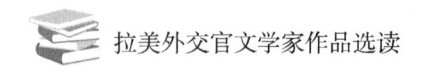

第二节　文学赏析

卡洛斯·富恩特斯笔下佳作频出。小说《奥拉》虽然篇幅简短，但以其情节之奇诡、氛围之哀婉、背景之丰富，成为富恩特斯再版次数最多的作品。本节我们就一起跟随作家的脚步，探寻小说《奥拉》，揭秘一段凄艳的惊悚爱情故事。

一、内容简介

年轻的历史学家费利佩·蒙特罗（Felipe Montero）在学校教授历史，月薪不过九百比索。一天，他偶然间在报纸上读到一则招聘广告，这份工作仿佛为他量身定做，而且开出每月三千比索的高薪，唯一奇怪的是要求必须吃住在雇主家中。费利佩起初没有在意，第二天他再次读到那条广告，月薪也涨到四千比索。忍不住动心的费利佩敲开了一座老宅的大门，见到了他的雇主——垂垂老矣、只有一只兔子为伴的孔苏埃洛·略伦特（Consuelo Llorente）夫人。她深爱着早已过世的丈夫略伦特将军，要求费利佩阅读丈夫留下的法文手稿，模仿丈夫的文风补充内容完成回忆录。阴冷的古宅让费利佩心生抗拒，本想推辞，但当孔苏埃洛夫人召唤出自己的侄女奥拉（Aura）时他立即改变了主意。年轻的奥拉楚楚动人，有一双动人心魄的绿色眼睛，费利佩一下就爱上了她。为了奥拉，费利佩决定留下来完成工作。

整理回忆录的工作并不繁重，但被孔苏埃洛夫人要求寄宿在幽暗老宅的费利佩却经常陷入噩梦。虽然他如愿以偿地和奥拉同床共枕，但却发现了很多不合情理之事：起初奥拉还是个双十年华的妙龄少女，几天后却变成年过四旬的成熟妇人。而且奥拉和孔苏埃洛夫人出奇一致，连一些奇怪嗜好都如出一辙。开始费利佩为奥拉鸣不平，以为是年老的姑妈囚禁了自己的侄女，剥夺了她的自由。后来，费利佩在回忆录中发现了一切秘密的根源：奥拉就是孔苏埃洛。深爱丈夫的老妇人想要重温爱情，于是学习巫术制造了奥拉，也就是年轻的自己。费利佩也发现自己与略伦特将军逐渐重合。最终，第三次缠绵时，费利佩怀中不再是年轻的奥拉，而是衰老的孔苏埃洛夫人。但费利佩没有逃走，也没有拒绝，而是和夫人一起等待。一如夫人最后的喃喃自语："她会回来的，费利佩，我们一起召唤她……"

二、原文阅读

《奥拉》(节选)

赵英 等（译）[1]

你把照片贴在眼睛上，然后将它们举向天窗：你用一只手遮住略伦特将军的雪白胡子，把他想象成满头青丝的样子，于是你看到了自己，模糊、消逝、忘却，但却是你、你、你。

你头晕目眩，遥远的华尔兹旋律充塞了你的头脑，取代了你对潮湿、芳香的植物的视觉、触觉和嗅觉：你疲乏地倒在床上，抚摸着自己的颧骨、眼睛和鼻子，仿佛生怕哪只无形的手会揭掉你那已经戴了二十七年的面具：用橡皮和纸板做成的五官将你的真面目[2]，你过去老态龙钟、被人遗忘的面目伪装了四分之一个世纪。你用枕头捂住脸，以阻止空气剥去你的五官、你的选择。你继续把脸深深地埋在枕头里；眼睛睁得老大，静候那必将来临、不可避免的结局。你不会再看表了，那是件毫无用处、同世人的虚荣心相适应的虚假计时器，可恶的指针用虚假而又漫长的小时比附真正的时间：真正的时间用侮辱性的、致命的速度匆匆流逝，任何钟表都无法计量。一生，一世纪，五十年：你难以想象那些骗人的计量方法，你将无法捧起那无形的烟尘。

当你离开枕头的时候，你会发现四周更加漆黑。夜幕已经降临。

夜幕降临。乌云从高高的天窗玻璃上匆匆滑过，

抓破了不遗余力地要蒸发它并探出苍白、微笑的圆脸的黯淡阳光。月亮出来了，黑色的蒸气尚未来得及将它玷污。

你不会再等待。你不会再看表。你迅速跑下阻隔你与她的楼梯，台阶上将散满陈旧的稿纸、退色[3]的银板照片；你跑到过道里，在孔苏埃洛夫人房前戛然止步。你会听到你自己经过无数小时的静谧而发出的嘶哑、蜕变的声音：

"奥拉……"

你重又叫了一声："奥拉……"

你进屋一看，床头灯熄灭了。你会想到老太婆一天都不在家，既然女信徒不在，蜡烛自然就会烧尽。你摸黑朝床铺走去。你还会叫一声：

---

[1] [墨]富恩特斯著，赵英等译：《奥拉·盲人之歌》，广州：花城出版社，1992年，第1—52页。
[2] 原译文如此。
[3] 原译文如此。

"奥拉……"

那时，你准能听到鸭绒被上有轻微的塔夫绸声和陪伴你的另一种呼吸：你伸出手去，触到了奥拉的绿色晨衣；奥拉对你说：

"别……别碰我……乖乖地躺在我旁边……"

你会摸到床沿，抬起双腿，然后一动不动地躺在床上。你将难以避免倏忽的震颤：

"她随时都可能回来……"

"她不会回来了。"

"永远不会？"

"我累坏了，她耗尽了。我顶多只能维持她三天时间。"

"奥拉……"

你想伸手抚摩奥拉。她转过身去：你从她说话声音辨别出她目前的姿势。

"别……别碰我……"

"奥拉……我爱你。"

"是的，你爱我。你会永远爱我，你昨天说的……"

"我永远爱你。我不能没有你的吻，你的人……"

"吻我的脸，只能吻我的脸。"

你的嘴唇贴近了倚偎在你脑袋上的另一颗头颅，你重又抚摩到了奥拉的长发：你疯狂地搂住女人羸弱的肩膀，全然不顾她的尖厉的责备，三下两下剥去了她的塔夫绸晨衣，狂热地拥抱她，感觉着她的裸体：瘦小无力的肉体在你的怀抱里消失；你不会理会她的叹息与挣扎、哭泣与哀求，不分青红皂白地吻着她的脸：你会触摸到那对松弛的乳房。与此同时，柔和的光线使你大吃一惊；你强迫自己离开那张面孔，转而去寻找使月光得以进入房间的墙缝。那是个狭小的老鼠洞，银色的月光从那个细小的洞口射进来，映照着奥拉雪白的头发、剥皮的面孔：洋葱皮似的脸皮，苍白、干燥、充满皱纹，宛如煮熟烘干的洋李。你绝然离开那张你曾经亲吻过的嘴唇，干瘪、牙齿全无、正向你张着的老嘴：月光下，你会看到孔苏埃洛夫人那老太婆的裸体，松弛、干瘪、瘦小、老态龙钟、颤抖不止——因为你在抚摸它、爱它，因为你又回来了……

过后，月光被云彩遮蔽，黑暗重新来临，空气洋溢着暂时的青春气息：化身的气息。你会瞪大眼睛，把脑袋埋进重新拥抱你的孔苏埃洛的银发之中。

"会回来的，费利佩，我们一起来召唤她。等她恢复了体力，我还会叫她回来的……"

Aura（fragmentos）
Carlos Fuentes [1]

Pegas esas fotografías a tus ojos, las levantas hacia el tragaluz: tapas con una mano la barba blanca del general Llorente, lo imaginas con el pelo negro y siempre te encuentras, borrado, perdido, olvidado, pero tú, tú, tú.

La cabeza te da vueltas, inundada por el ritmo de ese vals lejano que suple la vista, el tacto, el olor de plantas húmedas y perfumadas: caes agotado sobre la cama, te tocas los pómulos, los ojos, la nariz, como si temieras que una mano invisible te hubiese arrancado la máscara que has llevado durante veintisiete años: esas facciones de goma y cartón que durante un cuarto de siglo han cubierto tu verdadera faz, tu rostro antiguo, el que tuviste antes y habías olvidado. Escondes la cara en la almohada, tratando de impedir que el aire te arranque las facciones que son tuyas, que quieres para ti. Permaneces con la cara hundida en la almohada, con los ojos abiertos detrás de la almohada, esperando lo que ha de venir, lo que no podrás impedir. No volverás a mirar tu reloj, ese objeto inservible que mide falsamente un tiempo acordado a la vanidad humana, esas manecillas que marcan tediosamente las largas horas inventadas para engañar el verdadero tiempo, el tiempo que corre con la velocidad insultante, mortal, que ningún reloj puede medir. Una vida, un siglo, cincuenta años: ya no te será posible imaginar esas medidas mentirosas, ya no te será posible tomar entre las manos ese polvo sin cuerpo.

Cuando te separes de la almohada, encontrarás una oscuridad mayor alrededor de ti. Habrá caído la noche.

Habrá caído la noche. Correrán, detrás de los vidrios altos, las nubes negras, veloces, que rasgan la luz opaca que se empeña en evaporarlas y asomar su redondez pálida y sonriente. Se asomará la luna, antes de que el vapor oscuro vuelva a empañarla.

Tú ya no esperarás. Ya no consultarás tu reloj. Descenderás rápidamente los peldaños que te alejan de esa celda donde habrán quedado regados los viejos papeles, los daguerrotipos desteñidos; descenderás al pasillo, te detendrás frente a la puerta de la señora Consuelo, escucharás tu propia voz, sorda, transformada después de tantas horas de silencio:

---

[1] Fuentes, Carlos, *Aura*, Barcelona: Libros de Zorro Rojo, 2023, pp. 1-89.

-Aura...

Repetirás: -Aura…

Entrarás a la recamara. Las luces de las veladoras se habrán extinguido. Recordarás que la vieja ha estado ausente todo el día y que la cera se habrá consumido, sin la atención de esa mujer devota. Avanzarás en la oscuridad, hacia la cama. Repetirás:

-Aura…

Y escucharás el leve crujido de la tafeta sobre los edredones, la segunda respiración que acompaña la tuya: alargarás la mano para tocar la bata verde de Aura; escucharás la voz de Aura:

-No... no me toques... Acuéstate a mi lado...

Tocarás el filo de la cama, levantarás las piernas y permanecerás inmóvil, recostado. No podrás evitar un temblor:

-Ella puede regresar en cualquier momento...

-Ella ya no regresará.

-¿Nunca?

-Estoy agotada. Ella ya se agotó. Nunca he podido mantenerla a mi lado más de tres días.

-Aura...

Querrás acercar tu mano a los senos de Aura. Ella te dará la espalda: lo sabrás por la nueva distancia de su voz.

-No... No me toques...

-Aura... te amo.

-Sí, me amas. Me amarás siempre, dijiste ayer...

—Te amaré siempre. No puedo vivir sin tus besos, sin tu cuerpo.

—Bésame el rostro; solo el rostro.

Acercarás tus labios a la cabeza reclinada junto a la tuya, acariciarás otra vez el pelo largo de Aura: tomarás violentamente a la mujer endeble por los hombros, sin escuchar su queja aguda; le arrancarás la bata de tafeta, la abrazarás, la sentirás desnuda, pequeña y perdida en tu abrazo, sin fuerzas, no harás caso de su resistencia gemida, de su llanto impotente, besarás la piel del rostro sin pensar, sin distinguir: tocarás esos senos flácidos cuando la luz penetre suavemente y te sorprenda, te obligue a apartar la cara, buscar la rendija del muro por donde comienza a entrar la luz de luna, ese resquicio abierto por los ratones, ese ojo de la pared que deja filtrar la luz plateada que cae sobre el pelo blanco de Aura, sobre el rostro desgajado, compuesto de capas de cebolla, pálido, seco y arrugado como una ciruela cocida: apartarás tus labios de los labios sin carne que has estado besando, de las encías sin dientes que se abren ante ti: verás bajo la luz de la luna el cuerpo desnudo de la vieja, de la señora Consuelo, flojo, rasgado, pequeño y antiguo, temblando ligeramente porque tú lo tocas, tú lo amas, tú has regresado también...

Hundirás tu cabeza, tus ojos abiertos, en el pelo plateado de Consuelo, la mujer que volverá a abrazarte cuando la luna pase, tea tapada por las nubes, los oculte a ambos, se lleve en el aire, por algún tiempo, la memoria de la juventud, la memoria encarnada.

—Volverá, Felipe, la traeremos juntos. Deja que recupere fuerzas y la haré regresar.

思考题：

1. 你觉得"奥拉"究竟是谁？
2. 西班牙语的原文中，作者大量使用将来时态。你怎样理解这种手法？
3. 你之前有没有读过和《奥拉》相似的作品？

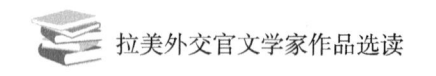

三、作品赏析

《奥拉》全文不到三万词，相比起富恩特斯其他作品，《奥拉》虽非鸿篇巨制，但却因其诡谲的内容、哀婉的笔调、精巧的设计、深奥的寓意和特别的"来历"，成为富恩特斯再版次数最多的一部单行本作品。

在《读我与写我：我是如何创作〈奥拉〉的》（*On Reading and Writing Me: how I Wrote Aura*）一文开篇，富恩特斯谈到巴黎人常常会在自己的房间中放置一面镜子，镜子的倒影给人造成错觉，让人感觉房子仿佛扩大了一倍一般。[1] 空间延伸的错觉来自镜子的反射，在巴黎人的家中，镜子中不仅映射出其他物品真实的倒影，而且创造了新的事物乃至新的空间。在富恩特斯的笔下，文学之镜不仅再现了二元对立，也创造了更加复杂的多元世界。那么在接下来的这一部分，我们从对立的二元与复合的多元这两个视角入手去探讨《奥拉》。

（一）交错的时空

> 万事万物，永恒变幻。
> ——富恩特斯《写我与读我：我是如何创作〈奥拉〉的》

《奥拉》的叙述看似平淡，却暗藏玄机，这一点原文可能比中文译本更加明显。在西班牙语的原文中，我们能明显地看出作者在叙述中使用了两个时态：陈述式一般现在时和将来未完成时，即当下的现在和尚未发生的将来在同一个故事的叙述中交错出现。

开篇，作者用第二人称叙述了费利佩读到招募历史学家的广告，这里叙事一直使用的是现在时，让读者认为这件事情就在眼前，正在发生。而接下来，"你将一如既往地度过那一天。你将不会记得那件事"以及下一段的"你会吃惊地想到东塞莱斯街居然有人居住"这几句中，富恩特斯使用了"vivirás""volverás"和"sorprenderá"这三个明显的将来时，呈现了尚未发生、属于将来的事件。这样的语法时态游戏在全文中频频出现。当我们读完全文再回过头来品味时会发现，将来时的存在让本来普通的叙述染上了一丝预言的意味——费利佩将会经历这些。而当我们知道了整个故事的来龙去脉之后再思考时就会感觉，表面上奥拉形成了一个封闭的闭环——孔

---

[1] 张蕊：《卡洛斯·富恩特斯：〈奥拉〉的作者们》，《文艺争鸣》2015年第7期，第163—167页。

苏埃洛虽然执着地渴望青春和爱情，但她的"法力"只能支撑三天，奥拉必将经历"出现—消失—再次出现"的循环。而实际上也许费利佩和略伦特将军也形成了一个循环——当费利佩恢复了略伦特的记忆，明白自己就是略伦特将军时又看到了三天前的自己，预测了自己接下来的行为。以此，墨西哥作家富恩特斯让自己的作品拥有了像墨西哥土著民族阿兹特克人的太阳历一样的结构，即时间并非线性，而是循环往复，带动故事和历史周而复始。

尽管在叙事的时态上并没有出现过去时，但《奥拉》的字里行间也隐藏着过去与现在的渊源：开篇，费利佩按照广告上的地址找到孔苏埃洛夫人家的时候发现门牌号非常奇怪："13号和200号在一起、47号旧门牌的蓝色瓷砖上用粉笔书写着：现在924号。"门牌昭示着现在和过去交叠，暗示着读者这是一个在"现在"复活"过去"的故事。

别具一格的空间叙事也为营造重叠的时间、突出"复活"的主题添砖加瓦。孔苏埃洛夫人的家——东塞莱斯815号——是一个分界点：门外是现在、是真实的世界，门外的费利佩过着正常的生活。而进入这座老宅之后，就回到了过去、进入了虚幻的空间，费利佩从此被困在了另一个人的经历中，直至变成另外的一个人。除此之外，815号中各种植物遮天蔽日，宅子中暗无天日，也营造了一个阴森而诡异的氛围，引导读者一步一步地猜想，一步一步地接近最后那个初读情理之外，但细思意料之中的结局。

（二）纠缠的身份

> 她不是要变成另一个人，而是一直是另一个人。
> ——富恩特斯《写我与读我：我是如何创作〈奥拉〉的》

1. 奥拉是谁？

读这部小说时，第一个涌入我们脑海的问题也许是"奥拉究竟是谁？"奥拉出现在题目中，奠定了这部作品的基调——一个女性的名字，一个女性的故事。甫一开篇，一条针对性强到有些诡异的广告、一座阴森而孤寂的老宅、一个衰败而诡秘的卧室、一位年老而妖异的老妇人，一切都让人感觉毛骨悚然，当我们和费利佩一样急切地想要逃离这里时，年轻貌美的奥拉翩然而至，她美丽的绿眼睛惊鸿一瞥，不光俘获了男主人公，更让所有的读者为之牵挂，期待接下来的剧情。

奥拉甫一登场，孔苏埃洛夫人就明确了她的身份——奥拉是她的侄女，奥拉在家中的所作所为仿佛也与这个身份相符，但费利佩还是发现了种种不合逻辑的奇怪之处：只要奥拉与孔苏埃洛夫人一起出现，她们的动作就出奇的一致：小到饭桌上用餐的步骤和结束的时间，大到宰杀公羊的动作，连虐猫这样不正常的习惯都是完全一样的。而故事外的我们也许比费利佩更早发现了一丝端倪，且不说宅子中阴森、潮湿、昏暗的环境，肆意生长、遮天蔽日的植物，无处不在的宗教符号与器物以及伴随噩梦出现的鸟鸣和猫叫等营造恐怖气氛的元素，更让人奇怪的是开篇出现过的兔子萨加。在二人的对话中特别强调了兔子的性别：费利佩以为是雄兔，而老夫人却特意告诉她萨加是一只雌兔。更加让人无法忽视的是，兔子和奥拉从来没有同时出现，相反，故事中每次都是兔子离开了，接下来奥拉马上就出现了，让人不得不疑惑兔子和奥拉之间到底有什么联系。

接下来，费利佩终于如愿以偿，我们与他一起沉浸在柔情蜜意之中。像兔子一样美丽、温顺但怯生生的奥拉终于敞开怀抱，与费利佩进行了两次美妙的幽会。也正是在这个过程中我们和费利佩一起揭开了奥拉真实身份的谜底。第一次同床共枕时，奥拉如初次登场时一样是一个二十岁的妙龄少女。而到了第二次，奥拉则迅速衰老了二十岁。相比起第一次纯粹的爱意与甜蜜，第二次的幽会则明显带有些许仪式的意味。

比起"爱"，"变"成为这两次相会更加重要的关键词。奥拉在变老，或者用另外一个说法，从年龄状态上，奥拉变得越来越接近年迈的孔苏埃洛夫人。与此同时，通过研究手稿，逐渐接近真相的费利佩发现，自己其实是在逐渐变成略伦特将军。直到第三次，奥拉消失，费利佩怀中的女人彻底变成了孔苏埃洛夫人，而费利佩并没有惊奇或者拒绝，并没有要求找奥拉，而是与老夫人相拥，因为他已经明白，奥拉不是别人，正是孔苏埃洛。这个深爱丈夫的女人从很早就开始担忧，担忧岁月流逝会带走自己的青春和容颜，同时带走丈夫的爱，所以从年纪尚轻时就沉迷巫术，希望永葆青春。那时她就制造出了奥拉，那个年轻美丽的自己的复制品，通过奥拉把自己永远留在最美好的时刻。造化弄人，孔苏埃洛早早失去了丈夫，却没有泯灭对于爱情的追求。因此她用一张量身定做的广告招募来了费利佩，用奥拉留住了他，用手稿一点点复活他的记忆，用缠绵和仪式让他回归自己真实的身份——自己早逝的丈夫略伦特将军。

到此，故事外的我们梳理清楚了所有人物的身份。故事内的人们也完成了身份的回归：奥拉就是孔苏埃洛，费利佩就是略伦特将军。

2. "你"是谁？

《奥拉》最显著的不同之处在于故事的人称。不同于小说中常见的第一视角和第三视角，《奥拉》通篇使用了第二人称。

人称的游戏在富恩特斯的创作中并不罕见，在他的代表作《阿尔特米奥·克罗斯之死》中不仅出现了第二人称的叙述，还出现了多种人称的自由变化，把一代乱世枭雄克罗斯的一生塑造得更加立体：整部小说中叙述口吻时而是第一人称的"我"，将读者直接代入病床上年迈的克罗斯本人；时而以第三人称"他"，用上帝视角冷眼旁观克罗斯一生的重要时刻和所作所为。当然，也不乏第二人称"你"。

"你"，不如第一人称的视角那样更加主观、更能揭示人物的内心，也不像第三人称的视角那样适合展示事件的全貌。但第二人称的"你"则更适合为叙述创造一种对话感，拉近读者与人物的距离，仿佛这个故事并不是冷冰冰地摆在读者面前，而是叙述者牵着读者的手，一起去探索来龙去脉。

看完《奥拉》的故事我们能够很清楚地看出，文中的"你"就是男主人公、年轻的历史学家费利佩·蒙特罗，对话的另一边也许就是我们——故事的读者，而这个故事的叙述者究竟是谁？

诚然，叙述者应该是作者富恩特斯。但是如果我们换一种思路，也许这个叙述者可能是孔苏埃洛夫人，是她操控一切，引诱费利佩一步步进入了老宅，进入了她的"圈套"，完成了丈夫的回归；而这个叙述者也可能是费利佩本人，在故事的最后，费利佩发现自己就是略伦特将军，在这一刻这两者合二为一，从某种意义上讲费利佩从此消失，取而代之的是年轻的略伦特将军。孔苏埃洛夫人说她的能力只能让奥拉维持三天，当她能力耗尽，奥拉就会消失，到再次积蓄足力量才会再出现。奥拉的出现和消失是一个循环，而费利佩也许也是这样一个循环：三天的时间里，他恢复了略伦特将军的身份和记忆，当孔苏埃洛力量耗尽时他又会回到费利佩的身份，再次被妻子召唤回来。因此，也许《奥拉》的叙述是略伦特将军与费利佩的对话，见证了他一步步变成了自己的过程。

（三）复杂的渊源

> 这世上没有孤儿文本。
> ——富恩特斯《写我与读我：我是如何创作〈奥拉〉的》

作为作者，富恩特斯却在《写我与读我：我是如何创作〈奥拉〉的》这篇文章中向我们介绍了《奥拉》"真正的作者们"。首先，富恩特斯始终认为《奥拉》的问世是拜西方文学的"女巫传统"所赐。他谈到，至少有五位女巫"孕育"了奥拉的形象，她们中有亨利·詹姆斯《阿斯彭手稿》中的博尔德罗小姐[1]、查尔斯·狄更斯《远大前程》中的赫维辛小姐[2]、普希金《黑桃皇后》中的伯爵夫人[3]、儒勒·米什莱《女巫》[4]中探讨的女巫以及希腊神话中的"幻化之神"喀耳刻。创造奥拉的过程是一个"女巫"形象的文学寻根之旅，让惊鸿一现的奥拉有了厚重的文学积淀。

其次，富恩特斯也一直信奉，他经受东方文艺的洗礼，从而迸发出塑造奥拉的灵感。热爱电影的富恩特斯在朋友的推荐下观看了日本导演沟口健二指导的影片《雨月物语》。电影故事发生在战国时期，主人公源十郎在经商途中邂逅了美丽的贵族小姐若狭，回到家中与忠贞的原配妻子宫木重逢。但这两名女子其实都是鬼魂：若狭早在多年前就已经去世，宫木也在他离家的时候被乱军所杀。这部电影剧本并非原创，而是翻拍自江户时代后期作家上田秋成的同名小说。《雨月物语》不仅是上田秋成的代表作，也是日本江户时代怪异小说的巅峰之作。但其实《雨月物语》有很多内容取材于中国宋、明、清代的白话小说。富恩特斯发现，源十郎和宫木的故事取材于明代瞿佑传奇小说《剪灯新话》中的《爱卿传》：相爱的男女主人公赵公子和被称为"爱卿"的罗爱爱被迫分离，动乱中，军官垂涎爱卿的美貌，想要强行纳其为妾。爱卿以死相抗。最终，她的鬼魂返回家中，与丈夫团聚。[5]无论是文字构建的故事还是电影呈现的光影，东方女性忠贞的品德、坚守自我的信念以及她们跨越生死构建的凄美氛围也让《奥拉》蒙上了一层"盈盈一水间，脉脉不得语"的

---

[1] 博罗尔德小姐是诗人阿斯彭的情人，守护着传说中的"阿斯彭手稿"。主人公一直认为她超越了时间，获得了不寻常的寿命，一直到现在。
[2] 赫维辛小姐一直被认为是一个类似于童话中"女巫"的形象，她年轻时被男人骗取了财产和感情，在婚礼当日被抛弃。从此性情大变，不但深居简出，甚至憎恨所有男人。她精心培养孤女艾斯黛拉，教唆她玩弄感情，只为了报当年自己被男人欺骗之仇。
[3] 贪财的男主人公赫尔曼一直想知道伯爵夫人如何靠三张牌大杀四方，蓄意接近夫人的养女，最后吓死了夫人。而后，夫人的鬼魂现身，告诉赫尔曼必须和自己的养女结婚，而且终于告诉了他三张牌的秘密：一昼夜只能打一张牌，打完三张后一生都不能再打。到了第三晚，赫尔曼打出了一张"爱司"牌，以为自己赢了，却被告知自己输了，因为自己打出的其实是黑桃皇后。赫尔曼惊恐地看着牌上的黑桃皇后冲着自己露出了诡异的笑容，一如葬礼上公爵夫人尸体脸上的冷笑。赫尔曼输掉了所有的钱，人也疯了。
[4] 《奥拉》卷首引用的那段话就来自米什莱的《女巫》。
[5] 《爱卿传》发生在元末明初，女主人公罗爱爱是嘉兴名妓，色艺双绝，精通诗赋，广受欢迎，被人称为"爱卿"。嘉兴有一名姓赵的富家公子爱慕爱卿，迎娶了她。在赵公子在到京城为官和留在家中照顾妻子母亲之间左右为难时，懂事的爱卿劝丈夫放心外出，自己留在家中悉心照料婆婆。然而好景不长，嘉兴被张士诚攻陷。军中的刘万户不仅抢了爱卿的家，又垂涎她的美貌，要强行纳其为妾。忠贞的爱卿宁死不从，自缢而亡，等赵公子赶回家中，只见到了爱妻的尸首。当晚，赵公子在家中见到了爱卿的鬼魂，爱卿倾诉衷肠，告诉丈夫冥界怜惜她的忠贞，允许她与丈夫最后团聚一晚，明天她就会投生到邻居家。第二天，邻居家果然生下了一个孩子，一直大哭不止，见到赵公子才破涕为笑。

哀婉。

最后，富恩特斯自然没有忘记西班牙语文学的传统，《奥拉》诸多的作者中还有黄金时代的重要作家克维多（Francisco de Quevedo y Villegas）。在克维多的笔下，爱情是冰冷的火焰，是感受不到的剧痛，是美丽的梦境和糟糕的现实，是让人疲惫不堪的休息。在富恩特斯的心中，也许没有人像克维多那样恣意狂情，用最对立的事物去渲染感情。16 世纪西班牙的风还是吹到了 20 世纪的墨西哥，富恩特斯笔下，《奥拉》也是这样一个集诸多矛盾对立于一体的复杂产物：生与死、过去与未来、衰老与青春、真实与虚幻、恐怖与温情、拒绝与引诱、惧怕与亲近，所有的一切都被爱情这个主题融合在了一起。

仿佛是女巫扔进魔法汤锅的无数奇异草药一样，俄国、英国、日本、中国、西班牙等种种文学文艺元素共同打造了孔苏埃洛的奥拉、费利佩的奥拉、富恩特斯的奥拉，以及每个读者心中的奥拉。

附 录

一、选读书目

第一章　何塞·马蒂

［古］何塞·马蒂著，毛金里、徐世澄编：《长笛与利剑 何塞·马蒂诗文选》，昆明：云南人民出版社，1995年。

［古］何塞·马蒂著，毛金里、徐世澄、索飒、赵振江、吴健恒、李显荣、陶玉平、王仲年译：《何塞·马蒂诗文选》，北京：作家出版社，2015年。

Martí, José, *Ismaelillo*, California：CreateSpaceIndependent Publishing Platform, 2013.

Martí, José, *Nuestra América*, California：CreateSpaceIndependent Publishing Platform, 2018.

第二章　鲁文·达里奥

［尼］达里奥著，刘玉树译：《达里奥散文选》，天津：百花文艺出版社，2009年。

［尼］鲁文·达里奥著，赵振江译：《生命与希望之歌》，上海：上海译文出版社，2013年。

Darío, Rubén, *Azul...*, Santiago de Chile：Pequeño Díos Ediciones, 2013.

Darío, Rubén, *Cantos de vida y esperanza*, California：CreateSpaceIndependent Publishing Platform, 2016.

第三章　加夫列拉·米斯特拉尔

［智］米斯特拉尔著，赵振江译：《你是一百只眼睛的水面》，北京：北京燕山出版社，2017年。

Mistral, Gabriela, *Ternura*, Santiago de Chile：Editorial Universitaria de Chile, 2014.

第四章　米格尔·安赫尔·阿斯图里亚斯

［危］米盖尔·安赫尔·阿斯图里亚斯著，刘习亮、笋季英译：《玉米人》，上海：上海译文出版社，2013年。

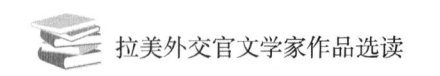

Asturias, Miguel Ángel, *Hombres de maíz*, Madrid: Alianza Editorial, 2014.

第五章　巴勃罗·聂鲁达

［智］聂鲁达著，陈黎、张芬龄译：《二十首情诗和一首绝望的歌》，海口：南海出版公司，2014 年。

［智］巴勃罗·聂鲁达著，赵振江、张广森译：《漫歌》，海口：南海出版公司，2021 年。

Neruda, Pablo, *Canto general*, Ediciones Cátedra, Alcalá de Henares: Edición de Enrico Mario Santi, 2005.

Neruda, Pablo, *Veinte poemas de amor y una canción desesperada*, Barcelona: Austral, 2017.

第六章　阿莱霍·卡彭铁尔

［古］阿·卡彭铁尔著，江禾译：《人间王国》,《世界文学》1985 年第 4 期，第 48—134 页。

Carpentier, Alejo, *El reino de este mundo*, California: CreateSpaceIndependent Publishing Platform, 2010.

第七章　奥克塔维奥·帕斯

［墨］奥克塔维奥·帕斯著，赵振江译：《太阳石》，北京：北京燕山出版社，2014 年。

Paz, Octavio, *Piedra del sol*, New York: New Directions, 1991.

Paz, Octavio, *Versiones y diversions（Eidición revisada y aumentada）*, Barcelona: Galaxia Gutenberg, S.A., 2000.

第八章　卡洛斯·富恩特斯

［墨］富恩特斯著，赵英等译：《奥拉·盲人之歌》，广州：花城出版社，1992 年。
Fuentes, Carlos, *Aura*, Barcelona: Libros de Zorro Rojo, 2023.

二、所选作家作品的中国译介情况[1]

作者	作品	译者	年份	出版社
何塞·马蒂 Martí, José 共三部	《马蒂诗选》 *José Martí: poesías*	卢永等	1958	人民文学出版社
	《长笛与利剑：何塞·马蒂诗文选》	毛金里 徐世澄	1995	云南人民出版社
	《何塞·马蒂诗文选》 *Antología de José Martí*	毛金里 徐世澄	2015	作家出版社
鲁文·达里奥 Darío, Rubén 共九部	《生命与希望之歌：拉美诗圣鲁文·达里奥诗文选》 *Cantos de vida y esperanza*	赵振江 吴健恒	1997	云南人民出版社
	《达里奥散文选》 *Selección de prosas de Rubén Darío*	刘玉树	1997	百花文艺出版社
	《鲁文·达里奥诗选》 *Antología de Rubén Darío*	赵振江	2003	河北教育出版社
	《生命与希望之歌》 *Cantos de vida y esperanza*	赵振江	2013	上海译文出版社
	《达里奥散文选》 *Selección de prosas de Rubén Darío*	刘玉树	2009	百花文艺出版社
	《鲁文·达里奥短篇小说选》 *Cuentos de Rubén Darío*	戴永沪	2013	漓江出版社
	《世俗的圣歌》 *Prosas profanas*	赵振江	2013	上海译文出版社
	《生命与希望之歌》 *Cantos de vida y esperanza*	赵振江	2021	商务印书馆
	《镜中的迷宫：拉美文学选集》[2]	范晔等	2023	花城出版社
加夫列拉·米斯特拉尔 Mistral, Gabriela 共二十三部	《柔情》 *Ternura*	赵振江 陈孟	1986	漓江出版社
	《露珠：米斯特拉尔诗歌散文集》 *Antología de Gabriela Mistral*	王永年	1988	上海译文出版社
	《柔情》 *Ternura*	赵振江等	1992	漓江出版社

---

[1] 本表格统计数据截止到2024年3月，部分2019年12月前的数据引自楼宇《图说拉美文学在中国》，朝华出版社，2024年。

[2] 本书包括达里奥、巴列霍和米斯特拉尔等多位拉美作家的作品。

续表

作者	作品	译者	年份	出版社
加夫列拉·米斯特拉尔 Mistral, Gabriela 共二十三部	《米斯特拉尔散文选》	孙柏昌	1997	百花文艺出版社
	《加夫列拉·米斯特拉尔诗歌散文集》 Antología de Gabriela Mistral	赵振江	2004	河北教育出版社
	《卡夫列拉·米斯特拉尔诗选》	赵振江	2004	河北教育出版社
	《柔情集》 Ternura	赵振江	2011	东方出版社
	《孩子，你是这样出生的》	三川玲	2014	新星出版社
	《葡萄压榨机》 Lagar	王欢欢	2015	北京理工大学出版社
	《孩子的头发》 Los cabellos de los niños	朱金玉	2017	江苏凤凰文艺出版社
	《你是一百只眼睛的水面》 Tú eres un agua de cien ojos	赵振江	2017	北京燕山出版社
	《密丝特拉儿诗集》	陈黎 张芬龄	2017	北方文艺出版社
	《爱的幻想曲》	朱金玉	2017	江苏凤凰文艺出版社
	《对星星的诺言：米斯特拉尔诗选》 La promesa de las estrellas	王央乐	2018	人民文学出版社
	《米斯特拉尔童话诗四首》	杨晓明	2018	上海音乐出版社
	《柔情》 Ternura	赵振江	2019	漓江出版社
	《爱情书简》 Cartas de amor	段若川	2019	漓江出版社
	诺奖得主米斯特拉尔童话诗 《小红帽》《灰姑娘》《小矮人家的白雪公主》《林中的睡美人》	杨晓明	2020	人民文学出版社
	《森林里的睡美人》	张贝贝	2023	上海人民美术出版社
	《镜中的迷宫：拉美文学选集》[1]	范晔等	2023	花城出版社

---

[1] 本书包括达里奥、巴列霍和米斯特拉尔等多位拉美作家的作品。

续表

作者	作品	译者	年份	出版社
米格尔·安赫尔·阿斯图里亚斯 Asturias, Miguel Ángel 共十一部	《危地马拉的周末》 Week-end en Guatemala	南开俄文组	1959	人民文学出版社
	《总统先生》 El señor Presidente	黄志良 刘静言	1980	外国文学出版社
	《玉米人》 Hombres de maíz	刘习良 笋季英	1986	漓江出版社
	《玉米人》 Hombres de maíz	刘习良 笋季英	1992	漓江出版社
	《总统先生》 El señor Presidente	董燕生	1994	云南人民出版社
	《玉米人》 Hombres de maíz	刘习良	1994	桂冠出版社
	《总统先生》 El señor Presidente	黄志良 刘静言	2013	上海译文出版社
	《玉米人》 Hombres de maíz	刘习良 笋季英	2013	上海译文出版社
	《危地马拉传说》 Leyendas de Guatemala	梅莹	2016	上海译文出版社
	《玉米人》 Hombres de maíz	刘习良 笋季英	2020	上海译文出版社
	《应有尽有先生》	博尼	2022	人民文学出版社
巴勃罗·聂鲁达 Neruda, Pablo 共五十三部	《让那伐木者醒来》 Que despierte el leñador	袁水拍	1950	新群众出版社
	《聂鲁达诗文集》 Antología de Pablo Neruda	袁水拍	1951	人民文学出版社
	《流亡者》 El fugitivo	邹绿芷	1951	文化工作社
	《聂鲁达诗文集》 Antología de Pablo Neruda	袁水拍	1953	人民文学出版社
	《伐木者,醒来吧!》 Que despierte el leñador	袁水拍	1958	人民文学出版社
	《葡萄园和风》 Las uvas y el viento	邹绛等	1959	上海文艺出版社
	《英雄事业的赞歌》 Canción de gesta	王央乐	1961	作家出版社

续表

作者	作品	译者	年份	出版社
巴勃罗·聂鲁达 Neruda, Pablo 共五十三部	《聂鲁达诗选》	邹绛 蔡其矫	1983	四川人民出版社
	《诗歌总集》 Canto general	王央乐	1984	上海文艺出版社
	《聂鲁达诗选》	陈实	1985	湖南人民出版社
	《诗与颂歌》	袁水拍 王央乐	1987	人民文学出版社
	《聂鲁达散文选》 Para nacer he nacido/Confieso que he vivido	江志方 江禾 林一安 林光 王小方	1987	百花文艺出版社
	《聂鲁达抒情诗选》	陈实	1992	湖南文艺出版社
	《聂鲁达抒情诗选》	邹绛 蔡其矫等	1992	四川文艺出版社
	《聂鲁达爱情诗选》	程步奎	1992	四川文艺出版社
	《我曾历经沧桑：聂鲁达回忆录》 Confieso que he vivido	刘京胜	1992	漓江出版社
	《情诗·哀诗·赞诗》	赵德明等	1992	漓江出版社
	《回首话沧桑》 Confieso que he vivido	林光	1993	知识出版社
	《聂鲁达自传》 Confieso que he vivido	林光	1993	东方出版中心
	《聂鲁达散文选》 Para nacer he nacido/Confieso que he vivido	江志方 江禾 林一安 林光 王小方	1994	百花文艺出版社
	《漫歌》 Canto general	江之水 林之木	1995	云南人民出版社
	《聂鲁达一百首爱的十四行诗》	陈黎	1999	九歌出版社
	《二十首情诗和一首绝望的歌》 Veinte poemas de amor y una canción desesperada	李宗荣	1999	大田出版社
	《聂鲁达诗选》	黄灿然	2003	河北教育出版社

续表

作者	作品	译者	年份	出版社
巴勃罗·聂鲁达 Neruda, Pablo 共五十三部	《二十首情诗与绝望的歌》 Veinte poemas de amor y una canción desesperada	李宗荣	2003	中国社会科学出版社
	《山岩上的肖像：聂鲁达的爱情·诗·革命》 Amores y revolución	赵振江 滕威（编）	2004	上海人民出版社
	《爱情真短遗忘太长：聂鲁达的20首情诗与绝望的歌》	赵振江	2007	爱诗社出版事业部
	《聂鲁达集》 Antología de Pablo Neruda	赵振江	2008	花城出版社
	《聂鲁达双情诗》	陈黎	2009	九歌出版社
	《二十首情诗和一首绝望的歌》 Veinte poemas de amor y una canción desesperada	陈黎 张芬龄	2014	南海出版公司
	《我坦言我曾历尽沧桑》 Confieso que he vivido	林光	2015	南海出版公司
	《疑问集》 Libro de las preguntas	陈黎 张芬龄	2015	南海出版公司
	《西班牙在心中》 España en el corazón	赵振江	2015	作家出版社
	《二十首情诗和一首绝望的歌》 Veinte poemas de amor y una canción desesperada	陈黎	2016	九歌出版社
	《大地上的居所》 Residencia en la tierra	梅清	2020	南海出版公司
	《我坦言我曾历尽沧桑》 Confieso que he vivido	林光 林叶青	2020	南海出版公司
	《绿色笔记本：拉美四诗人诗抄》 El cuaderno verde del Che [1]	陈黎 张芬龄	2021	北京联合出版公司
	《漫歌》 Canto general	赵振江 张广森	2021	南海出版公司
	《给孩子读的聂鲁达》 Pablo Neruda para niños	轩乐	2021	人民文学出版社

[1] 本书包含聂鲁达、巴列霍等四位拉美诗人的作品，由陈黎、张芬龄等人翻译。

续表

作者	作品	译者	年份	出版社
巴勃罗·聂鲁达 Neruda, Pablo 共五十三部	《写给星期五早上不听海的人》	赵振江 张广森[1] 等	2022	南海出版公司
	《元素颂》 *Odas elementales*	刘博宁	2022	南海出版公司
	《二十首情诗与一首绝望的歌》 *Veinte poemas de amor y una canción desesperada*	黄灿然	2023	中信出版集团
	《二十首情诗与一首绝望的歌》 *Veinte poemas de amor y una canción desesperada*	盛妍	2023	南海出版公司
	《一百首爱的十四行诗（增订新版）》	陈黎 张芬龄	2023	九歌出版社
	《二十首情诗与一首绝望的歌（增订新版）》 *Veinte poemas de amor y una canción desesperada*	陈黎 张芬龄	2023	九歌出版社
	《二十首情诗与一首绝望的歌》 *Veinte poemas de amor y una canción desesperada*	赵振江	2023	湖南文艺出版社
	《二十首情诗与一首绝望的歌》 *Veinte poemas de amor y una canción desesperada*	张羞	2024	广东人民出版社
	《二十首情诗与一首绝望的歌》 *Veinte poemas de amor y una canción desesperada*	李晓愚	2024	台海出版社
	《二十首情诗与一首绝望的歌》 *Veinte poemas de amor y una canción desesperada*	李佳钟	2024	浙江文艺出版社
	《二十首情诗与一首绝望的歌》 *Veinte poemas de amor y una canción desesperada*	韦娜	2024	时代文艺出版社
	《二十首情诗与一首绝望的歌》 *Veinte poemas de amor y una canción desesperada*	赵沫	2024	四川人民出版社

---

[1] 本书由盛妍、梅清、赵振江、张广森、刘博宁翻译。

续表

作者	作品	译者	年份	出版社
巴勃罗·聂鲁达 Neruda, Pablo 共五十三部	《我的灵魂是日落空无一人的旋转木马：聂鲁达诗精选》	陈黎 张芬龄	2024	北京联合出版公司
	《给孩子读的聂鲁达》	宋海莲	2024	江苏凤凰文艺出版社
阿莱霍·卡彭铁尔 Carpentier, Alejo 共九部	《追击/时间之战》 El acoso/Guerra del tiempo	陈众议 赵英	1992	花城出版社
	《卡彭铁尔作品集》 Antología de Alejo Carpentier	刘玉树 贺晓	1993	云南人民出版社
	《小说是一种需要：阿莱霍·卡彭铁尔谈创作》	陈众议	1995	云南人民出版社
	《追击》 El acoso	晓林 王玉林	2004	中央编译出版社
	《光明世纪》 El siglo de las luces	刘玉树	2013	人民文学出版社
	《时间之战》 Guerra del tiempo y otros relatos	陈皓	2015	上海文艺出版社
	《人间王国》 El reino en este mundo	盛力	2021	人民文学出版社
	《光明世纪》 El siglo de las luces	刘玉树	2021	人民文学出版社
	《时间之战》 Guerra del tiempo	陈皓	2021	人民文学出版社
奥克塔维奥·帕斯 Paz, Octavio 共十六部	《奥克塔维奥·帕斯诗选》	董继平	1991	北方文艺出版社
	《太阳石》 Piedra del sol	朱景冬等	1992	漓江出版社
	《太阳石》 Piedra del sol	赵振江	1992	花城出版社
	《帕斯作品选》	赵振江	1993	云南人民出版社
	《批评的激情：奥·帕斯》 Pasión crítica	赵振江	1995	云南人民出版社
	《双重火焰：爱与欲》 The Double Flame	蒋显璟 真漫亚	1998	东方出版社
	《奥克塔维奥·帕斯诗选》 Selección de poemas de Octavio Paz	朱景冬	2003	河北教育出版社
	《帕斯选集（上）》 Selected Works of Paz I	赵振江等	2006	作家出版社

续表

作者	作品	译者	年份	出版社
奥克塔维奥·帕斯 Paz, Octavio 共十六部	《帕斯选集（下）》 Selected Works of Paz II	赵振江	2006	作家出版社
	《印度札记》 In light of India	蔡悯生	2010	南京大学出版社
	《弓与琴》 El arco y la lira	赵振江等	2014	北京燕山出版社
	《孤独的迷宫》 El laberinto de la soledad	赵振江 王秋石等	2014	北京燕山出版社
	《太阳石》 Piedra del sol	赵振江	2014	花城出版社
	《批评的激情：奥·帕斯》 Pasión crítica	赵振江	2015	北京燕山出版社
	《泥淖之子：现代诗歌从浪漫主义到先锋派（扩充版）》 Children of the Mires: Modern Poetry from Romanticism to the Avant-Garde	陈东飚	2018	广西人民出版社
	《和海浪在一起的日子》	范晓星	2020	长江少年儿童出版社
卡洛斯·富恩特斯 Fuentes, Carlos 共二十五部	《阿尔特米奥·克罗斯之死》 La muerte de Artemio Cruz	亦潜	1983	外国文学出版社[1]
	《奥拉/盲人之歌》 Aura/Cantar de ciegos	赵英	1992	花城出版社
	《最明净的地区》 La región más transparente	徐少军 王小芳	1993	云南人民出版社
	《最明净的地区》 La región más transparente	徐少军 王小芳	1998	译林出版社
	《狄安娜，孤寂的女猎手》 Diana o la cazadora solitaria	屠孟超	1999	译林出版社
	《阿尔特米奥·克罗斯之死》 La muerte de Artemio Cruz	亦潜	1999	译林出版社
	《欧拉》 Aura	朱景冬等	2004	中央编译出版社
	《与劳拉·迪亚斯共度的岁月》 Los años con Laura Díaz	裴达仁	2005	译林出版社

---

[1] 外国文学出版社，现名天天出版社。

续表

作者	作品	译者	年份	出版社
卡洛斯·富恩特斯 Fuentes, Carlos 共二十五部	《我相信》 *En esto creo*	张伟劼 李易非	2007	译林出版社
	《最明净的地区》 *La región más transparente*	徐少军 王小芳	2008	译林出版社
	《墨西哥的五个太阳》 *Los cinco soles de México*	张伟劼 谷佳维	2009	译林出版社
	《阿尔特米奥·克罗斯之死》 *La muerte de Artemio Cruz*	亦潜	2011	译林出版社
	《最明净的地区》 *La región más transparente*	徐少军 王小芳	2012	云南人民出版社
	《最明净的地区》 *La región más transparente*	徐少军 王小芳	2012	译林出版社
	《与劳拉·迪亚斯共度的岁月》 *Los años con Laura Díaz*	裴达仁	2012	译林出版社
	《我相信》 *En esto creo*	张伟劼 李易非	2012	译林出版社
	《墨西哥的五个太阳》 *Los cinco soles de México*	张伟劼 谷佳维	2012	译林出版社
	《鹰的王座》 *La silla del águila*	赵德明	2017	作家出版社
	《阿尔特米奥·克罗斯之死》 *La muerte de Artemio Cruz*	亦潜	2019	译林出版社
	《盲人之歌》 *Cantar de ciegos*	袁婧	2019	上海译文出版社
	《戴面具的日子》 *Los días enmascarados*	于施洋	2019	上海译文出版社
	《玻璃边界》 *La frontera de cristal*	袁婧	2020	上海译文出版社
	《勇敢的新世界》 *Valiente mundo nuevo*	张蕊	2021	作家出版社
	《我们的土地》 *Terra nostra*	林一安	2021	作家出版社
	《塞万提斯或阅读的批评》 *Cervantes o la crítica de la lectura*	张蕊	2023	作家出版社

参考文献

一、主要作品信息

［尼］鲁文·达里奥

鲁文·达里奥著，戴永沪译：《鲁文·达里奥短篇小说选》，桂林：漓江出版社，2013年。

鲁文·达里奥著，赵振江译：《世俗的圣歌》，上海：上海译文出版社，2013年。

Darío, Rubén, *Vida, Rubén Darío escrita por él mismo*, Barcelona：Biblok-Desvan de Hanta, 2017.

［智］加夫列拉·米斯特拉尔

加夫列拉·米斯特拉尔著，王欢欢译：《葡萄压榨机》，福州：海峡文艺出版社，2017年。

加夫列拉·米斯特拉尔著，王央乐译：《对星星的诺言》，北京：人民文学出版社，2018年。

［危］米格尔·安赫尔·阿斯图里亚斯

米盖尔·安赫尔·阿斯图里亚斯著，黄志良、刘静言译：《总统先生》，上海：上海译文出版社，2013年。

米盖尔·安赫尔·阿斯图里亚斯著，梅莹译：《危地马拉传说》，上海：上海译文出版社，2016年。

［智］巴勃罗·聂鲁达

巴勃罗·聂鲁达著，梅清译：《大地上的居所》，海口：南海出版公司，2020年。

［古］阿莱霍·卡彭铁尔

阿莱霍·卡彭铁尔著，刘玉树译：《光明世纪》，北京：人民文学出版社，2013年。

阿莱霍·卡彭铁尔著，陈皓译：《时间之战》，上海：上海文艺出版社，2015年。

[墨]奥克塔维奥·帕斯

奥克塔维奥·帕斯著，蔡悯生译：《印度札记》，南京：南京大学出版社，2010年。

奥克塔维奥·帕斯著，赵振江等译：《弓与琴》，北京：北京燕山出版社，2014年。

奥克塔维奥·帕斯著，赵振江、王秋石等译：《孤独的迷宫》，北京：北京燕山出版社，2014年。

奥克塔维奥·帕斯著，赵振江等译：《批评的激情》，北京：北京燕山出版社，2015年。

奥克塔维奥·帕斯著，陈东飚译：《泥淖之子：现代诗歌从浪漫主义到先锋派（扩充版）》，南宁：广西人民出版社，2018年。

[墨]卡洛斯·富恩特斯

卡洛斯·富恩特斯著，徐少军、王小芳译：《最明净的地区》，昆明：云南人民出版社，1993年。

卡洛斯·富恩特斯著，张伟劼、李易非译：《我相信》，南京：译林出版社，2012年。

卡洛斯·富恩特斯著，于施洋译：《戴面具的日子》，上海：上海译文出版社，2019年。

二、参考文献

（一）中文文献

艾青：《往事·沉船·友谊——忆智利诗人巴勃罗·聂鲁达》，《世界文学》1980年第3期。

卜红：《拉美魔幻现实主义文学缘起辨析》，《青海社会科学》2009年第2期。

曹力：《古巴革命诗人何塞·马蒂》，《世界知识》1995年第12期。

陈超：《聂鲁达与艾青诗艺的平行比较》，《河北师范大学学报（社会科学版）》1986年第3期。

陈春生：《爱的礼赞、生的祝福——米斯特拉尔诗歌创作论》，《外国文学研究》1997年第3期。

陈光孚：《为理想奋斗的战士——谈聂鲁达的创作道路》，《文艺研究》1982年第 5 期。

——《魔幻现实主义评介》,《文艺研究》1980 年第 5 期。

陈众议:《拉丁美洲文学的崛起》,《外国文学研究》1984 年第 4 期。

代萍萍:《唐宋诗词在西班牙语世界的译介与接受》,吉林大学文学院博士学位论文,2013 年。

段若川:《关于魔幻现实主义的几个问题》,《外国文学动态》1998 年第 5 期。

——《神话传说与拉丁美洲魔幻现实主义》,《欧美文学论丛》2006 年。

高静安:《卡彭铁尔的〈光明世纪〉及其他》,《外国文学》1986 年第 9 期。

高尚:《神奇的现实与修辞——关于阿斯图里亚斯及其长篇〈玉米人〉》,《世界文学》1994 年第 3 期。

归溢:《墨西哥人的寻根情结——谈墨西哥作家卡洛斯·富恩特斯的近期创作》,《当代外国文学》2004 年第 1 期。

贺锡翔:《"我们永远航行在海上"——艾青与聂鲁达的文学关系》,《浙江师大学报》1991 年第 1 期。

侯健:《阿莱霍·卡彭铁尔:拉美小说的引路人》,《经济观察报》2021 年 12 月 13 日。

[西]胡安·克鲁斯,张伟劼:《卡洛斯·富恩特斯访谈录》,《当代外国文学》2009 年第 03 期。

黄志良:《激情似火:何塞·马蒂评传》,北京:世界知识出版社,2003 年第 1 版。

蒋承勇:《传统与现代的融合:〈玉米人〉的虚幻性》,《外国文学评论》1990 年第 1 期。

江志方:《历尽"沧桑"的诗人——聂鲁达研究札记二则》,《外国文学》1981 年第 2 期。

林一安:《拉丁美洲"神奇现实"的寻踪者》,《世界文学》1985 年第 4 期。

梁燕丽:《她属于美洲——米斯特拉尔诗歌创作初探》,《福州大学学报(哲学社会科学版)》2001 年第 4 期(总第 53 期)。

刘海兵:《试论何塞·马蒂诗歌中的典型特征》,《剑南文学(经典教苑)》2012 年第 12 期。

刘江:《聂鲁达与中国》,《文化译丛》1989 年第 3 期。

楼宇:《异乡的风景:图说拉美文学在中国》,北京:朝华出版社,2024 年第 1 版。

卢云：《有限空间　无限想像——谈卡洛斯·富恩特斯的小说〈奥拉〉的魅力》，《解放军外国语学院学报》2004 年第 5 期。

马抱抱：《奥克塔维奥·帕斯文学思想研究》，扬州大学硕士学位论文，2019 年。

[智] 莫妮卡·阿乌马达·菲格罗亚，颜娟译：《促进中智建交的非国家行为体：何塞·万徒勒里和巴勃罗·聂鲁达》，《拉丁美洲研究》2017 年 39 卷第 1 期。

闵顺琴：《加夫列拉·米斯特拉尔诗歌中的母性主题研究——以诗集〈柔情〉为例》，浙江大学比较文学与世界文学硕士学位论文，2008 年。

邵晓慧：《论加夫列拉·米斯特拉尔的生态女性主义书写》，扬州大学比较文学与世界文学硕士学位论文，2016 年。

宋玥：《卡彭铁尔小说时间的"返源旅行"》，华东师范大学比较文学与世界文学硕士学位论文，2006 年。

孙雾：《古巴诗人荷塞·马蒂和拉丁美洲的现代主义诗歌》，《河南师大学报社会科学版》1982 年第 3 期。

唐蕾：《神话与现实的交融——解读〈玉米人〉》，广西师范大学比较文学与世界文学硕士学位论文，2005 年。

滕威：《承诺的诗学》，《读书》2004 年第 9 期。

——《那个既远且近的大陆和时代——从卡洛斯·富恩特斯说起》，《南风窗》2012 年第 14 期。

王宏图：《卡彭铁尔及其新巴罗克主义风格》，《中国比较文学》2001 年第 1 期。

王军：《〈弓与琴〉——奥克塔维奥·帕斯诗学理论的阐述》，《欧美文学论丛》2004（00）。

——《奥克塔维奥·帕斯作品的东方情结》，《外国文学》2004 年第 3 期。

——《论印度宗教神话对帕斯诗歌的影响》，《欧美文学论丛》2006 年第 00 期。

王彤：《激情炼狱的沉醉——论加夫列拉·米斯特拉尔抒情诗特征》，《外国文学》2004 年第 2 期。

王媛：《社会、生存、信仰：阿斯图里亚斯〈玉米人〉的魔幻表达》，《外国语文研究》2020 年第 03 期。

吴耐：《自然文学视角下的卡夫列拉·米斯特拉尔诗歌研究》，苏州大学文学院比较文学与世界文学硕士学位论文，2019 年。

徐世澄：《试论何塞·马蒂思想——纪念何塞·马蒂 150 周年诞辰》，《拉丁美洲研究》2002 年第 6 期。

——《拉丁美洲反独裁小说概述》,《拉丁美洲丛刊》1982 年第 6 期。

尹承东:《卡彭铁尔:文学荆棘中的跋涉者——读〈卡彭铁尔文集〉》,《外国文学》1995 年第 3 期。

余刚:《从〈蓝〉到〈百年孤独〉》,《读书》2006 年第 6 期。

岳志华:《聂鲁达在当代中国的接受与塑造》,首都师范大学比较文学与世界文学硕士学位论文,2009 年。

曾艳兵:《文明的落差与文学的超越——拉美魔幻现实主义成功的启示》,《当代外国文学》1993 年第 1 期。

张贯之、张芯瑜:《论〈人间王国〉中的拉美文化融汇特征》,《西南科技大学学报(哲学社会科学版)》2012 年第 04 期。

张庆:《表面融合下的分裂与挣扎——对〈玉米人〉魔幻现实主义的内涵解读》,《外国语文》2014 年第 3 期。

张晓雯:《诗人的激情与理性——谈奥克塔维奥·帕斯的诗歌创作》,《长春师范大学学报》2019 年第 38 卷第 1 期。

张珂:《〈奥拉〉:不可靠叙事下的现实投射》,《外国文学》2017 年第 1 期。

张蕊:《卡洛斯·富恩特斯:〈奥拉〉的作者们》,《文艺争鸣》2015 年第 7 期。

——《"他者"的凝视——卡洛斯·富恩特斯《查克·莫尔》作品解析》,《文艺与争鸣》2018 年第 3 期。

——《卡洛斯·富恩特斯文艺美学思想的五个关键词——以西语美洲现代性阐释为中心》,《学习与探索》2020 年第 6 期。

——《卡洛斯·富恩特斯与西语美洲乌托邦》,《马克思主义美学研究》2020 年第 02 期。

张晏青:《聂鲁达诗歌在中国的译介》,《安徽文学(下半月)》2010 年第 2 期。

赵德明:《20 世纪拉丁美洲文学的嬗变》,《解放军艺术学院学报》2004 年第 4 期。

——《试论二十世纪拉美文学的走向》,《外国文学评论》1988 年第 4 期。

——《拉丁美洲:巴罗克风格的福地》,《外国文学评论》1994 年第 1 期。

——《当代拉美文学漫谈》,《当代外国文学》1992 年第 1 期。

赵艳:《米盖尔·安赫尔·阿斯图里亚斯小说的意象研究》,黑龙江大学比较文学与世界文学硕士学位论文,2022 年。

赵振江:《燃烧的激情,执著的求索——〈太阳石〉浅议》,《世界文学》1991

年第 3 期。

——《达里奥作品中的中国形象》，《博览群书》2013 年第 2 期。

——《拉美的现代主义诗歌与鲁文·达里奥》，《文艺理论与批评》2006 年第 1 期。

——《〈总统先生〉：文学对社会的承诺》，《书城》2014 年第 1 期。

朱景冬：《为了恢复拉曼却的传统——卡洛斯·富恩特斯访谈录》1991 年第 4 期。

——《当代拉美小说的时间模式》，《国外文学》1992 年第 3 期。

——《独特的现代主义诗人何塞·马蒂和他的〈纯朴的诗〉》，《拉丁美洲研究》2002 年第 6 期。

——《何塞·马蒂评传》，北京：社会科学文献出版社，2010 年。

——《当代拉美文学研究》，北京：社会科学文献出版社，2012 年。

朱研：《奥克塔维奥·帕斯的印度书写——以〈在印度的微光中〉为中心》，《当代外国文学》2015 年第 3 期。

朱亚琦：《论鲁文·达里奥现代主义诗歌的语言特色》，《齐齐哈尔大学学报（哲学社会科学版）》2018 年第 11 期。

新华通讯社译名室：《西班牙语译名手册》，北京：商务印书馆，2015 年。

（二）西班牙语文献

Alonso, Carlos, "Viaje a la semilla: historia de una entelequia", *MLN Hispanic Issue*, Vol. 94, No. 2, 1979, pp. 386-393.

Araya, Guillermo, "El Canto General de Neruda: Poema épico-lírico", *Revista de Crítica Literaria Latinoamericana*, Año 4, No. 7/8, 1978, pp. 119-152.

Barrios Ayala, Betina, "Octavio Paz: Precursor de la diplomacia cultural", Tesis de maestría de la Universidad de Belgrano, 2015.

Bellini Giusseppe, "*El señor Presidente* y la temática de la dictadura en la nueva novela hispanoamericana", *Anuario de Estudios Centroamericanos*, No. 3, 1977, pp. 27-55.

Blodet, Olga, "José Martí: Bibliografía selecta", *Revista Hispánica Moderna*, Jan. - Dec., Año 18, No. 1/4, 1952, pp. 151-161.

Brioso, Jorge, "Las formas del enigma en *Azul* de Rubén Darío", *Revista Hispánica Moderna*, Dec., Año 56, No. 2, 2003, pp. 285-295.

Camayd Freixas, Erik, "Miguel Angel Asturias, *Hombres de Maíz*: Como lectura surrealista de la escritura mayense", *Revista de Crítica Literaria Latinoamericana*, Año 24, No. 47, 1998, pp. 207-225.

Castellano, Jorge, Martínez, Miguel, "El dictador hispanoamericano como personaje literario", *Latin American Research Review*, Vol. 16, No. 2, 1981, pp. 79-105.

Carpentier, Alejo, *La novela latinoamericana en víspera de un nuevo siglo y otros ensayos*, España: siglo veintiuno de españa editores, s.a. 1981.

Chen, Zhihao, "Las figuras de Pablo Neruda en China", Ibero-América studies, Vol.1, 2020, pp. 52-66.

Draper, Susana, "El boom en Mundo Nuevo: Crítica literaria, mercado y la guerra de valoraciones", *MLN*-HispanicIssue, Vol. 121, No. 2, 2006, pp. 417-438.

Embajada de México en Nueva Delhi, India, Documento reservado de la labor diplomática de Octavio Paz, No. 787, Exp. 54-0.

Enciso, Froylán, *Andar fronteras*: *El servicio diplomático de Octavio Paz en Francia（1946-1951）*, Madrid: Siglo XX Editorial S.A., 2008.

García Gutiérrez, Georgina, "Chac Mool（la amenaza del pasado prehispánico）", in *Los disfraces*: *la obra mestiza de Carlos Fuentes*, Ciudad de México: Colegio de México, 2000, pp. 23-42.

García Loaesa, Carlos, "El humor crítico de *La muerte de la emperatriz de China*", *Revista de Crítica Literaria Latinoamericana*, Año 40, No. 80, 2014, pp. 359-376.

Gazarian, Marie-Lise, "Gabriela Mistral como educadora", *Revista Hispánica Moderna*, Homenaje a Federico de Onís（1885-1966）, Año 34, No. 3/4, Volumen II, 1968, pp. 647-660.

Hart, Patricia, "Nuevas fuentes sobre Carlos Fuentes: Un antepasado sorprendente de *Aura*", *Chasqui*, ol. 16, No. 2/3, 1987, pp. 37-49.

Karr-Cornejo, Katherine, "La esperanza en carne propia: El cuerpo sensorial en *Tala y Lagar* de Gabriela Mistral", *Journal of Gender and Sexuality Studies / Revista de Estudios de Género y Sexualidades*, Vol. 46, No. 1-2, 2020, pp. 63-84.

Martínez, José María, "*Prosas profanas*: Performance y secularización", *Revista Canadiense de Estudios Hispánicos*, Vol. 39, No. 2, 2015, pp. 367-389.

Mayorga, René Antonio, "Sociedad y poesía en *Residencia en la tierra* de Pablo Neruda", *Revista de Crítica Literaria Latinoamericana*, Año 2, No. 4, 1976, pp. 43-60.

Olivio Jiménez, José, "Un ensayo de ordenación trascendente en los *Versos libres* de Martí", *Revista Hispánica Moderna*, Homenaje a Federico de Onís（1885-1966）, Año 34, No. 3/4, Volumen II, 1968, pp. 671-684.

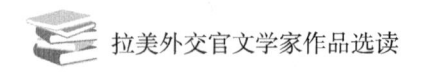

Real Academia de España, *Martí en su universo: Una antología*, Madrid: Lengua Viva, 2022.

Santos, Boaventura de Saousa, "Nuestra América.: Reinventando un paradigma subalterno de reconocimiento y redistribución", in *Justicia entre Saberes: Epistemologías del Sur contra el Epistemicidio*, Madrid: Ediciones Morata, 2017, pp. 79-102.

Uribe, Olga, "Lucía Jerez de José Martí o la mujer como la invención de lo posible", *Revista de Crítica Literaria Latinoamericana*, Año 15, No. 30, 1989, pp. 25-38.

Uxó, Carlos, "Narrativa afrocubana del nuevo siglo", *Revista de Crítica Literaria Latinoamericana*, Año 41, No. 81, 2015, pp. 163-185.

Vélez-Sainz, Julio, "El cuerpo político: Carnaval, corporeidad y revolución en *El reino de este mundo* de Alejo Carpentier", *Revista de Crítica Literaria Latinoamericana*, Año 31, No. 62, 2005, pp. 181-193.

(三)英语文献

Boldy, Steven, "Facing up to the Other: Carlos Fuentes and the Mexican Identity", *Third World Quarterly-Succession in the South*, Vol. 10, No. 1, 1988, pp. 289-298.

Barahoma, Byron, "Writing Strangeness: Disrupting Meaning and Making Sense, a Modern Paradox in Miguel Ángel Asturias's *Leyendas De Guatemala*", *Chasqui*, Vol. 36, No. 2, 2007, pp. 20-43.

Cai, Hongyang, "Transpacific Poetic Imaginary: Ai Qing Encounters Pablo Neruda", Disseration of Master of Arts of McGrill University, 2020.

Grandin, Greg, "Your Americanism and Mine: Americanism and Anti - Americanism in the Americas", *The American Historical Review*, Vol. 111, No. 4, 2006, pp. 1042-1066.

Henighan, Stephen, "Two Paths to the Boom: Carpentier, Asturias, and the Performative Split", *The Modern Language Review*, Vol. 94, No. 4, 1999, pp. 1009-1024.

Holzinger, Walter, "Poetic Subject and Form in the *Odas Elementales*", *Revista Hispánica Moderna*, Año 36, No. 1/2, 1970, pp. 41-49.

Hoy, Terry, "Octavio Paz: The Search for Mexican Identity", *The Review of Politics*, Vol. 44, No. 3, 1982, pp. 370-385.

Katra, William, "Ideaolgy and Society in *El laberinto de la soledad*, by Octavio Paz", *Chasqui*, Vol. 15, No. 2/3, 1986, pp. 3-13.

Miler, Nicola, "Recasting the Role of the Intellectual: Chilean Poet Gabriela Mistral",

Feminist Review Latin America: History, war and independence, No. 79, 2005, pp. 134-149.

Parkinson Zamora, Lois, "A Garden Inclosed: Fuentes' *Aura*, Hawthorne's and Paz's *Rappaccini's Daughter*, and Uyeda's *Ugetsu Monogatari*", *Revista Canadiense de Estudios Hispánicos*, Vol. 8, No. 3, 1984, pp. 321-334.

Porto, Lito, "Transporting the Sacred on the Shoulders of Ants: The Uneasy Exchange of 'Base Matter' for Broken Wings in Asturias' *Hombres de Maíz*", *Revista Hispánica Moderna*, Año 52, No. 2, 1999, pp. 487-512.

Ryan-Kobler, Maryalice, "Beyond the Mother Icon: Rereading the Poetry of Gabriela Mistral", *Revista Hispánica Moderna*, Año 50, No. 2, 1997, pp. 327-334.